3
전생 왕녀와 천재 영애의
The Magical Revolution of
Reincarnation Princess and Genius Young Lady....
마법 혁명

"—당신의 눈물을
멈추기 위해 필요하다면
저는 지지 않아요."
유필리아 마젠타
마젠타 공작가의 영애.
약혼 파기 소동 후
아니스피아와 함께
별궁에서 지내고 있다.

아니스피아 윈 팔레티아
팔레티아 왕국 1왕녀.
남동생 아르가르드의 음모를 사전에 막는 데 성공했지만, 그로 인해 왕위 계승권이 복권된다.
"그러니까 너에게는── 질 수 없어! 지고 싶지 않아!!"

"—가짜라니,
그럴 리가 없잖아요!"

"—내게는,
「전생」의 기억이 있어."

기원하는 말을 자아내자 결정화한 칼날이 터졌다.
흩날리는 입자는 마치 불꽃 같았다.
우리를 중심으로 터진 하늘색과 무지개색 빛은 반짝거리며
공중에 녹아내렸다. 말로 표현한 대로, 이 광경을 본
모든 이에게 축복을 선물하듯이.
환호성은 멎지 않았다. 이번에는 어린아이뿐만 아니라
모두가 쏟아지는 빛의 입자로 손을 뻗었다. 손에 떨어지자
녹아서 사라지는 마력 입자는 말문이 막힐 만큼 환상적이었다.
그 광경을 나는 유피와 손을 맞잡고서 바라보았다.
완전히 사라질 때까지, 언제까지고, 언제까지고.

"—하늘에."
"—무지개를."
"—이 나라에 사는 모든 백성에게."
"—축복을!"

CONTENTS

Piero Ka

Illus

Yuri Kisa

The

Revo

Reincarnation Prin

Genius Young

전생 왕녀와 천재 영애의 마법 혁명 3

The Magical Revolution of
Reincarnation Princess and Genius Young Lady....

저자 카라스 피에로
일러스트 키사라기 유리

[이전 줄거리]

마법을 동경하지만 마법을 쓰지 못하는 왕녀 아니스피아.
그녀는 천재 영애 유필리아를 약혼 파기 소동에서 구하고
공동생활을 시작한다.
드래곤 격퇴로 공적을 올린 두 사람은 왕자 아르가르드의
나라를 뒤흔드는 거대한 음모를 타파하는 데 성공한다.
하지만 아르가르드가 폐적되며 왕위 계승권 문제가 발생하는데—?!

[캐릭터]

일리아 코랄
아니스피아의 전속 시녀.

레이니 시안
약혼 파기 소동의 발단. 실은 뱀파이어로 지금은 별궁의 시녀.

티르티 클라렛
저주에 관해 연구하고 있는 후작 영애.

아르가르드 보나 팔레티아
아니스의 남동생. 현재는 변경에서 근신 중.

오르펀스 일 팔레티아
팔레티아 왕국의 국왕. 아니스의 아버지.

실피느 메이즈 팔레티아
나라의 외교를 담당하는 왕비. 아니스의 어머니.

그란츠 마젠타
왕국 공작. 유피의 아버지이자 오르펀스의 오른팔.

Author
Piero Karasu
Illustration
Yuri Kisaragi

The Magical
Revolution of
Reincarnation Princess and
Genius Young Lady....

오프닝

"……아니스, 이건 결정 사항이다."

엄숙한 목소리로 아바마마가 말했다. 이곳은 왕성의 집무실. 책상에 팔꿈치를 올리고 깍지를 낀 아바마마의 표정이 몹시 매서웠다.

옆에 시립한 그란츠 공은 평소와 같았다. 어마마마는 점잖은 표정을 짓고 있지만 손은 세게 움켜쥐고 있었다.

나는 슬쩍 한숨을 쉬었다. 어느 정도 각오했었기에 아바마마가 고한 말에 놀라지는 않았다. 그저 「역시 그렇게 되는구나」 하고 포기하는 마음이 들었다.

떠오른 감정에 뚜껑을 덮듯 나는 웃는 얼굴을 만들었다. 누구도 불안해하지 않을 완벽한 웃는 얼굴. 그러지 않으면 앞으로 헤쳐 나갈 수 없으니까.

"알겠습니다, 아바마마. 예상은 했었고, 어쩔 수 없는 일이죠."

"……정말로 괜찮은 거겠지?"

내가 웃으며 말하자 아바마마는 여전히 매서운 표정으로 물었다. 이에 나는 웃는 얼굴을 쓴웃음으로 바꾸고 말았다.

"왜 이러세요. 결정 사항이라고 말한 건 아바마마잖아요.

저도 다른 선택지가 없다는 건 알아요."

"아니스…… 너는."

어마마마가 표정을 무너뜨리고 눈썹을 모으며 나를 보았다. 하지만 그 이상 말이 이어지지 않았다. 결국 그대로 입을 다문 어마마마 대신 그란츠 공이 입을 열었다.

"그럼 조만간 정식으로 발표할 준비를 해 두겠습니다. 아니스피아 왕녀님에게 수고를 끼치겠지만, 아무쪼록 잘 부탁드립니다."

"알겠어요, 그란츠 공. ……아, 참. 그럼 유피는 어쩌죠?"

"유필리아는 한동안 왕녀님 곁에 두고 싶습니다. 저희 공작가의 의향을 나타내는 일이기도 하니까요."

"그런가요. 저야말로 그란츠 공에게 여러 가지로 폐를 끼치게 되겠지만 잘 부탁해요."

"네, 그게 저희의 본분입니다. 힘껏 왕녀님을 지지할 것을 여기서 맹세합니다."

그란츠 공이 가슴에 손을 얹고 깊이 머리를 숙인 채 고했다. 그란츠 공의 목소리는 매우 엄숙하여 몸 깊숙한 곳까지 울리는 것 같았다.

"—왕위 계승권 복권. 아니스피아 왕녀님은 바라시지 않는 일이겠지만, 부디 팔레티아 왕국의 왕족으로서 본분을 다해 주시길 바랍니다."

* * *

"……왕위 계승권의 복권이요?"

왕성에서 아바마마의 통보를 들은 후 나는 별궁으로 돌아왔다. 그리고 아바마마에게 들은 내용을 모두에게 설명하자 제일 먼저 유피가 말을 꺼냈다. 일리아는 살짝 눈을 크게 떴고, 레이니에 이르러서는 넋이 나가 있었다.

"뭐, 어쩔 수 없지. 이제 아르 군도 없으니까."

—아르 군이 폐적되고 벌써 두 달이 지났다.

약혼 파기를 시작으로 아르 군이 일으킨 소동. 마법부의 수장이 음모에 가담하기도 해서 왕성은 벌집을 쑤신 것처럼 난리가 났다.

왕가의 유일한 남아이자 왕위 계승권 1위였던 아르 군의 폐적, 그리고 추방. 아울러 정치적으로 큰 권력을 가졌던 마법부 장관 샤르트뢰즈의 몰락. 이 커다란 소동이 수습되려면 아무래도 시간이 필요했다.

한편 나는 아르 군과 싸우면서 쓴 드래곤 각인문의 반동으로 요양해야 했다. 일주일쯤 지나니 몸을 움직일 수는 있었지만, 경과를 지켜보기 위해 지금까지 안정을 취해야 했다.

그래서 오늘 나를 부른 목적은 무모한 행동에 대한 설교일 줄 알았는데, 막상 이야기를 들으러 가 보니 아바마마와 어마마마가 심각한 표정으로 기다리고 있었고, 내 왕위 계승권이 복권될 거라고 설명했다.

거기에 내 뜻은 없었다. 어쨌든 왕위 계승권이 부여될 만큼 왕가의 피가 진한 계승자는 이제 나 말고 없으니까. 그래서 아바마마는 내 왕위 계승권을 복권하기로 했다. 나는 그걸 거부할 수 없었다.

"……아니스 님은, 그걸로 좋으신가요?"

유피가 딱딱한 목소리로 내게 물었다. 믿을 수 없다, 믿고 싶지 않다는 감정이 그 눈에서 설핏설핏 보이는 것 같았다.

그런 유피의 표정에 나는 쓴웃음을 짓고 말았다. 나보다 유피가 더 심각해 보였기 때문이다.

"국왕이 직접 내린 칙명이니까. 나도 이제 놀고 있을 수만은 없을 것 같아."

"으음…… 왕위 계승권이 복권된다면 차기 국왕은 아니스 님인가요?"

레이니가 당황한 표정으로 물었다. 그 질문에 나는 쓴웃음이 더 진해지는 것을 느끼며 한숨을 쉬었다.

"글쎄. 여왕은 전례가 없으니, 전통대로 간다면 국서를 맞이하게 되려나."

"국서라니……."

"왕가의 피는 남겨야 하니까. 아르 군이 안 된다면 내가 후사를 낳아야지."

대수롭지 않다는 듯이 잘 말했을까. 새삼 내 입으로 직접 말하니 속이 답답하여 토하고 싶어졌다. 그걸 결코 토하지 않도록, 겉으로 드러나지 않도록 가뒀다.

"뭐, 애초에 내가 인정받을 수 있을지가 문제지만 말이야!"

"……왕위 계승권이 돌아와도 말인가요?"

"나는 마법을 못 쓰니까. 왕족으로서도 이게 너무 치명적이야."

그렇기에 나는 왕위 계승권을 버렸었다. 정령과 계약을 맺고 마법을 받은 팔레티아 왕국. 그 왕족과 귀족에게는 마법 실력이 요구된다.

그저 재능이 없을 뿐이라면 그나마 낫다. 하지만 나는 마법을 전혀 쓰지 못한다. 국서를 맞이하더라도 부족한 재능을 메꿀 수 있을지 알 수 없었다.

왕가의 피는 남길 수 있어도, 그 피로 계승되어야 할 마법 재능이 계승되지 않는다면 내가 대를 이을 의미는 없었다.

유력 귀족의 자식을 양자로 들이는 수단도 있지만 아바마마는 그걸 피하고 싶을 터다.

마법부 스캔들이 터진 게 얼마 전이다. 양자를 들인다고 하면 왕위를 탐내고 음모를 꾸미는 무리가 속출할 수도 있다.

팔레티아 왕국은 일견 평화로워 보이지만 내부에서는 아직 권력 투쟁이 이어지고 있었다. 아르 군이 발단이 되고 마법부의 수장도 가담한 음모가 그 증거였다.

이 일로 독실한 정령 신앙을 가진 마법 지상주의 귀족들의 위세는 꺾이게 되었다.

그래도 팔레티아 왕국 귀족의 주류는 정령 신앙파다. 그들이 왕족과 귀족에게 무엇보다도 요구하는 것은 마법 실력, 전통 계승, 정령과의 연결이다. 그래서 그들은 나를 인정하지 않는다.

'즉, 나라가 쪼개질 만한 문제는 산더미처럼 남아 있다는 거지.'

그렇기에 나여야만 한다. 원래 아바마마는 천천히 이 나라를 바꿔 나갈 생각이었다. 시간이 걸리더라도 피는 적게 흘리는 편이 좋으니까. 그렇게 시간을 들여 사람들을 설득하고 완만하게 변화를 촉구하려고 했었다.

그 증거로 아바마마는 대놓고 마학을 인정하진 않아도, 마학으로 만들어지는 마도구를 기대하고 있었다. 내 연구를 막지 않았던 것도 그래서일 것이다.

평민들에게 마도구가 보급되면 귀족과 평민의 골을 조금이나마 메꿀 수 있으니까.

하지만 그건 귀족의 이권인 마법의 영역에 평민이 발을 들이는 일이기도 하다. 예전처럼 또 이 나라에서 싸움이 벌어질 수도 있다.

그래서 아바마마는 신중을 기했다. 너무 신중해져서 이번 일과 같은 음모를 허용했다고 하면 그것도 부정할 수 없지만.

정령 신앙파 중에서도 과격파였던 샤르트뢰즈 백작가의 음모 때문에 후계자였던 아르 군을 잃었다. 그러면서 직계 왕족은 나만 남게 되었다.

그래서 아바마마는 결단했다. 나를 왕위 계승자로 인정하기로. 변화를 강요하게 되더라도, 이대로 왕위 계승자를 공석으로 둬서 정령 신앙파 귀족에게 고삐를 쥐여 줄 수는 없다고.

오랜 세월 커진 비틀림이 귀족과 평민 사이를 가로막고 있었다. 백성 중에도 귀족의 피는 섞여 있는데도 말이다. 이 골이 언젠가 큰 비극이 되어 나라를 덮칠지도 모른다.

그러니 여기서 시대의 흐름을 바꿔야 한다. 아르 군의 말을 빌리자면, 천천히 썩어 가는 이 나라를 구해야 한다.

"뭐, 그런고로 한동안 분주할 것 같지만, 유피랑 레이니와는 그다지 상관없는 일이니까 편히 있어."

"상관없다니……."

"유피는 마학 연구의 조수로서, 레이니는 수습 시녀로서 별궁에 있는 거잖아. 내가 왕위 계승자로서 해야 할 일에 두 사람을 끌어들일 수는 없어."

앞으로 왕족으로서 여러모로 복귀해 나가야 한다. 먼저 내 왕위 계승권이 복권되었음을 귀족에게 알려야 할 테고.

그다음에는 국왕이 되기 위한 지반을 다져야 한다. 그란츠 공이 뒷배가 되어 주겠지만, 나를 인정하지 않는 귀족을 설복해야 한다.

연을 맺기 위해 이것저것 획책해야 할 테고. 정말 뭐부터 손을 대면 좋을지 나는 짐작도 안 간다. 지금껏 자유롭게 지냈던 업보라고 하면 부정은 못 하지만. 이것만큼은 어쩔 수 없다.

이제까지 그랬듯 자유롭게 지낼 수는 없다. 그렇게 생각하니 우울해져서 표정에도 드러날 것 같았다. 우울한 기분을 떨쳐 내듯 고개를 좌우로 흔들었다.

"……역시 피곤하다. 정말로 갑작스러운 얘기였고, 좀 쉬기로 할까. 경황없이 굴어서 미안해."

"아니스 님……."

유피가 걱정스럽게 내 이름을 불렀지만 나는 미소 짓고서 유피에게 가볍게 손을 흔들었다. 그대로 모두가 있는 방을 뒤로하고 내 방으로 향했다.

내 방의 문을 열고 그대로 손을 뒤로 돌려 문을 닫았다. 문을 잠그니 겨우 한숨 돌릴 수 있었다.

이때 내 얼굴은 완전한 무표정이었을 것이다. 혼자가 되어 마침내 다른 사람의 시선을 신경 쓸 필요가 없어졌다. 잠근 문에 기대며 손으로 얼굴을 덮었다. 이제 뭔가에 기대지 않으면 서 있기도 힘들었다.

"……각오는 했었어. 알고 있었어. 아르 군이 없어지면 남는 건 나뿐이야. 그러니까 내가 해야 해."

자신을 타이르듯 나는 중얼거렸다. 그렇게라도 하지 않으면 현실을 받아들일 수 없을 것 같았으니까.

아르 군은 이제 없다. 차기 국왕은 나다. 아무리 걸맞지 않아도, 왕족으로 태어났으니 왕가의 피는 이어야 한다.

그러려면 귀족들에게 인정받아야 한다. 내가 왕족임을, 차기 국왕에 걸맞음을.

"……!"

치솟는 메스꺼움을 참았다. 토하지 마. 아무것도 토하지 마. 들키면 안 돼. 들켜선 안 돼. 참고, 없던 일로 하고, 아무것도 보여선 안 돼.

나도 안다. 누군가가 나라를 이끌어야 한다. 안 그러면 나라를 지킬 수 없으니까. 그리고 왕위를 이을 수 있는 사람은 나만 남았다.

"……괜찮아."

이제 나도 어린애가 아니다. 그저 마법을 동경할 뿐이었던 어린 시절과는 다르다.

하늘을 나는 마도구를 개발해 냈다. 일부 마법을 도구로 만들어 냈다. 그 힘으로 드래곤조차 쓰러뜨렸다.

지금 내게는 힘이 있다. 나를 부정했던 귀족을 복종시키는 것도 지금이라면 가능할 터다. 내가 각오만 한다면.

그러니까 웃을 수 있다. 그러니까 괜찮다. 나는 괜찮아. 나라면 할 수 있어. 할 수밖에 없어.

수없이 되풀이하며 심호흡했다. 문에 기대고 있던 등을 떼고 방 안으로 갔다.

어쨌든 지금은 자고 싶었다. 자고 일어나면 여러 가지로 움직여야 한다. 해야 할 일이 수두룩하니까.

침대로 가는 길에 화장대 거울에 비친 내 모습이 눈에 들어왔다.

왕족의 상징으로 여겨지는 백금색 머리, 어린잎 같은 연두색 눈, 조금 동안이지만 충분히 반듯한 얼굴. 그런 내가 거울 속에 있었다.

—아무런 표정도 짓지 않은 인형 같은 내가 거울 너머에서 있었다.

나는 의식적으로 웃는 얼굴을 만들었다. ……괜찮아. 웃는 얼굴을 꾸미는 건 익숙하다.

줄곧 그렇게 살아왔다. 나를 싫어하는 사람들에게 빈틈을 보이지 않으려고 겉모습을 꾸몄다.

이전과 전혀 다르지 않다. 평소처럼 하면 된다. 나는 자신을 타이르듯 거울에 비친 나에게 말했다.

"나는 괜찮아. 왜냐하면—."

—나는 아니스피아 윈 팔레티아. 이 나라의 왕녀님이니까.

1장 근심은 걷히지 않고

“그 녀석은 진짜 바보라니까. 유필리아 님도 그렇게 생각하지?”

티르티가 언짢은 모습으로 제게 말했습니다. 딱 보기에도 불통하니 불만스러워 보였습니다.

아르가르드 님이 일으켰던 소동이 있고 나서 요양하던 티르티는 마침내 일상생활로 돌아왔고, 그러면서 레이니의 건강 검진도 재개되었습니다.

티르티는 요양 중에 방에 틀어박혀 있었기에 바깥 상황이 어떻게 변했는지 몰랐던 모양입니다. 최근에야 전부 알게 되었다고 했습니다.

아니스 님의 왕위 계승권이 복권된다는 이야기는 이미 귀족들 사이에 퍼져 있었습니다. 그 이야기를 듣고 티르티는 짜증을 냈습니다.

별궁에는 저와 레이니만 남아 있었고, 아니스 님은 일리아를 데리고서 왕성에 가셨습니다. 왕위 계승권이 복권되게 되면서 아니스 님이 별궁에 있는 시간은 매우 적어졌습니다.

그만큼 바쁘신 거겠죠. 티르티는 그것조차 불쾌한지 인상을 쓰고 연신 혀를 찼습니다.

"오늘도 별궁에 없는 건 왕성에 볼일이 있어서? 귀족과 대면하려고? 흥, 새삼스럽게. 어차피 그 녀석이 왕이 되는 걸 아무도 인정하지 않으니까 후딱 유력 귀족의 자식을 양자로 삼으면 될 텐데."

"무슨 말씀을 하시는 건가요, 티르티. 불경해요."

"흥! 알 게 뭐야. 윗선이 얼마나 무능한지는 내 알 바 아니야. 나한테는 어찌 되든 좋은 이야기니까."

어찌 되든 좋다고 말하면서 몹시 언짢아 보이지만. 지적하면 더욱 언짢아할 테니 추궁하지 않기로 했습니다.

사실은 티르티에게 아니스 님의 건강 진단도 부탁하고 싶지만, 아무래도 아니스 님이 티르티를 피하고 있는 것 같아서 두 사람은 만나지 못하고 있었습니다.

아니스 님은 티르티 이야기를 꺼내면 쓴웃음을 지었고, 티르티는 아니스 님 이야기를 꺼내면 지금처럼 심사가 틀어졌습니다. 어쩌면 좋을지 머리를 싸매고 싶어졌습니다.

"유필리아 님도 큰일이네."

"아뇨, 저는 특별히……."

"그래? 유필리아 님도 상황에 휘둘리고 있잖아. 왕자의 약혼자였는데 파기당하고, 왕녀에게 거둬져서 연구 조수가 됐더니 이번에는 사실상 해고. 그런데도 아무렇지도 않은 얼굴이야."

티르티가 솔직한 말을 던졌습니다. 그 말이 여러 가지로 가슴을 찔렀지만 저는 고개를 흔들어 얼버무렸습니다. 한숨이 나오려는 것을 참는 데도 익숙해지고 말았습니다.

"저는 됐어요. 레이니는 괜찮나요?"

"아, 네……."

대화에 끼지 못하고 움츠리고 있던 레이니가 작게 대답했습니다.

레이니는 사복이 아니라 시녀복을 입고 있었습니다. 수습 시녀로서 일리아에게 일을 배우고 있는 레이니는 조금씩 성장 중입니다. 아르가르드 님에게 당한 상처도 뱀파이어의 재생력 덕분인지 말끔하게 나았습니다.

그래도 심장이 도려내지는 중상이었던 것은 틀림없습니다. 그래서 이렇게 티르티에게 진찰받는 것이었습니다. 현재로서는 이렇다 할 문제가 없어서 크게 걱정은 안 하지만요.

"레이니는 솔직해서 좋네. 어떤 기상천외 왕녀님과는 딴판이야."

"아, 아하하……."

또다시 티르티가 욕하기 시작하자 레이니가 쓴웃음을 지었습니다. 저는 참지 못하고 티르티에게 물었습니다.

"티르티, 아니스 님의 왕위 계승권이 복권된 게 그렇게 불만인가요?"

"흥. 오히려 불만스럽게 여겨야 하는 사람은 유필리아 님 아니야?"

“……저는, 불만스러워할 입장이.”

“입장. 그래, 입장 말이지. 그 녀석은 왕족이고, 유필리아 님은 공작가라고는 해도 일개 귀족. 입장을 생각하면 만점짜리 대답이야. 역시 완벽한 영애님은 말하는 게 달라.”

티르티의 빈정거림에 참지 못하고 인상을 쓰고 말았습니다. 하지만 티르티의 눈에 담긴 격한 감정을 느끼자 아무 말도 할 수 없었습니다.

“알 게 뭐야. 입장이 있으니까 왕이 되어야 해? 그 녀석한테 왕이 되라고 하면 분명 터무니없는 일이 벌어질걸.”

“그, 그렇게까지 잘라 말하는 건가요……?”

“그 녀석이 왕이 되면 그만큼 일이 귀찮아질 수밖에 없어.”

티르티가 단언하자 레이니도 당황한 것 같았습니다. 아니스 님이 차기 국왕이 되는 게 얼마나 어려운지는 저도 압니다.

일단 아니스 님은 팔레티아 왕국의 왕족에게 요구되는 마법 재능이 없습니다. 마학으로 공적을 올릴 수는 있겠지만, 그건 이단으로 여겨져서 귀족 대부분이 호의적으로 받아들이지 않습니다.

그리고 아니스 님은 오랫동안 귀족 사회에서 떨어져 있었습니다. 아버지가 뒷배가 되더라도 귀족들을 아군으로 삼기는 힘들 겁니다. 막상 왕이 되더라도 신하가 따르지 않으면 의미가 없습니다.

“귀족들이 아니스 님을 환영하지 않으리라는 건 저도 알아요. 하지만 그걸 돕는 게 저희 귀족의……."

"응, 실격. 바로 글러 먹었잖아. 유필리아 님, 내가 언제 입장 얘기나 정치 얘기를 하자고 했어?"

"……그럼 뭐가 문제라는 건가요……?"

"얘기가 성립이 안 되네. 그렇게 아르가르드 왕자 때와 똑같은 실패를 되풀이하고 싶어?"

티르티의 말을 듣고 피가 거꾸로 솟을 뻔했습니다. 목이 콱 막히려고 했지만 저는 가슴을 눌러 자신을 억제했습니다.

억누르지 않으면 티르티의 멱살을 잡을 것 같았습니다. 치솟은 충동의 크기에 얼굴에서 핏기가 가셨습니다.

"티르티 님! 말씀이 심하세요! 유필리아 님도 아무 고민도 없지는 않다고요!"

"……알고 있어."

굳어 버린 저 대신 레이니가 눈을 치켜뜨고 티르티에게 고함쳤습니다.

그러자 티르티도 무안한 표정으로 눈을 돌렸습니다. 어색한 분위기가 흘렀지만, 그것을 바꾸듯 티르티가 시선을 돌린 채 입을 열었습니다.

"……미안해. 그냥 화풀이야. 불만이 있다면 아니스 님에게 말해야 했어."

"……아뇨."

"하여간! 결국 전부 그 녀석 잘못이야! 이제 와서 왕위 계승권이라니! 뭣 때문에 왕위 계승권을 버렸는데! 그걸 간단히 돌려받고 말이야!"

"……하지만 아니스 님이 왕위 계승권을 포기한 채로 계셨으면 어떻게 됐을까요?"

"……아니스 님이 계승권을 안 받으면 다음 후보가 없지."

"아니스 님 말고 후보가 될 수 있는 핏줄은 없나요?"

레이니의 의문에 티르티는 인상을 쓰고 고개를 가로저었습니다.

"아르가르드 님 말고 남은 직계는 아니스 님뿐이야. 본래 왕가의 피가 흐른다면 공작가도 후보에 들겠지만, 현 공작가가 왕위를 이으면 문제가 너무 많으니까."

"아니스 님의 왕위 계승권이 복권되지 않으면 유력 귀족에게 왕위를 양도하거나 우수한 자식을 양자로 들이게 되겠죠. 그러면 지금보다 권력 투쟁이 더 심해질 게 뻔해요. 귀족 간의 싸움으로 이어질 수도 있어요."

티르티의 설명에 저도 고개를 끄덕이며 보충하듯 말을 덧붙였습니다.

레이니가 한기를 느낀 표정으로 팔을 문질렀습니다. 제게도 즐거운 화제는 아니기에 목소리는 자연스럽게 낮아졌습니다.

"……그럼 아니스 님이 왕위 계승권을 꼭 받아야만 하는 건가요? 하지만 귀족은 아니스 님을 인정하지 않는다고……."

"아니스 님에게는 왕족에게 요구되는 재능이 없어. 치명적이야."

"그럼 어쩌라는 거죠?! 너무 제멋대로 아닌가요?!"

레이니가 언성을 높였지만 저는 복잡한 표정을 지을 수밖에 없었습니다. 티르티도 비슷한 표정이었습니다.

"정령 신앙파 귀족은 아니스 님을 실각시키려고 하겠지. 그러면 자신이, 혹은 자신의 아이가 새로운 왕이 될지도 모르니까."

"……그런 건 너무 이기적이에요. 그것 때문에 아니스 님과 아르가르드 님의 사이가 틀어졌는데, 그렇게 권력이 중요한가요?"

이해할 수 없다는 것처럼 레이니가 고개를 좌우로 흔들었습니다. 그런 레이니를 저는 눈부시다는 듯 바라보고 말았습니다.

"……그렇게 생각할 수 있는 귀족은 적어. 그래서 이런 문제는 팔레티아 왕국에서 옛날부터 끊이지 않아."

"……옛날부터요?"

"그래. 역사 공부했지? 오르펀스 폐하가 즉위하기 전의 얘기는 알아?"

"으음…… 당시 왕태자였던 형님이 쿠데타를 일으킨 것 말인가요?"

"너희 아빠와 연이 깊은 얘기지. 선대 임금님, 즉 아니스 님의 할아버지가 평민에게 섞인 귀족의 피뿐만 아니라 우수한 평민을 귀족으로 끌어올리기 위한 정책을 세웠어. 하지만 이 정책은 당시 군벌파였던 귀족들의 맹렬한 반대를 불렀어."

팔레티아 왕국의 귀족은 혈통에 강하게 집착합니다. 가문 간의 연결 때문이기도 하지만, 무엇보다 선조로부터 물려받은 마법의 힘을 자손에게도 물려주기 위해서입니다.

그렇기에 귀족과 평민의 신분을 명확히 나누려고 하는 의식은 귀족 사이에서 뿌리 깊었고, 오르펀스 폐하가 즉위하기 전에는 지금보다 그 풍조가 강했다고 들었습니다.

"귀족에게 평민의 피가 섞이면 피가 옅어진다고 누구나 생각하던 시대야. 평민과 사랑의 도피를 하거나 맺어지는 건 금기. 옛날에는 지금보다 더 심했다고 다들 입을 모아 말해."

"……그래서 오르펀스 폐하의 형님은 쿠데타를 일으킨 건가요?"

"그렇죠. 당시 팔레티아 왕국은 지금보다도 귀족과 평민의 입장을 명확히 구별하려고 했어요."

"그래서 평민들의 불만도 지금보다 더 쌓여 있었어. 언제 내부 붕괴가 일어나도 이상하지 않을 만큼 심했다고 해."

귀족을 특권 계급으로 만들고 싶다. 그런 의식이 여전히 남아 있습니다. 횡포를 부리는 귀족에 대한 소문은 끊이지 않고, 그런 귀족에게 불만이나 두려움을 품은 평민도 많습니다. 그것이 귀족의 마땅한 모습은 아닐 터인데.

"이야기를 되돌릴게. 계기가 무엇이든 간에 쿠데타는 일어났어. 여기서 문제는 쿠데타를 일으킨 게 당시의 군벌 귀족이란 거야. 무투파 귀족 대부분이 적으로 돌아섰어. 당시의 오르펀스 폐하는 용케 나라를 보존시켰다니까."

"그건…… 저희 아버지와 실피느 왕비님이 계셨기 때문이겠죠."

"맞아. 쿠데타를 진압한 공적으로 두 분이 지금의 지위를 얻었다고 해도 과언은 아니야. 당시부터 최강의 자리를 두고 싸웠을 정도의 실력자니까."

"와…… 유필리아 님의 아버지도 대단한 분이시군요."

레이니가 아버지를 솔직하게 칭찬해서 저는 어설프게 웃을 수밖에 없었습니다.

다종다양한 마법을 구사하고 무예와 정치에도 재능을 보인 아버지. 저도 아버지와 비슷하다는 말을 듣지만, 솔직히 도저히 따라잡을 엄두가 나지 않습니다.

"……어라? 그렇다면 마젠타 공작가는 안 되나요? 공작가라면 왕가의 피도 흐르고 있잖아요?"

"확실히 마젠타 공작가에는 왕가의 피도 흘러요. 하지만 그건 한참 전의 얘기예요. 저희 가문의 피 농도로는 왕위 계승권이 있더라도 매우 뒤쪽이 될 거예요."

"그리고 마젠타 공작가의 자식을 왕가의 양자로 삼는 건

무리야. 여러 가지로 문제가 있어."

"문제요?"

"마젠타 공작은 쿠데타를 끝낸 후 패전 측이었던 무투파 귀족을 재편해서 그 위에 섰어. 그게 변해서 마젠타 공작을 필두로 한 새로운 파벌이 됐지만, 그렇기에 마젠타 공작가의 핏줄은 국왕이 될 수 없어. 예전에 쿠데타를 일으킨 귀족을 그대로 중용하게 될지도 모르니까. 그건 마법부가 맹렬히 반대하겠지."

"……왜 마법부가 반대하나요?"

레이니는 마법부라는 단어가 나오자 입술을 삐죽였습니다. 아르가르드 님이 일으킨 일 때문에 마법부에 대한 인상이 대단히 나빠진 모양입니다. 솔직히 저도 마법부에 악감정이 있는 것을 부정할 수 없지만요.

"마법부에 소속된 귀족 대다수가 오르펀스 폐하의 즉위를 지원한 파벌이기 때문이야. 쿠데타가 일어났을 때, 오르펀스 폐하는 중립파였던 마법부를 자신의 진영에 들여서 대항했어. 그 공적으로 마법부의 지위는 크게 올라서 지금의 권력을 손에 넣은 거야."

"그런 일이 있었던 건가요?"

"마법부는 원래 마법을 연구하고 정령 신앙을 심화하기 위한 조직이야. 그래서 아이디어 뱅크라고 할까, 자문단 같은 위치였어. 하지만 권력이 세지고 나서 조직의 체제도 바꿔어 버렸어. 문화의 최첨단을 맡는다고 하면 듣기는 좋지만, 결국은 과거의 영화에 집착하는 낡아 빠진 꼰대들이야."

"티르티, 말이 심해요."

이건 지나친 폭언이었기에 타박했습니다. 어쨌든 마법부는 연구 기관이면서 동시에 과거의 역사를 편찬 및 관리하고 행사를 책임지는 역할이었습니다.

그렇기에 중립파였지만, 쿠데타 때 오르펀스 폐하가 조력을 구하면서 변하고 말았을 겁니다.

"마법부는 좋게도 나쁘게도 마법의 권위를 중시해. 팔레티아 왕국의 시조를 찬양하며 정령을 친구로 삼고 그 마음과 함께 살아가. 전통과 문화를 계승하며 지키려고 해. 그래서 아니스 님과는 안 맞아. 아니스 님은 혁신적이고 마법부는 보수적이니까."

"그렇군요……."

"다만 마법부는 이번에 큰 실수를 범했어. 소동의 주모자였던 샤르트뢰즈 백작이 처벌받아 장관이 부재한 상황이니 크게 움직이지 못할 거야. 그래서 폐하는 이 틈에 아니스 님이 지반을 다지도록 획책한 거겠지만. 마젠타 공작이 뒷배로 있는 것도 그런 세력도를 나타내는 거야."

"……으음, 그럼 마젠타 공작가 말고는 또 없나요?"

"다른 공작가도 쿠데타에 가담해서 망하거나 가문은 남았지만 가주가 처형되는 등 왕위를 계승할 수 있는 사람은 안 남아 있어."

"답이 없잖아요!"

"맞아. 그래서 유일하게 차기 국왕이 될 수 있는 아르가르드 님을 정말로 고이고이 키웠을 테지만……. 역시 폐하를 동정하게 되네."

티르티가 어깨를 으쓱이며 말했습니다. 확실히 아르가르드 님은 소중히 여겨졌을 겁니다. 저라는 약혼자를 비롯하여 유력 귀족의 자식들이 측근 후보로 곁에 있는 등 상당히 대우받았던 것 같습니다.

"그렇게 마법 실력이 중요한가요? 저는 모르겠어요. 마법 실력이 국왕의 정무와 무슨 상관이 있다는 건가요? 정치와 직접 관련은 없잖아요?"

레이니가 말한 대로, 국가 운영에 마법 실력이 관계되는 일은 많지 않습니다. 그렇기에 말문이 막혀서 아무 말도 못 하는 저 대신 티르티가 대답했습니다.

"그래서 마법은 저주인 거야. 옛날에는 귀족이 솔선해서 백성을 지켜야 했어. 영지 개척이 진행되어 생활도 안정되었지만, 그래도 유사시에는 마법의 힘이 필요해져. 대비하는 건 중요해. 피를 희석시키지 않고 마법사이기를 추구하는 건 팔레티아 왕국에서 특별히 잘못된 일이 아니야. 그게 힘을 가진 자의 의무고, 그걸 솔선해서 완수해야 하는 게 왕족이야."

"……그래서 왕족에게 마법 재능이 요구되는 건가요?"

레이니가 신음하듯 묻자 티르티는 조용히 고개를 끄덕였습니다. 저도 부정할 수 없었습니다.

피를 희석시키지 않는 것. 바꿔 말하면 계속 마법사여야만 한다는 것입니다. 마물 피해를 입기 쉬운 팔레티아 왕국을 지키려면 마법의 힘이 필요합니다. 그래서 마법이 권위의 상징이 되는 것도 납득이 갔습니다.

"하지만 지금은 그렇게 숭고한 뜻을 가진 귀족이 얼마나 있을까?"

"……그건."

"엘리트라고 불리는 우수한 마법사는 대부분 마법부에 들어가. 그리고 정치에 참견하고 과거의 영화에 집착하지. 마젠타 공작이 대항하고 있지만, 그 밑에 있는 귀족은 쿠데타 뒤처리로 집안 재건이 시급하거나, 중앙에서 멀리 떨어진 영지의 영주가 되거나, 변경의 기사단에 배속된 자들이야. 그래서 파벌로서의 정치 영향력은 약해. 이 나라는 천천히, 하지만 확실하게 마법부의 위광에 물들고 있어."

지긋지긋하다는 듯 티르티가 강한 어조로 말했습니다. 오르펀스 폐하가 왕이 되고, 즉위를 도운 마법부는 입장과 권력이 커졌습니다.

그리고 그들은 이 나라를 자신의 사상으로 물들이려 한다고, 티르티는 그렇게 말하고 싶은 걸까요.

“그래서 아니스 님은 극약인 거야. 좋게도 나쁘게도 그 녀석은 나라를 심하게 바꿔 버려.”

“마도구가 있기 때문에요?”

“그것도 그렇지만…… 가장 큰 문제는 아니스 님이 마법을 신성시하지 않는다는 거야.”

티르티의 말에 저도 무심코 고개를 끄덕이고 말았습니다. 아니스 님은 정령에 대한 신앙심이 아주 희박해 보였습니다. 이를테면 정령석을 정령의 시체라고 말해 버리는 지론을 가지고 있었습니다.

보통은 기도를 올려야 할 고귀한 존재에 대해 아니스 님은 무례하다는 말을 들어도 별수 없을 인식을 가지고 계셨습니다. 그렇기에 아니스 님은 마학이라는 사상을 가지고 마도구를 만들기에 이르셨겠죠. 하지만 마법부는 그걸 받아들이지 않습니다.

“아니스 님이 마도구를 만들었기에 마법부와 알력이 생긴 게 아니야. 아니스 님이 정령을 「안 믿는 것」이 큰 문제야.”

“안 믿기 때문에요?”

“정령이 있다는 건 알고 고맙게 여기긴 하겠지. 하지만 아니스 님에게 정령은 절대적인 존재가 아니야. 정령의 선물이라고 불리는 정령석도 실험을 위해 아무렇지도 않게 사용해. 전통과 신앙을 중시하는 마법부 사람들에게 그 자세가 어떻게 보일지 상상이 가지?”

티르티가 눈을 가늘게 뜨며 말하자 레이니는 무겁게 고개를 끄덕였습니다.

아니스 님과 마법부 사이에 파인 골은 크고 깊습니다. 아니스 님도 정령을 하찮게 여기지는 않지만, 신앙 대상으로 보는가 하면 그렇지는 않았습니다.

"이건 가정인데, 아니스 님이 모두에게 환영받아 여왕이 된다면 팔레티아 왕국은 역사적으로도 전례 없는 발전을 이룰 거야. 하지만 그거야말로 마법부가 피하고 싶은 미래겠지."

"……어째서죠?"

"아니스 님이 대두한다는 건 그만큼 마도구가 널리 보급된다는 거야. 그리고 아니스 님의 사상도. 하지만 아니스 님의 사상은 귀족의 이권을 거덜 낼지도 몰라."

"……이권이요?"

"귀족은 나라를 지키는 책무가 있기에 귀족이야. 마물을 상대하고, 나라를 지키고, 정치를 맡아서 백성을 이끌지. 그런 귀족의 권위를 지지하는 게 마법이었어. 그래서 귀족은 마법을 쓸 수 있다는 걸 긍지로 여겨."

"하지만 아니스 님에게는 마도구가 있어요. 마도구는 귀족 평민을 불문하고 누구나 쓸 수 있는 마법이에요. 만약 그게 당연해지면 무슨 일이 일어날까요? 레이니."

고민하듯 눈썹을 찌푸린 레이니가 입을 다물었습니다. 그리고 어떤 생각에 이르렀는지 조심조심 답을 말했습니다.

"……평민에게 귀족의 비호가 필요 없어지나요?"

저는 정답이라고 알려 주듯 고개를 끄덕였습니다. 아니스 님과 마법부가 서로 으르렁거리는 큰 이유는 바로 이것일 겁니다.

마법은 귀족의 특권이자 이권입니다. 그렇기에 귀족에게 지금의 지위가 있습니다.

하지만 평민이 스스로 자기 몸을 지키게 된다면?

가뜩이나 귀족과 평민의 골은 점점 깊어지고 있습니다. 귀족에게 불만을 가진 평민이 마도구를 당연하게 쓰게 되면 어떻게 될까요?

그건 틀림없이 귀족에게 위협이 될 겁니다. 그리고 아니스 님은 마도구의 성능을 세상에 알리고 있습니다.

"물론 불과 몇 년 만에 평민과 귀족이 갈라서진 않을 거야. 하지만 평민이 귀족 못지않은 힘을 얻으면 횡포를 부리는 귀족에게 반항하는 평민이 나올 수도 있어. 아니, 오히려 안 나오는 게 이상해."

"……그렇죠."

레이니가 조용히 고개를 끄덕였습니다. 그 표정에는 씁쓸한 감정이 담겨 있었습니다.

레이니도 티르티의 말을 긍정할 만한 경험을 한 걸까요.

저는 평민의 고통을 모릅니다. 그러니 공감할 수는 없을 겁니다. 하지만 모르는 채로 방치하는 게 두렵다는 것은 뼈

저리게 압니다.

"……백성은 변혁을 바라고 있을까요?"

제 물음에 티르티도 레이니도 바로 답해 주지 않았습니다. 티르티는 진지한 얼굴이었고, 레이니는 단어를 고르느라 말이 안 나오는 모습이었습니다.

"백성이 어떻게 생각하는지는 몰라. 나는 귀족이고 집순이야. 결국 내가 하는 얘기도 들은 얘기일 뿐이야."

"그럼 레이니는 어떤가요?"

"……모르겠어요. 저는 고아원에서 자랐으니까요. 제가 아는 세계는 좁고, 다른 평민이 어떻게 생각하는지는 말할 수 없어요. 하지만……."

"……하지만?"

"고아의 수는 늘고 있는 것 같아요. 고아가 되는 사정은 다양해서, 단순히 부모가 가난하여 버릴 수밖에 없거나, 귀족의 집에 아이가 생기고 인지되지 않기도 하지만……."

"……고아가 늘어나고 있나요?"

"네. 제가 고아원에 들어간 뒤로도 매해 늘기만 했어요."

고아가 늘고 있다면 그만큼 가난하게 생활하는 백성이 많다는 뜻입니다. 본인들의 힘으로 어떻게도 할 수 없다면 고아원에 아이를 버릴 수밖에 없겠죠.

폐하와 아버지가 그런 현실을 모르지는 않을 겁니다. 그런데도 빈곤에 허덕이는 백성에게 손을 내밀지 못하는 것을 보면 거기까지 신경 쓸 수 없는 상황인 걸까요?

"평민의 생활을 가장 자세히 아는 사람은 아니스 님일 거야. 모험가로 활동 중이고, 성 아랫마을에도 빈번히 내려가고, 왕도 밖에도 태연하게 나가니까. 그러니 백성이 어떻게 생활하고 귀족을 어떻게 생각하는지 알고 있어도 이상하지 않아."

"그건, 확실히 그러네요……."

"……가정이지만, 정말로 평민이 고통받고 있어서 누군가가 들고일어나야 할 만큼 절박한 상황이라면 그 녀석은 좀 더 안달 냈을 거야. 귀족과 평민 사이에 골이 있긴 해도 아직 치명적이진 않은 거겠지."

티르티의 말에 저도 모르게 납득하고 말았습니다. 아니스 님은 착한 분입니다. 자신이 할 수 있는 범위에서 백성을 위해 움직일 수 있는 분입니다.

아니스 님이 정말로 어쩌지 못할 상황을 보셨다면 더 빨리 움직이셨을 겁니다. 그로 인해 아르가르드 님과 싸우게 된다하더라도.

"아니스 님은 아르가르드 왕자가 사라질 때까지 철저히 왕위 계승의 가능성을 거부했어. 그러길 바랐어. 아르가르드 왕자와의 확집도 이유 중 하나였겠지만, 그 녀석은 그렇게 항상 타인에게 끼칠 민폐를 재면서 행동해. 어디까지 용납될지 의외로 그 녀석은 자세히 보고 있어."

"……하지만 아니스 님이 왕이 돼도, 결국 정령 신앙파 귀족과 싸우게 되지 않나요?"

레이니의 물음에 저도 티르티도 다시 입을 다물고 말았습니다. 마법을 쓰지 못하는 아니스 님이 국왕이 된다고 했을 때, 마법을 대신할 것이라면 마학과 마도구입니다. 그것이 한 번이라도 평민 손에 넘어가면 분명 백성들은 더 많은 힘을 바랄 겁니다.

한번 시작되면 그 흐름은 막을 수 없습니다. 그러면 이권을 지키려고 하는 정령 신앙파 귀족들과의 싸움은 피할 수 없겠죠. 자칫 잘못하면 마도구의 보급이 제2의 쿠데타로 이어질 수도 있습니다.

티르티와 레이니도 그런 상상을 했을 겁니다. 불쾌한 침묵이 방에 퍼졌습니다.

"—다녀왔어~!"

그때 밝고 태평한 목소리가 들렸습니다. 문을 벌컥 열고 들어온 사람은 아니스 님이었습니다.

저희는 갑자기 들어온 아니스 님을 보고 눈을 동그랗게 떴습니다. 아니스 님은 싱글벙글 웃다가 티르티와 시선이 마주치자 움직임을 멈췄습니다.

"어, 어라? 티르티, 아직 있었어……? 당연히 이미 돌아갔을 줄 알았는데……."

아니스 님은 쓴웃음을 지으면서도 어째선지 얼버무리듯

몸을 흔들었습니다. ……왜일까요. 그 동작에서 위화감이 느껴졌습니다.

의문스럽게 여기고 있으니 티르티가 빠른 걸음으로 아니스 님에게 다가갔습니다. 아니스 님은 뒤로 물러나려고 했지만 티르티가 더 빨리 거리를 좁혔습니다.

티르티는 그대로 아니스 님의 멱살을 잡았습니다. 황급히 말리려고 했지만 티르티의 표정을 보고 움직임을 멈추고 말았습니다.

"……너, 대체 무슨 얼굴을 하고 있는 거야."

"아, 아니, 그게, 여, 역시 피해 다닌 건 미안하다고 할까……."

"—그런 뜻으로 말한 게 아니라는 거 알잖아!"

티르티의 표정은 분노로 일그러져 있었습니다. 동시에 분하다는 듯 어금니를 악물고 멱살을 잡은 채 아니스 님을 노려보고 있었습니다.

반면 멱살을 잡힌 아니스 님은 난처한 얼굴로 웃을 뿐이었습니다. 얼버무리듯 웃고 있지만 그 목소리에 힘은 없었습니다.

그런 기묘한 두 사람의 모습에 저도 완전히 압도되고 말았습니다. 두 사람을 떼어 놓은 사람은 아니스 님을 뒤따라온 일리아였습니다.

"티르티 님, 이쯤 하시지요……."

"……바보, 너는 진짜 바보야! 네가 그런 태도라면 나도 이제 몰라!"

"……응, 미안."

"각인문도 있으니 진찰은 해 주겠어. 하지만 여기서 얼굴을 마주하고 싶지도 않으니까 다음부터는 내 쪽으로 찾아와. 어차피 레이니를 진찰하는 날에는 밖에 나가 있잖아? 마음대로 해. 하지만 날 찾아올 거면 다시는 만들어 낸 웃는 얼굴을 보이지 마. 역겨우니까. 다음에 또 보이면 후려갈길 거야!"

티르티의 말은 명백하게 엉망진창이었습니다. 진찰은 하겠지만 얼굴은 보고 싶지 않다니. 그래도 아니스 님은 그게 당연하다는 듯 고개를 끄덕였습니다.

기묘한 대화인데 어째선지 맞물리고 있는 것처럼 보여서 정체 모를 오한이 느껴졌습니다. 그 냉기가 심장마저 움켜쥔 것 같았습니다.

'이건, 대체 뭘까요……?'

—모르겠어. 그래서…… 무서워.

거기까지 생각하고 저는 경악했습니다. 저는 두려운 겁니다. 두 사람의 대화에 어떤 의미가 있는지 알 수 없어서. 하지만 이 위화감을 간과해서는 안 된다고 직감이 속삭였습니다.

제가 생각하는 사이에 티르티는 돌아가겠다며 나가 버렸습니다.

너무 빨라서 아무도 따라가지 못했고, 일리아만이 배웅하기 위해 티르티를 쫓아갔습니다. 방에는 저와 레이니, 그리고 아니스 님이 남았습니다.

"……아~ 실패했어. 으음~ 다음에 사과해야겠어……."

아니스 님은 머리를 긁적이며 한숨을 쉬었습니다. 어깨를 떨군 그 모습은 풀이 죽은 것처럼 보였습니다. ……하지만 얼굴은 여전히 곤란한 듯 웃고 있었습니다.

"아니스 님."

"놀라게 해서 미안해. 이렇게 될 것 같아서 티르티를 피한 건데, 이미 돌아갔을 줄 알고 방심했어."

"그건 괜찮지만……."

"티르티는 신경 쓰지 마. 아니, 내 탓이지만, 화내도 곤란할 뿐이라고 할까……."

……기분 탓일까요? 기분 탓이라고 생각하고 싶은데 의문이 가시지 않습니다.

'아니스 님, 당신은 지금 어디를 보고 누구와 말하고 있는 건가요……?'

확실하게 눈앞에 있는데 시선도 마주치지 않습니다. 그저 그뿐인데도 오한이 멈추지 않았습니다. 마치 아니스 님의 시야에 제가 없는 듯한 착각이 들었습니다.

왜 그런 생각이 드는지 모르겠습니다. 그래서 무서웠습니다. 저는 이런 공포를 모릅니다. 그래서 아니스 님의 시선이 제게 향했을 때, 매우 안심하고 말았습니다.

"아! 맞다, 유피. 오늘이면 일단락될 것 같아서 제안할 게 있었어!"

"제안……이요?"

"응. 아르칸시엘 말이야! 수리를 맡겼었잖아?"

아니스 님과 아르가르드 님의 싸움에 끼어들며 방패로 썼던 아르칸시엘은 도신이 두 동강 나서 아니스 님에게 수리를 부탁했습니다.

성 아래에 친한 대장장이가 있다고 듣긴 했지만, 지금은 그분에게 맡겼다고 했었습니다.

"저번에 말한 대장장이한테 유피를 꼭 소개하고 싶어서. 좋은 기회이지 않을까."

"즉, 아니스 님과 함께 마을에 가자는 건가요?"

"응! 약소한 잠행으로! 기분 전환도 필요하잖아?"

"그건 좋지만…… 호위는 어쩌시려고요?"

잠행이라지만 아니스 님은 왕족입니다. 아까와는 다른 종류의 불길한 예감을 느끼면서도 저는 아니스 님에게 물었습니다. 아니스 님의 대답은 제 소망을 배반하는 무자비한 내용이었습니다.

"호위 따위 없어도 돼. 서로 호위하면 문제없어! 그리고 아바마마에게는 말씀드렸으니까 누군가가 따라올걸? 신경 쓰지 않아도 돼."

"……그래도 되는 건가요?"

"새삼스럽게, 뭘."

예전에는 아르가르드 님이 계셨기에 자유롭게 지낼 수 있었던 것이고, 지금 아니스 님은 유일한 왕위 계승자라고요!

그렇게 생각하고 쓴소리하려고 하자 아니스 님이 제 팔을 껴안듯 팔짱을 꼈습니다. 그리고 시선만 올려서 쳐다보았습니다.

"……안 돼?"

안 된다고 바로 말하려고 했지만, 아니스 님의 간청하는 표정을 보니 입이 떨어지지 않았습니다.

레이니에게 시선을 돌려 도움을 구했으나 레이니는 희미하게 쓴웃음을 지으며 고개를 가로저었습니다. 마치 포기하라는 것처럼.

"응? 괜찮지? 유피."

어리광 부리는 듯한 목소리로 아니스 님이 말해서 저는 항복할 수밖에 없었습니다.

2장 마을 잠행

단둘이 잠행이라니 정말로 괜찮은 걸까 고민했지만, 결국 아니스 님의 기세에 밀리고 말았습니다. 그리고 지금, 저는 아니스 님과 함께 성 아랫마을에 나와 있었습니다.

저는 평소 입는 옷이 아니라 평민들이 입는 소박한 옷을 입고 있었습니다. 눈에 띄는 백은색 머리는 묶어서 모자 속에 숨겼습니다.

옆에 있는 아니스 님도 머리카락을 모자 속에 넣은 모습이었습니다. 그래도 아니스 님은 역시 사랑스러운 외모였고, 소박한 옷을 입어도 평민 아가씨로는 도저히 보이지 않았습니다. 이 모습으로 정말 잠행이 되는 걸까요?

"이쪽이야, 유피."

"아, 네. 아니스 님. ……이 아니라, 그, 아니스……."

잠행이니 「님」은 붙이지 말라고 했지만 제게는 어려웠습니다. 이름만 부르는 것은 익숙하지 않아서 의식해야만 했습니다. 한숨을 쉬고 있으니 아니스 님이 키득키득 웃었습니다.

"후후, 얼른 익숙해져. 유피."

"……선처하겠습니다."

"사실은 어조도 조금 부드럽게 해 줬으면 하지만. 유피는

원래 정중하니까 그건 역시 어렵지?"

즐겁게 웃는 아니스 님의 모습에 뺨이 달아오르는 것을 느끼며 저는 고개를 숙이고 말았습니다.

부끄럽기도 하고, 곤란하기도 하고. 익숙하지 않은 잠행에 들뜬 걸까요…….

"유피는 마을에 자주 와?"

"아버지를 따라서 온 적은 있어요."

공작 영애라는 신분은 아무래도 백성을 위축시키기에 저는 시찰을 그다지 좋아하지 않았습니다. 그래도 아직 아르가르드 님의 약혼자였을 때는 백성의 생활에서 많은 것을 느껴야 한다고 생각했었습니다.

지금 제 입장은 붕 떠 있습니다. 마학의 연구 조수로서 별궁에 있지만, 최근에는 아니스 님도 정무에 관여하며 바빠지셔서 연구 자체가 멈춰 있었습니다.

그렇다고 아니스 님이 제게 정치 얘기를 하지도 않았습니다. 아마 배려해 주고 계신 거겠죠. 저는 조수로서 아니스 님께 의탁하고 있지만, 느긋하게 있으라고 하면 할 일이 아무것도 없습니다.

예전에는 차기 왕비에 걸맞은 모습으로 있으려고 했으나 지금은 그런 중압이 없기에, 아니스 님에게 보호받고 있다는 실감이 들었습니다. 그래서 마음이 괴롭기는 하지만…….

"여기야, 유피."

아니스 님이 불러서 생각에 빠져 있던 의식이 현실로 돌아왔습니다. 아무래도 목적지에 도착한 것 같았습니다.

도착한 곳은 평범한 마을 공방이었습니다. 규모는 성 아랫마을의 공방 중에서는 작은 편이라고 할 수 있겠죠. 대량생산하는 곳이 아니라 개인 고객을 상대하는 가게로 보였습니다.

공방이라고 다 똑같지 않고 취급하는 상품과 환경, 공방 주인에 따라서 대응이 다르다고 아버지에게 배웠습니다.

큰 공방일수록 유력한 상인이 붙어 있기도 해서 좋은 거래를 잘 따냅니다.

반면 공방 주인이 단독으로 연 소규모 가게에는 장인 기질인 사람이 많아서 일에 대한 고집도 센 경향이 있었습니다.

확실히 마학 발명품을 다룬다면 실력 좋은 장인이 있는 이런 소규모 공방을 택하는 게 자연스럽겠죠.

간판에 적혀 있는 가게 이름은「가나 무구 공방」. 그 아래에 있는 문을 아니스 님은 노크도 없이 열고서 들어가 버렸습니다.

“토마스! 들어갈게!”

“자, 잠시만요, 아니스 니…… 아니스!”

허둥지둥 쫓아 들어가자 그림으로 그린 듯한 광경이 저를 맞이했습니다. 그 안에 한 호청년이 서 있었습니다.

싹둑 자른 연한 갈색 머리, 날카롭게 치켜 올라간 적갈색 눈. 탄탄한 몸은 기사 못지않을 정도였습니다.

굳이 결점을 꼽자면 표정이 밝지 않다는 점일까요. 그가 이곳의 주인으로 아니스 님이 토마스라고 부른 분일까요?

갑자기 문을 열고 들어왔음에도 불구하고 그는 아무 말도 하지 않았습니다. 그저 깊이 한숨을 쉬고 인상을 쓰며 어이없다는 표정을 지었습니다.

"……아니스 님인가. 상당히 늦었네."

"안녕, 토마스! 맡겼던 건 다 고쳤어?"

"흥. 다 됐어. 냉큼 가져가."

저는 두 사람의 대화에 어안이 벙벙해졌습니다. 아무리 잠행이라지만 그도 아니스 님이 왕녀임을 알고 있을 터. 이 태도를 무례하다고 해야 할지, 아니면 막역한 사이라고 봐야 할지 판단하기 곤란했습니다.

그렇게 고민하고 있으니 토마스의 시선이 제게 향했습니다. 의아하게 바라본 후, 그는 아니스 님에게 고개를 돌렸습니다.

"이 녀석은 누구야?"

"내 조수야. 다음에 데려오겠다고 했잖아?"

"……아아, 그것의 사용자인가. 여긴 아가씨가 올 만한 깨끗한 곳이 아니야."

토마스는 당장에라도 혀를 찰 듯한 태도로 중얼거렸습니다. 그러고 보니 그는 귀족을 싫어한다고 예전에 아니스 님에게 들은 것 같습니다.

격식을 차린 인사보다는 자연스러운 인사가 좋을 듯해서 저는 살짝 숨을 내쉬고 토마스를 보았습니다.

"처음 뵙겠습니다. 유피라고 합니다. 가문명은 묻지 말아 주셨으면 하네요."

"알고 있어. 당신에 관해서는 소문이 자자하니까. 마젠타 공작 영애님. 아니스 님이 아르가르드 님한테서 뺏었지?"

"아니아니, 안 뺏었거든?! 여러 가지로 사정이 있다고 했잖아."

"흥…… 귀족들끼리 싸울 거면 나랑 상관없는 곳에서 멋대로 하라지. 나는 상종하고 싶지 않아."

토마스는 명백하게 넌더리를 내며 말했습니다. 제법 남자답게 생겼지만 짓는 표정은 험악하기만 했습니다.

"토마스. 유피도 이름을 밝혔으니까 토마스도 통성명해."

"……토마스 가나. ……입니다."

"존댓말 쓰지 않으셔도 돼요. 오늘 이곳에 온 건 평범한 유피니까요. 그렇게 대해 주세요."

"……그래? 고마워."

공손히 모실 필요가 없다고 전하자 태도가 조금 부드러워졌습니다. 격식 차리는 걸 불편하게 여기는 거겠죠. 나쁜 사람은 아닌 것 같지만. 장인답게 까다로운 분일지도 모릅니다.

"아무튼 토마스. 아르칸시엘은?"

아니스 님이 묻자 토마스는 손을 닦고 안쪽에 가더니 아르칸시엘을 들고 돌아왔습니다.

"실제로 빼서 확인해 봐."

"알겠습니다."

검집에 든 아르칸시엘을 토마스에게서 받았습니다. 손잡이를 잡아 보니 부러지기 전과 다름없는 감촉이 느껴졌습니다.

손을 떠나 있었다고는 생각할 수 없을 만큼 자연스러운 촉감이었습니다. 검집에서 빼 자세를 잡아 봐도 위화감은 없었습니다. 마력을 담아 봐도 문제는 없어 보여서 안도의 한숨을 쉬고 말았습니다.

"훌륭하게 고쳐졌네요. 이전과 전혀 다르지 않아요."

이렇게까지 완벽하게 수복해 주니 고마웠습니다. 이제는 아르칸시엘이 없으면 마음이 불안했습니다. 마도구의 편리함을 알면 이전 생활로는 돌아갈 수 없다고 일리아가 말했었는데 정말 그랬습니다.

아르칸시엘이 돌아왔다는 실감에 빠져 있다가 토마스가 눈을 살짝 크게 뜨고서 저를 보고 있음을 깨달았습니다.

"……뭔가 하실 말씀이라도?"

"아니. ……제대로 써 주고 있다는 걸 알게 돼서. 아니스 님이 추천했으니 믿을 만한 사람이라고는 생각했지만, 실제로 보기 전까지는 반신반의였어……."

아아, 과연. 저는 납득하고 고개를 끄덕였습니다. 토마스는 장인으로서 고집이 있어 보이는 사람입니다. 게다가 귀족을 싫어하니, 자신의 작품이 어떻게 다뤄지고 있을지 걱정했겠죠.

아니스 님이 토마스에게 마도구 제작을 의뢰하는 이유를 조금 알 것 같았습니다.

"이제는 아르칸시엘이 없으면 불안할 정도예요. 멋진 물건을 만들어 주셔서 고맙습니다, 토마스."

"……그런가."

제 대답에 토마스는 작게 고개를 끄덕였습니다. 만족스러워 보이는 건 제 착각일까요.

그러다 토마스는 뭔가를 생각하듯 눈을 가늘게 떴습니다. 그리고 무슨 생각을 했는지 공방을 적당히 구경 중이던 아니스 님을 보았습니다.

"아니스 님, 용돈 줄 테니까 노점에서 대충 뭔가 사 와 줄래?"

"어? 그래도 돼?!"

"자, 잠시만요!"

무심코 딴죽을 걸었지만 저는 틀리지 않았을 겁니다! 왕족이라고요. 잠행 나온 거지만 왕족이라고요! 이렇게 어린애처럼 취급해도 되는 건가요?!

그리고 아니스 님도 기뻐하지 말아 주세요! 잠행 나온 거라지만 왕족이! 용돈 받고 좋아하지 말아 주세요!

"얘기를 좀 하고 싶어."

"……흐응~? 꼬시기는 어려울 텐데?"

제가 곤혹스러워하든 말든 두 사람은 어째선지 서로 이해하는 듯한 말투로 대화하기 시작했습니다. 저는 상황을 파악하지 못하고 두 사람의 얼굴을 번갈아 볼 수밖에 없었습니다.

"그런 얘기를 하려는 게 아니야. ……갈 거야, 안 갈 거야?"

"토마스는 말재주가 없으니 걱정되지만. 내가 가는 편이 좋은 거지?"

"그래. 특히나 「아니스피아 왕녀님」에게는 들려줄 수 없는 얘기니까."

토마스는 무슨 말을 하는 걸까요? 일부러 왕녀를 강조하는 말투에 저는 인상을 쓰고 말았습니다.

아니스 님을 내보내면서까지 저와 할 얘기가 있다는 걸까요? 오늘 처음 만난 사이인데? 짐작도 가지 않습니다.

아니스 님은 한동안 뭔가를 생각하는 것 같았지만 이내 작게 고개를 끄덕였습니다.

"알았어. 그럼 심부름 다녀올게."

승낙을 듣고 토마스는 돈을 꺼내 아니스 님에게 건넸습니다. 돈을 받은 아니스 님은 그대로 태연하게 나가 버렸습니다.

순간적으로 붙잡으려다가 토마스가 했던 말이 신경 쓰여서 저는 그대로 아니스 님을 배웅했습니다.

"……갑자기 둘만 있는 상황을 만들어서 미안해."

토마스가 겸연쩍은 얼굴로 말했습니다. 토마스는 난감하면 머리를 긁적이는 버릇이 있는 것 같았습니다. 험악한 표정만 짓지만, 동작에서 느껴지는 감정을 보면 의외로 감정이 풍부한 사람일지도 모릅니다.

"상관없어요. ……이 공방에 다른 사람은 없나요?"

"없어. 내가 괴팍하다는 자각은 있어. 내 마음에 차도록 혼자 일하는 게 적성에 맞아. ……일어서서 얘기하기도 뭐하니 앉을까. 손님용 의자가 있어. 그쪽한테는 불만스러울 수도 있지만……."

토마스가 의자를 가져왔기에 순순히 앉기로 했습니다. 토마스는 자기가 앉을 의자도 가져왔고 우리는 마주 앉았습니다.

"……아니스 님을 별난 사람이라고 생각해?"

"그건…… 상식이란 게 있는지 의심할 정도로는요."

"그런가. 하지만 내가 생각하기에 아니스 님은 선량한 사람이야."

"네. 그건 저도 그렇게 생각해요."

그렇지 않았다면 저는 이곳에 없었을 겁니다. 아니스 님이 안 계셨다면 과연 지금쯤 어떻게 됐을까요.

아르가르드 님이 약혼 파기를 선언하셨을 때, 저는 자신의 존재 의의를 잃었습니다. 그대로 방치됐다면 마음이 망가졌을지도 모르고, 그사이에 왕국이 딴판으로 바뀌었을 가능성도 있습니다.

지금의 제가 있는 것은 아니스 님이 움직여 주신 덕분입니다. ……그렇기에 저는 무력감을 느끼는 거겠죠.

"……유피 님. 확실하게 물어봐도 될까?"

생각에 잠기려던 저를 토마스의 물음이 깨웠습니다.

토마스의 표정은 아까보다 훨씬 진지했고 뭔가를 각오한 것 같기도 했습니다. 그 눈과 진지하게 마주해야 한다는 생각이 들어서 등을 곧게 폈습니다.

"네, 뭔가요?"

"……다음 임금님은, 아니스 님이야?"

토마스의 말에 잠시 숨이 멎었습니다. 토마스가 왜 이런 질문을 하는지 알 수 없었습니다. 하지만 그는 믿을 수 있는 사람인 것 같았기에 저는 순순히 입을 열었습니다.

"현재 왕위 계승권을 가진 사람은 아니스 님이에요. 아르가르드 님이 폐적됐다는 이야기는 이미 나돌고 있죠?"

"그래. 그래서 확인하고 싶었어. 다음 임금님이 아니스 님인지 아닌지."

"네. 그렇게 될 거예요."

"……그런가."

제 대답에 토마스는 확연하게 기쁘지 않은 표정으로 한숨을 쉬었습니다.

그런 토마스의 표정을 보고 저는 불안해지고 말았습니다.

아니스 님은 역시 백성이 보기에도 왕족으로서 부적합한 걸까요. 그래서 차기 국왕이 누구인지 불안해서 물어보고 싶었고. 하지만 아니스 님에게는 들려주고 싶지 않았기에 잠시 비켜 달라고 한 걸까요?

……하지만 그렇다면 왜 제게 묻는 걸까요? 그저 마침 대답할 수 있는 사람이 저였기 때문일까요?

"유피 님, 그건 확정이야?"

"……아니스 님이 국왕이 되는 게 그렇게 불안한가요?"

그렇게 제가 묻자 토마스의 표정이 무너졌습니다. 그 표정을 대체 뭐라고 표현하면 좋을지 적절한 말이 떠오르지 않았습니다.

분함, 안타까움, 불안. 다양한 감정이 뒤섞인 복잡한 표정. 형용하기 어려운 이 표정을 최근에 봤던 것 같습니다. 그런 기시감이 가슴을 스쳤습니다.

"유피 님이 걱정하는 그런 불안은 아니야. 아니스 님은 언제나 우리 평민의 생활을 생각해 주니까."

토마스의 표정이 일변하여 다정해졌습니다. 자랑스러워하는 것처럼 보였습니다.

"아니스 님이 임금님한테 의견을 내서 개선된 것도 적지 않아. 그 사람은 우리의 눈높이에서 무엇이 필요하고 무엇을 해야 할지 진언해 줬어. 본인은 당연한 일이라고 하지만, 왕족이나 귀족 입장에서는 안 그렇잖아?"

그렇게 말하고 토마스의 표정이 재차 험악해졌습니다. 저를 보는 시선도 더욱 날카로워져서 비난받는 듯한 기분이 들었습니다.

"평민이 어떻게 생활하는지 관심 없는 귀족이 더 많아. 그래서 우리가 무엇 때문에 곤란을 겪는지 이해하지 못하고, 문제가 있다는 것조차 이해하지 못해."

"……그건, 그렇죠. 귀족은 귀족이고 평민은 평민이에요. 하지만 저는 이 격차를 극복해야 한다고도 생각해요."

"……그렇게 말해 주는 사람이라서 다행이야."

제 대답에 토마스는 표정을 풀었습니다. 악감정을 자극하지 않는 쪽으로 잘 행동한 모양입니다.

"귀족은 부와 지위를 얻는 대신 책임을 짊어지고 있어. 이 나라를 지킨다는 커다란 책임을. 아니스 님이 그렇게 말했어. ……하지만 그렇기에 나는 더더욱 귀족을 싫어해. 정확히는 귀족이라면서 특권을 내세워 평민을 핍박하는 녀석을 싫어해."

과거에 무슨 일이 있었는지 증오조차 배어나는 음색으로 토마스가 말했습니다. 그 말에 저는 시선을 떨어뜨릴 수밖에 없었습니다.

귀족에게는 지위에 걸맞은 책임이 있습니다. 책임을 잊고 횡포를 부리는 것은 귀족의 마땅한 모습이 아닙니다.

물론 모든 귀족이 횡포를 부리지는 않습니다. 하지만 그것이 토마스 같은 평민에게 전해지기는 어렵습니다. 귀족의 횡포에 피해를 입은 사람에게 말해 봤자 전해지지 않을 겁니다.

그래서 귀족과 평민이라는 묶음으로 나뉘어 버립니다. 원래는 가로막힐 사이가 아닌데도.

"귀족 나리들도 우리처럼 생활하라는 건 아니야. 나도 귀족이 어떻게 생활하는지 알아서 조금은 납득도 가. ……여러 가지로 큰일이지?"

"편하다고는…… 할 수 없네요."

저도 모르게 쓴웃음을 지으며 대답하고 말았습니다. 제가 그런 표정을 지었기 때문인지 토마스도 조금 동정하는 시선을 보냈습니다.

"나도 그래. 그러니까 서로 책임을 다하면 돼. ……아니, 이런 얘기를 하고 싶은 게 아니야. 그래, 아니스 님. 그 사람이라면 그런 의미에서는 매우 신뢰가 가. 나 말고도 그렇게 생각하는 녀석은 많을 거야. 아니스 님이 왕이 된다면 괜찮다고 말이야."

"……하지만 제가 보기에 당신은 기뻐하지 않는 것 같았어요."

제가 그렇게 지적하자 토마스는 콧방귀를 뀌듯 깊이 한숨을 쉬었습니다. 힘을 뺀 그는 희미하게 웃고서 고개를 좌우로 작게 흔들었습니다.

"……눈치챘나. 맞아. 나는 별로 안 기뻐."

"왜죠?"

"그 사람은 왕이 될 수 있겠지만 적성에는 안 맞잖아."

토마스의 말을 듣고 저는 적잖은 충격을 받았습니다. 왕은 될 수 있다. 하지만 적성에는 안 맞는다. 그 말이 뭔가에 걸려서 경종을 울렸습니다.

침을 꼴깍 삼키고 말았습니다. 한 박자 쉬고 나서 이 감각이 무엇인지 확인하기 위해 토마스에게 물었습니다.

"아니스 님의 적성에 왕은 안 맞을까요. 확실히 파격적인 분이시긴 하지만……."

"아니, 그런 의미로 적성에 안 맞는다는 게 아니라…… 그 사람은 너무 많은 걸 짊어지려고 하니까."

제 말을 막듯이 나온 토마스의 말이 마치 심장을 움켜쥐는 듯한 오한을 불러일으켰습니다.

저나 레이니, 아르가르드 님을 대하는 태도를 보면 확실히 아니스 님은 책임감이 강하다는 걸 느낄 수 있습니다. 토마스가 말했듯 백성과도 진지하게 마주하고 여러 생각을 가지고 계시겠죠.

"하지만 그건 왕으로서, 남들 위에 서는 자로서 좋은 재능이지 않나요. 너무 많은 걸 짊어지려고 한다면 가신인 저희가 도우면 돼요."

"그게 아니야. 아니스 님은 확실히 왕이 될 수 있어. 적성에 맞는 부분도 있을 거야. 하지만, 될 수 있지만, 그 사람에게 훨씬 잘 맞는 일은 다른 거잖아?"

"……! 그건……."

토마스의 지적은 부정할 수 없는 사실이었습니다. 아니스 님에게는 왕으로서의 자질이 있습니다. 하지만 저는 아니스 님이 왕위를 바라지 않는다는 것도 알고 있습니다.

아니스 님이 정말로 인생을 바치고 싶어 하는 것은 마법 연구, 즉 마학 연구라는 것도.

하지만 그래도 왕위 계승권을 가졌고 왕가의 혈통을 잇는 것은 아니스 님입니다. 본인이 바라든 바라지 않든. 그것이…… 왕족입니다.

그렇게 생각하고 있었는데, 이어진 토마스의 말에 저는 뒤통수가 얼얼해지고 말았습니다.

"—할 수 있는 자질이 있다고 해서 억지로 해야 하는 건 아니잖아."

마치 둔기로 머리를 얻어맞은 듯한 충격이 엄습했습니다. 눈앞이 핑 돌아서 그대로 의자에서 떨어질 뻔했지만 저는 주먹을 움켜쥐고 말을 꺼냈습니다.

"……하지만 책임이 있어요. 귀족에게는, 왕족에게는."

"그렇다고 해도 이 나라에는 여왕이란 전례도 없어. 그건 정말로 아니스 님이 짊어져야만 해? 왕이 되어도 마학 연구를 계속할 수 있다면 다행이지만 그렇지도 않잖아? 원래 같았으면 그쪽의 검을 더 빨리 찾으러 왔을 테지."

토마스가 지적한 대로였습니다. 아니스 님은 매일매일 너무 바빠서 마학 연구에 손대지 못하고 있습니다. 앞으로 왕이 되기 위한 마음가짐과 지식, 정무에 쫓길 아니스 님에게 연구할 틈이 있을까요?

그리고 아니스 님이 마학 연구를 그만두면 누군가가 그걸 이어받을 수는 있을까요? 기존의 마도구를 세상에 보급할 수는 있겠죠. 하지만 새로운 발상은 과연 생겨날까요?

그렇게 생각하면 마학에 있어 아니스 님은 유일무이한 존재입니다. 하지만 왕족으로서도 아니스 님은 이제 유일무이합니다.

이 두 가지를 양립시킬 방법은 떠오르지 않았습니다. 하지만 만약 양립시키고자 한다면 엄청난 수고가 들 겁니다. 그것만큼은 알 수 있었습니다.

"그 사람이 왕이 되면…… 자유로울 수 없겠지. 그건 그 사람의 매력을 죽일 것 같아. 자신을 왕이라고 정한다면 그 사람은 이제 이곳에 안 올 거야."

"그건……."

"그 사람은 상식을 모르는 것처럼 파격적으로 행동하지만 분명하게 알고 있어. 그러니 왕이 되면 이곳에는 두 번 다시 안 와. 적어도 「평범한 아니스 님」으로서는."

"……아니스 님을 잘 아시는군요."

저도 모르게 말하자 토마스는 뭐라고 말하기 어려운 표정을 지었습니다. 쑥스러워하는 것 같으면서도 싫다는 얼굴이었습니다. 그리고 다시 머리를 긁적였습니다.

"쪼끄맸을 때부터 변함이 없으니까, 그 사람도. ……아아, 그래서일지도 몰라. 그래서 더더욱 아니스 님이 변해 버릴까 봐 불안한 걸지도 몰라. 이곳에 오는 아니스 님은 언제나 빛나고 있었어. 마법을 못 쓰는 우리는 공감하는 것도 많았어. 우리는 모두 아니스 님에게 기대했어. 우리의 얘기를 듣고 꿈을 말해 주는 사람이라고."

"……분명 그건 왕이 되어도 변함없을 거예요."

"본인은 그렇겠지. 하지만 주위에서 허락하지 않을걸?"

주위에서 허락하지 않는다. 그렇게 말하니 아무런 부정도 할 수 없었습니다. 아니스 님이 왕이 되면 허락되지 않는 일은 점점 늘어날 겁니다.

저도 분명 그 쐐기 중 하나가 될 겁니다. 왕은 왕으로서 행동하며 백성을 이끌어야 한다는 책무가 있으니까.

하지만 그러면 아니스 님은 자유를 잃습니다. 그것 또한 부정할 수 없습니다. 마음을 죽이고 왕다워지는 아니스 님을 상상하기도 쉬웠습니다.

그 사람은 그게 가능하니까요. 아니스 님이 왕이 되는 흐름은 어느 관점에서 봐도 피할 수 없을지도 모릅니다. 하지만―.

"—왕이 되면, 그러면 아니스 님은 행복해질 수 있어?"

……토마스의 물음에 저는 마침내 말문이 막히고 말았습니다.

눈치채 버렸기 때문입니다. 아뇨, 분명 못 본 척하고 싶었던 겁니다.

저는 이 눈으로 봤습니다. 하지만 그걸 눈치채면 자신의 무력함을, 이루어지지 않을 꿈을 깨닫고 현실에 치이게 되니까.

—왕이 되라는 말은 아니스 님에게서 행복을 빼앗는 저주의 말이라는 사실을.

대체 뭘 돕겠다는 걸까요. 저는 그저 지지하는 형태로만 아니스 님을 지킬 수 있는 겁니다. 그것밖에 없어서 그걸 옳다고 믿을 수밖에 없었습니다.

—그것은 다시금 강하게, 깊게, 제게 새겨졌습니다.

"……이, 이봐……."

토마스의 당황한 목소리를 듣고 제가 울고 있음을 알아차렸습니다. 자각함과 동시에 눈물샘이 터진 것처럼 눈물이 흘러넘쳤습니다.

목 놓아 울고 싶어진 것이 대체 얼마 만일까요. 모르겠습니다. 모르겠지만, 이 울음소리조차 토하고 싶지 않아서 저는 고개를 숙이고 몸을 끌어안았습니다.

『—누님을, 부탁해.』

아르가르드 님, 저는 역시 못난 인간이었습니다.

저는 결국 귀족 영애일 뿐이었습니다. 천재라는 말을 들으면서도 제게는 무언가를 바꿀 만한 힘이 없었습니다.

지금이라면 당신의 마음을 아프도록 이해할 수 있습니다. 세상을 부수더라도 소망이 이루어진다면 상관없다고, 그런 바람을 품게 될 것 같을 만큼.

—그래도 저는 유필리아 마젠타입니다. 마젠타 공작가의 딸이고 공작 영애여야 합니다.

그래서 저는 아니스 님을 왕으로 만들어야 합니다. 이 나라를 지키기 위해. 이 얼마나 몹쓸 모순일까요.

저는 이토록 틀에 박힌 방식으로만 살 수 있는 인간이었음을 깨닫고 말았습니다. 그것이 슬픈 것인지, 분한 것인지, 화내고 싶은 것인지도 모른 채 저는 그저 휘몰아치는 감정을 억누르며 신음할 수밖에 없었습니다.

* * *

그 후 토마스와는 미묘한 분위기가 되었기에 대화는 이루어지지 않았습니다.

진정된 후, 아니스 님에게 눈물 자국을 보일 수는 없어서 세수를 하고 혹시 몰라 치유 마법을 자신에게 걸었습니다.

눈의 부기가 빠진 것을 확인하고 준비를 끝내니 아니스 님이 돌아왔습니다. 아니스 님과 토마스는 가벼운 말을 나눴고, 저희는 그대로 가나 무구 공방을 뒤로했습니다.

그리고 지금, 저는 걸어가며 아니스 님이 사 오신 낯선 음식을 먹고 있었습니다. 손으로 들고 먹는 음식인데 이게 어색해서 속도가 나지 않았습니다.

얇은 빵 사이에 다양한 재료를 넣은 요리로, 속이 빠져나오지 않도록 작게 베어 먹었습니다. 그러자 그런 제 모습이 재미있는지 아니스 님이 키득키득 웃었습니다.

멋쩍음을 느끼면서도 익숙하지 않은 식사를 진행했습니다. 이것이 평민이 먹는 맛이구나 하는 감상이 들었습니다.

평소 먹는 음식과 비교하면 조잡하고 투박한 맛이지만 그래도 묘하게 식욕을 자극했습니다. 마음에 드느냐고 묻는다면 그렇지는 않지만, 지금껏 먹었던 음식과 너무 달라서 신선했습니다.

마지막 한입을 다 먹고 마을로 시선을 돌렸습니다. 귀를 기울이지 않아도 사람들의 활기찬 목소리가 들렸습니다. 마을에 나오는 것도 오랜만이지만, 예전에는 마차로 이동했었습니다.

자신의 발로 걸으며 마을 풍경을 바라보는 것도 처음이라

눈길을 빼앗기게 되었습니다.

"토마스한테 무슨 말 들었어?"

"콜록! 콜록……!"

그렇게 풍경에 정신이 팔렸을 때. 아니스 님이 얼굴을 들여다보며 물어서 저는 흠칫하고 말았습니다. 그대로 사레가 들려 가슴을 쿵쿵 쳤습니다.

아니스 님이 당황하여 등을 쓸어 주셔서 멀리 날아갔던 의식이 돌아왔습니다.

"괘, 괜찮아?"

"……괜찮아요. 토마스한테 무슨 말 들었냐고 하셨죠. 별말 없었어요. 그저 잡담을 나눴을 뿐이에요."

"그런 것치고는 마음이 다른 데 가 있는 느낌이어서. 조금 걱정됐어."

"그건……."

토마스와 이야기하고 생각했습니다. 아니스 님에게 왕이 되라는 것은 저주입니다.

왕족이니까. 그렇게 말해 버리는 것은 아주 간단합니다. 그렇다고 대신 왕이 될 수 있는 사람도 없습니다. 아니스 님이 적합한 분을 남편으로 맞이한다면 얘기는 다르겠지만요.

……아뇨, 분명 그것도 본질적으로는 똑같겠죠. 아니스 님에게 걸린 저주는 「자유의 속박」입니다.

사람에게는 크든 작든 속박이 있는 게 당연하지만, 아니스 님의 재능에 왕족이라는 속박은 너무나도 무겁습니다. 그런 짐을 지우고 싶지 않다는 생각이 들 만큼.

그래서 그걸 말할 수는 없습니다. 왜냐하면 그걸 가장 잘 이해하고 있는 사람은 다름 아닌 아니스 님이니까요. 그리고 제가 말해 버리면 신경 쓰실 겁니다. 자신을 걱정해서 그런 말을 하게 했다고.

이 사람은 그런 사람이니까. 그래서 아무 말도 할 수 없습니다.

"……토마스는 한동안 아니스 님이 안 오신 걸 걱정했다고 해요."

"흐응~ 그리고 「님」을 붙였어."

"……봐주세요."

"안 돼~."

즐겁게 웃는 아니스 님의 얼굴을 멍하니 바라보았습니다. 최근 정말로 바쁘셨을 텐데. 마학 연구를 진행할 시간도 없었습니다. 귀족들과 만나는 시간은 늘어나고 있습니다.

그래서 생각하고 맙니다. 이 웃음은 진짜 웃음일까요. 속으로는 뭔가 커다란 불안을 안고 계신 게 아닐까요. 괴로워하고 계시는 게 아닐까요.

저는 그걸 알 수 없습니다. 아르가르드 님의 고뇌를 이해하지 못했던 것처럼.

'……어쩌면 티르티는 그걸 눈치채고 화냈던 걸지도 몰라요.'

티르티가 격노했던 모습을 떠올리고 납득함과 동시에 가슴이 따끔거렸습니다. 그 아픔은 점점 깊이 박혀서 조금씩 상처를 넓혀 나갔습니다.

눈썹이 찡그려지려고 했을 때, 아니스 님이 불만스럽게 제 이름을 불렀습니다. 그러면서 손도 뻗어 제 뺨에 얹었습니다.

"유피?"

"……죄, 죄송합니다."

"말투가 딱딱해."

"저, 저기, 뺘, 뺨을 잡는 건…… 으으……!"

양손으로 얼굴을 잡고 조몰락거렸습니다. 어떻게든 아니스 님의 손에서 벗어났지만 피로감이 엄습했습니다.

"어쩔 수 없어. 아르 군이 사라졌으니까 내가 어떻게든 할 수밖에 없어."

한숨을 쉬고 있으니 아니스 님이 몸을 꽁꽁 얼리는 말을 꺼냈습니다.

저도 모르게 발을 멈추고 아니스 님의 얼굴을 응시하고 말았습니다. 설마 들킨 건가 싶어서 아니스 님을 보니 난처한 듯 미소 짓고 계셨습니다.

저번에 티르티를 보고 지었던 표정과 똑같아서, 아까 스쳤던 상상이 떠오른 저는 입술을 악물고 말았습니다.

아니스 님은 웃고 있었습니다. 하지만 이 웃는 얼굴이 가짜라면, 아니스 님은……!

“전부 어쩔 수 없어. 옛날부터 익숙한 일이야. 불평해 봤자 아무것도 바뀌지 않아. 그리고 차기 국왕을 정해 두지 않으면 큰일이잖아? 나라도, 사람들도.”

“……아니스 님은, 정말 그걸로 좋으신가요?”

도저히 참을 수 없어서 물어보고 말았습니다. 아니스 님이 뭐라고 대답할지 알면서도. 아니스 님에게 더 깊은 저주를 거는 일이라는 걸 알면서도.

질문을 받은 아니스 님은 표정을 바꾸지도 않고 그저 빙그레 미소 지으며 말했습니다.

“좋진 않지만, 누군가가 해야만 하는 일이야.”

평소와 같은 모습으로 그렇게 말하니 저는 아무런 말도 할 수 없었습니다. 이렇게나 말이 제대로 안 나오고 아무것도 전할 수 없어서 한심하다고 느낀 적은 처음이었습니다.

애초에 아니스 님에게 해야 할 말이 무엇이었는지 그 답조차 찾지 못한 상태였으면서. 그저 쓸데없이 아니스 님을 속박하는 말밖에 못 했습니다.

답답하고, 괴롭고, 분하고, 한심해서. 저는 입술이 찢어질 만큼 악물고 말았습니다. 그런 제 손을 잡고 아니스 님은 밝게 말했습니다.

“그런 건 됐으니까 마을을 돌아보자. 이게 잠행의 묘미야!”

아니스 님이 제 손을 잡고서 달리기 시작했습니다. 손을 잡고 달린 적이 없었기에 넘어지지 않는 것만으로도 벅찼습니다.

이 사람은 늘 이렇습니다. 파격적이고, 뭐든 멋대로 하고, 그리고 뛰어넘어 버립니다. 괴로운 일도, 슬픈 일도. 그리고 앞장서서 해결해 버립니다.

손을 잡고 있지 않으면 혼자 두고 가 버릴 것 같아서. 저는 아니스 님의 손을 단단히 움켜잡았습니다. 두고 가지 말라고 애원하듯이.

"……아니스 님은."

이름을 부르고 뭔가를 물으려 했지만. 제 말은 형태를 이루지 못하고 한숨이 되어 사라졌습니다. 확인해야만 하는 것이 있는데, 그 확인해야 하는 것을 명확하게 형상화할 수 없어서.

"—괜찮아, 유피. 나는 괜찮아."

제 중얼거림을 들었는지 아니스 님은 괜찮다며 평소처럼 웃었습니다.

평소와 똑같았습니다. 똑같은 모습으로 그렇게 말했습니다.

그 모습이 제게 위화감을 줬습니다. 이대로 간과해서는 안 되는데 대체 무엇을 놓치고 있는지 알 수 없었습니다.

아아, 누가 좀 가르쳐 주세요. 이토록 누군가에게 가르침을 받고 싶은 적은 처음입니다. 부디, 부디 제게 가르쳐 줬으면 좋겠습니다. 저는 어쩌면 좋을지를.

3장 어머니들은 자식을 생각한다

성 아랫마을에 잠행 나간 이후로 며칠이 지났습니다. 저는 실피느 왕비님의 초대를 받아 사적인 다과회에 참가해 있었습니다.

당연히 아니스 님도 부르셨을 줄 알았는데 모습이 보이지 않았습니다. 그래서 왕성 정원에서 열린 다과회에 참석한 사람은 저와 왕비님, 그리고 제 수행원으로 따라온 레이니까지 세 명이었습니다.

제 뒤에 시립한 레이니는 왕비님 앞이기도 해서 몹시 긴장해 있었습니다. 그런 레이니를 신경 쓰지 않고 왕비님은 인사말을 꺼냈습니다.

"잘 지내고 있나요? 유필리아."

"네. 무탈하게 하루하루를 보내고 있습니다."

제 대답에 왕비님은 만족스럽게 고개를 끄덕였지만 어딘가 지쳐 보였습니다. 당연하겠죠. 아르가르드 님이 벌인 일로 왕비님은 외교관 자리에서 물러나 분주히 내정을 다잡고 있다고 들었습니다.

다음 국왕이 될 터였던 아르가르드 님이 폐적되고 아니스 님이 제1위 왕위계승권을 가지게 된 것 때문에 현재 팔레티아 왕국의 귀족들은 술렁이고 있었습니다.

지금까지 아니스 님을 냉대했던 자들은 아니스 님에 대한 태도를 정하지 못해서, 아첨하거나 조용히 지켜보는 등 움직임은 다양하다고 일리아가 말했습니다.

역시 아니스 님이 국서를 맞이해야 한다는 이야기도 나오고 있는 모양이지만, 아니스 님은 평생 결혼하기 싫다고 선언하셨던 몸입니다.

지금 상황을 생각하면 그런 선언이 있었더라도 귀족들로서는 화제로 삼을 수밖에 없을 겁니다. 그것도 전부 앞날에 대한 불안에서 오는 것이겠지만, 아니스 님의 마음고생을 생각하면 짜증이 났습니다.

"유필리아. 아니스는…… 어떤가요?"

"……정확히 어떤 점을 말씀하시는 걸까요?"

왕비님은 조금 머뭇거리다가 모호한 질문을 던졌습니다. 저는 대답이 궁해져서 의도를 묻고 말았습니다.

평소 왕비님은 언제나 늠름하시지만, 피로 때문인지 조금 지쳐 보였습니다. 아니스 님에 관해 묻는 목소리도 힘이 없었고 표정에서도 망설임이 얼핏 보였습니다.

"그 이후로 상황도 크게 바뀌었는데, 아니스에게 뭔가 특별한 일은 없나요?"

"……음. 평소와 똑같다고 생각합니다. 하지만 향후를 생각하면 정치를 의식해야 한다고 여기시는 것 같습니다."

"그렇군요. 그것이 불만스러워 보이지는 않던가요?"
"……그건, 제가 뭐라고 말씀드릴 수 없을 듯합니다."
왕비님은 아니스 님을 걱정하시는 걸까요, 아니면 흠을 찾으시는 걸까요. 어쨌든 제가 대답할 수 있는 것은 별로 없습니다. 저도 아니스 님이 현재 상황에 불만을 품고 있다고는 생각하지만, 어디까지 불만을 품고 있는지 묻는다면 대답할 수 없으니까요.
최근 아니스 님은 예전보다도 속을 알기 어려워진 것 같습니다. 그래서 저도 애매하게 대답할 수밖에 없었습니다.
제 대답에 왕비님은 깊은 한숨을 쉬었습니다. 피곤을 숨기지 못하고 낙담한 모습을 보니 건강이 걱정되었습니다.
"……그래요. 오늘은 아니스에 관해 묻고 싶었어요. 레이니도 앉으세요."
"네?! 하, 하지만 저는……."
제 뒤에 시립해 있던 레이니는 갑작스러운 착석 지시에 당황한 목소리를 냈습니다. 그런 레이니에게 왕비님은 쓴웃음과 비슷한 표정을 지으며 말했습니다.
"다과회는 구실이에요. 딸 곁에 있는 자들에게 얘기를 듣고 싶었어요. 사실은 클라렛 후작가의 아가씨도 와 줬으면 했지만 거절당했어요."
"티, 티르티 님, 왕비님의 다과회 초대를 거부하신 건가요?!"
레이니가 놀라서 외쳤고 저도 내심 똑같이 놀랐습니다. 왕비님의 다과회 초대를 거절하다니, 귀족 영애로서는 본래 생각할 수 없는 일입니다. 그것도 티르티라면 납득이 가서 머리가 아프지만…….

"어쩔 수 없죠. ……그 아가씨는 저를 싫어하는 것 같으니까요."

"……오히려 티르티 님이 좋아하는 사람은 손에 꼽을 정도일 것 같은데요……."

"후후…… 그것도 그러네요. 레이니도 저를 싫어하나요? 저를 무서워하더라도 별수 없다고 생각해요."

"아, 아뇨! 그렇지는 않아요!"

"그럼 자리에 앉아 주세요. 오늘은 왕비로서가 아니라 아니스의 엄마로서 여기 있어요. 레이니도 아니스 곁에 있는 자로서 제 얘기를 들어 줄래요?"

왕비님이 온화한 목소리로 말하자 레이니는 마침내 뜻을 굽혔는지 황송하다는 표정으로 준비된 자리에 앉았습니다. 그것을 확인하고 나서 왕비님은 대화를 이었습니다.

"최근 아니스는 열심히 하고 있어요. 지금까지의 모습이 거짓말이었던 것처럼 말이죠. 하지만 너무 달라진 모습에…… 솔직히 당황스러워요."

"지금까지의 아니스 님을 생각하면 당황스러운 것도 수긍이 갑니다."

"네. 저는 그 아이가 왕위 계승권을 버리고 싶다고 말한 그 날부터 그 아이를 평범한 딸이라고 생각하지 않기로 했어요. 그것이 그 아이를 더 크게 키우리라고 생각했어요."

거기까지 말하고 한숨을 쉰 왕비님은 고개를 가로저었습니다. 그 표정에는 고뇌의 빛이 크게 나타나 있었습니다.

"그게 화가 된 거겠죠. 저는 그 아이를 모르겠어요."

"……아니스 님을 누가 이해할 수 있을까요."

"두 사람도 그렇다면 의도적인 걸까요."

"……의도적이요?"

왕비님의 중얼거림에 익숙한 오한이 등골을 타고 올라왔습니다. 지난번에 토마스와 이야기하면서 느꼈던 그 오한과 매우 흡사했습니다.

왕비님은 이마를 짚고 한숨을 쉬며 말을 이었습니다.

"그 아이 본인이 엉뚱한 사고와 성격을 가지고 있기도 하지만, 그 아이는 자신의 성질을 이해하고서 인상을 조작하고 있는 것 같아요. 그래서 저는 어떤 아니스가 진짜 아니스인지 모르겠어요."

"왕비님……."

처음 보는 심약한 모습으로 왕비님은 탄식하듯 말했습니다. 그건 왕비가 아니라 개인의 얼굴이었습니다. 왕비님은 엄마로서 자식 때문에 괴로워하고 있다는 것이 분명하게 전해졌습니다.

"확실하게 말해서 그 아이는 이번 일이 불만스러울 거예요. 왕위를 잇기 싫다고 거리낌 없이 공언했었으니까요. 그래서 왕족에 걸맞게 행동하는 그 아이를 보고 있으면 무슨 생각을 하는지 모르겠어요. 그게 아무래도 불안해서 얘기를 들어 보고 싶었어요. 오르펀스에게도 물어봤지만……."

"……폐하는 뭐라고 하셨나요?"

"……가만두라고 하더군요. 제가 관여할 일이 아니라면서."

폐하는 그렇게 말씀하신 건가요. ……왜 폐하는 왕비님에게 그렇게 말씀하셨을까요? 아니스 님은 결코 왕비님을 싫어하지 않습니다. 어렵게 여기는 것 같긴 하지만, 왕비님이 걱정한다고 싫어하진 않을 겁니다.

……아뇨, 그래서일까요? 아니스 님이 왕비님의 마음을 알면 신경 쓸 테니까.

자기는 괜찮다고. 그렇게 웃으며 말하는 아니스 님의 모습이 머릿속을 스쳐서 저도 모르게 입술을 깨물고 말았습니다.

"……아니스는 최근에 어떤가요? 두 사람 앞에서는 어떻게 지내고 있나요?"

"……최근에는 어쩔 수 없다는 말을 자주 하십니다. 현재 상황에 불만은 있으신 거겠죠. 하지만 그분은 그래도 왕이 되실 겁니다. 마음을 얼려서라도. 필요하다면 할 수 있는 분이니까요. 안타깝게도 그게 가능해요."

제 대답에 왕비님은 길고 무거운 한숨을 쉬었습니다. 고뇌에 찬 표정에 서러운 빛을 섞으며 어깨를 축 떨궜습니다.

"……아이들을 잘못 키웠다고 통감하게 되네요. 아르가르드는 우울하고 위험한 사상을 품게 됐어요. 아니스는 총명하기에 마음을 죽이는 법을 터득하고 말았지요. ……아뇨, 아니스의 행동은 왕족으로서 틀리지 않았어요. 하지만 그건 그 아이가 가꾼 것을 부숴 버릴 거예요."

왕에게는 공평함이 요구됩니다. 좋은 왕일수록 개인의 감정은 불필요합니다. 왕은 백성을 이끌기 위해 있으니까요.

……알고는 있습니다. 그 사실이 아니스 님에게는 너무 무겁다는 것도. 자유로웠기에, 꿈이 있었기에, 왕족의 책무라는 속박은 너무나도 무겁습니다.

"이제 와서 그 아이에게 뭐라고 말하면 좋을까요. 저는 왕비로서만 그 아이를 대할 수 있어요. 저를 비웃어 주세요."

"당치도 않습니다! 비웃다니요! 그리고 그건 왕비님의 생각일 뿐이에요. 아니스 님은 그렇게 여기시지 않아요!"

저도 모르게 언성을 높이며 왕비님에게 대꾸하고 말았습니다. 제가 언성을 높인 것이 의외였는지 왕비님의 눈이 동그래졌습니다.

그 표정이 아니스 님과 겹쳐 보여서 눈물이 날 것 같았습니다. 왕비님은 확실하게 아니스 님의 어머니라고 실감했기에.

"미안해요. ……나도 역시 좀 힘든가 보네요."

약해졌다면서. 기진맥진한 모습으로 웃는 왕비님을 보고 저는 입을 다물 수밖에 없었습니다. 저는 이분에게도 아무것도 해 줄 수 없다는 무력감이 괴롭게 퍼졌습니다.

—그렇게 생각하고 있으니 옆에 앉아 있던 레이니가 자리에서 일어났습니다.

"왕비님, 실례지만 이후 예정이 어떻게 되시나요?"

"……? 집무를 보러 돌아갈 예정인데요."

"그럼 이 다과회 동안만이라도 조금 쉬세요. 괜찮으시다면 제 힘을 보여 드리겠어요."

"……당신의?"

"아직 시행착오를 겪고 있지만…… 제 힘으로 왕비님의 마음을 위로해 드릴 수 있을지도 몰라요."

레이니는 결의가 담긴 눈으로 왕비님을 보며 말했습니다. 뱀파이어임을 나타내는 붉은 눈 안쪽에서 뭔가 수상쩍은 빛이 일렁거렸습니다.

역시 왕비님도 인상을 썼습니다. 레이니가 가진 뱀파이어의 힘은 어떻게 사용하느냐에 따라 나라를 기울게 할 수도 있을 정도입니다. 경계심을 드러내는 것도 당연했습니다.

"……대체 뭘 하려고?"

"제 힘은 잘 쓰면 마음의 상처를 완화하는 데도 쓸 수 있을 거라고 아니스 님이 가르쳐 주셨어요."

"……그럼 뱀파이어의 매료, 아니, 정신 간섭을 나한테 쓰겠다는 거니?"

"왕비님이 저를 믿어 주신다면 온 힘을 다하겠어요. 아니스 님의 친구로서."

레이니가 힘 있게 말하자 왕비님은 눈을 살짝 크게 떴다가 망설이듯 시선을 내렸습니다.

그렇게 얼마나 침묵하고 있었을까요. 왕비님은 눈을 들고 레이니를 향해 고개를 끄덕였습니다.

"……좋아요. 당신의 힘은 확인해 둘 필요가 있어요. 제가 몸소 체험하기로 하죠."

결심했는지 왕비님은 레이니의 눈을 똑바로 바라보았습니다. 레이니는 왕비님의 시선을 받고 일순 긴장한 표정을 지었지만 바로 미소 지으며 왕비님 곁으로 이동했습니다.

무릎 꿇고서 왕비님의 손을 잡고 올려다보며 레이니가 입을 열었습니다.

"왕비님의 마음을 아프게 하는 건 아니스 님인가요?"

"맞아요. 그 아이가 걱정돼요."

"그건 그분이 본심을 전혀 보이지 않기 때문일까요."

레이니의 물음에 왕비님의 표정이 조금 경직됐지만, 망설임을 떨쳐 내듯 고개를 좌우로 한 번 흔들고서 수긍했습니다.

"……그 아이가 무슨 생각을 하는지 헤아릴 수 없어서 무서워요."

"네. 그럼 제 눈을 봐 주세요. ……그건 왕비님의 기우예요. 그분은 왕비님을 경애하고 있어요. 왕비님에게 왕족으로서의 마음가짐을 물려받았어요. 그저 이전과는 사정이 다르기에 한층 마음을 다잡아야 한다고 생각하시는 거예요."

"……그럴까요?"

레이니가 말할수록 왕비님의 눈꺼풀이 점점 내려가며 눈이 흐리멍덩해졌습니다.

괜찮은 걸까 싶어서 일어나려고 하자 레이니가 자신의 입에 검지를 대며 저를 제지했습니다.

제가 움직임을 멈춘 것을 확인하고 나서 레이니는 상냥한 목소리로 계속 말했습니다. 마치 자장가를 부르는 것 같았습니다.

"아니스 님이잖아요. 상황이 진정되면 마학을 장려하는 정책을 제안할 거예요. 그러면 평소와 같은 아니스 님이죠. 눈을 감고 상상해 보세요."

"……그렇, 지. 그 아이라면 말할 것 같아……."

레이니의 말을 따라 왕비님은 눈을 감고 힘 빠진 미소를 지었습니다.

"어디까지 해도 되냐며 왕비님에게 상담하는 아니스 님이 계시죠? 활짝 웃으며 엉뚱한 말을 꺼낼 거예요."

"후후…… 정말로 눈에 선해……."

"네. 지금 왕비님은 의식이 멍할 텐데, 의문을 품지 말고 힘을 빼 주세요. 엉뚱한 말을 꺼낸 아니스 님에게 왕비님은 어떻게 대답하실 건가요?"

"우선…… 얘기를 들어 주고…… 너는 무슨 생각을 하고 있냐고 묻고……."

왕비님은 비몽사몽 말을 자아냈습니다. 그리고 갑자기 몸을 떨었습니다.

"아니스…… 나는, 너까지…… 손이 닿지 않는 곳으로, 가는 건……."

왕비님의 감긴 눈에서 눈물이 한 방울 흘렀습니다. 그대로 의자에 몸을 맡기고 조용히 고른 숨소리를 냈습니다.

그 모습을 지켜본 레이니가 크게 한숨을 쉬며 몸에서 힘을 뺐습니다. 그 이마에는 땀이 맺혀 있었습니다.

"……레이니, 뭘 한 건가요?"

"마음의 상처를 둔화시켰어요. 너무 강하게 둔화시키면 암시가 깊이 걸리니까 꿈을 꾸도록 유도했을 뿐이에요."

잠든 왕비님을 배려하여 편한 자세를 잡아 주며 레이니가 대답했습니다.

"깨어나시면 암시도 풀리겠지만, 조금이라도 행복한 꿈을 꿔서 몸도 마음도 쉬게 해 드리고 싶어서요."

뱀파이어의 특성인 정신 간섭. 그것을 사용해 마음의 상처를 완화시키고. 그리고 그 힘을 응용해서 꿈을 보여 줬다는 겁니다. 이게 아니스 님이 말한 뱀파이어 능력의 활용일까요?

"……언제부터 이런 걸 할 수 있게 됐나요?"

"휴일에 일리아 님이 도와줬어요. ……사실은 아니스 님의 마음을 조금이라도 위로하고 싶었지만 소용이 없었어요."

"……시도한 건가요?"

"드래곤의 각인문이 멋대로 암시를 튕겨 내는지 걸리지 않았어요."

"그랬군요. ……레이니와 비교하면 저는 정말 아무것도 못 하네요."

제가 모르는 사이에 레이니도 뭔가 하려고 모색했다는 것을 알고 저는 주먹을 움켜쥐었습니다. 그러자 레이니가 의아해하며 고개를 갸웃했습니다.

"네? ……확실히 아니스 님은 유필리아 님을 과보호하는 구석이 있으니까요."

"……레이니도 그렇게 생각하나요?"

"아니스 님은 한 식구에게 무르시잖아요? 그중에서도 유필리아 님을 특히 신경 쓰시는 것 같아요."

"그건…… 그러네요. 아르가르드 님과의 일도 있었고요."

"아니스 님은 유필리아 님에게 정치 관련 얘기는 안 하시려고 하니까요. 저는 얘기에 낄 만한 지식이 없고요. 그래서 아니스 님에게 의견을 제시할 수 있는 사람을 꼽자면 유필리아 님이라고 생각해요."

"……저요?"

"아니스 님이 가장 마음을 허락하고 있는 사람은 아마 유필리아 님이에요. 폐하와 왕비님을 사랑하시겠지만 어딘가

선을 긋는 구석이 있고……."

"하지만 오래 알고 지낸 사람은 일리아잖아요?"

그다지 납득이 가지 않아서 일리아의 이름을 꺼냈습니다. 그러자 레이니는 고개를 가로저어 부정했습니다.

"오히려 오래된 사이이기에 말릴 수 없다고 일리아 님이 그랬어요. 그리고 아니스 님은 말한다고 멈출 성격도 아니시고요."

레이니는 생각보다 더 일리아와 친하게 지내고 있는 모양입니다. 확실히 일리아가 의견을 말하더라도 아니스 님의 뜻에 반하는 말은 하지 않을 겁니다.

"……그런데 왜 저인가요?"

"어디까지나 제 의견이지만, 대등하니까요."

"대등? 저와 아니스 님이요?"

"저는 지위가 너무 낮고, 일리아 님도 오랫동안 섬기면서 주종 관계가 굳어졌어요. 폐하와 왕비님에게는 선을 긋고 있고요. 그래서 아니스 님에게는 대등하다고 여겨지는 상대가 별로 없어요."

"……그런가요?"

"저는 남의 안색을 살피며 살아왔거든요. 제 입으로 말하기도 뭐하지만 그런 건 구분할 수 있어요. 어쩌면 뱀파이어의 특성일지도 모르지만."

조금 난처한 듯 웃고서 레이니는 말을 이었습니다.

"아니스 님은 한 식구에게 무른 만큼 쉽게 품을 내주지 않아요. 그리고 아니스 님이 품을 내주는 건 아니스 님이 비호해야만 하는 사람들이에요."

"……듣고 보니 확실히 그러네요."

아니스 님이 저희를 비호해 주지 않았다면 과연 어떻게 됐을까요.

그런 저희도 받아들여 준 아니스 님은 상냥하고 무릅니다. 그런 자신을 알기에 타인을 쉽게 들이려고 하지 않습니다.

"그중에서도 아니스 님과 가장 대등한 사람은 유필리아 님이라고 생각해요."

"……저는 아니스 님에게 항상 도움만 받는걸요. 도저히 대등하다고 할 수 없어요."

"그건 아마 유필리아 님이 줄곧 아니스 님을 도왔기 때문일 거예요."

"제가 아니스 님을 도왔다고요……?"

"실태가 어떻든 간에, 아니스 님이 왕족이란 사실을 신경 쓰지 않고 마음대로 굴 수 있었던 건 유필리아 님 덕분이에요. 유필리아 님이 아르가르드 님을 보좌하기에 아무런 걱정도 없었다고 하셨어요. 그러니까 분명 아니스 님은 자신 때문에 유필리아 님을 고생시켰으니 편히 지낼 수 있게 하고 싶으신 거예요."

"그건…… 이해는 가지만, 하지만 저는……!"

이해는 갑니다. 하지만 납득할 수는 없었습니다. 저는 아르가르드 님을 보좌하기는커녕 그 괴로움을 보듬지 못해 돌이킬 수 없는 일을 초래했습니다.

그건 저의 책임이지 아니스 님이 짊어질 책임이 아닌데. 그렇게 생각하고 손을 움켜쥐자 레이니가 제 손을 잡았습니다. 저를 바라보는 표정은 조금 화가 난 것처럼 보이기도 했습니다.

"다 자기 잘못이라고 생각하지 마세요. ……저도 견디기 힘들어져요."

"……아. ……미안해요, 레이니."

"어쩔 수 없는 일이었다고 생각하라고 아니스 님도 말씀하셨어요. 결과가 어떻게 됐든 이때까지 노력한 게 사라진 건 아니라면서요."

제 손을 다정하게 쓰다듬으며 레이니가 표정을 풀고 말했습니다.

"유필리아 님이 차기 왕비로서 확실하게 해 왔기에 지금의 아니스 님이 계시는 거예요. 그러니까 이번에는 자신이 도와줄 차례라고 생각하시는 게 아닐까요?"

지금까지 아니스 님이 마음대로 군 탓에 제가 고통받았으니까? 제가 애쓴 것을 인정하기에 이번에는 자신이 책임을 다하려고?

그렇다면 이번에는 제가 자유롭게 살아야 하는 걸까요?

하지만 저는 어떻게 자유를 누리고 싶은지 모르겠습니다. 지금도 뭘 하면 좋을지 모르겠습니다.

저는 아니스 님처럼 되지는 못합니다. 그런 제가 뭘 해야 그분과 대등하다고 할 수 있을까요?

비호받기만 하는 제가 무엇을 전하면 좋을지. 애초에 뭘 전하고 싶은지. 여전히 모르는데.

그 후, 푹 쉰 왕비님이 깨어나며 다과회는 끝났습니다.

헤어지면서 왕비님이 또 힘을 빌릴 수 있겠냐고 레이니에게 물어 레이니가 당황했던 것이 인상적이었습니다.

그 모습을 보았기에 생각합니다. 저는 찾아야만 합니다. 제가 지금 무엇을 해야만 하는지. 자신이 납득할 만한 무언가를.

마법 재능만으로는 부족합니다. 교육받은 지식만으로는 부족합니다. 저의 존재 이유라고 당당히 말할 수 있는 무언가가 제게는 없습니다.

—그걸 찾지 못한다면…… 저는 어디로도 나아갈 수 없습니다.

* * *

"—유피, 마음이 다른 곳에 가 있구나."

"예……? 아…… 죄송해요, 어머니."

지난 일을 돌이켜보다가 맞은편에 앉은 어머니의 지적에 정신을 차렸습니다.

오늘은 휴일, 제가 집에 돌아오는 날입니다. 어머니의 제안으로 같이 차를 마시고 있었는데 주의가 산만해졌던 모양입니다.

"유피가 차를 마시면서 멍하니 있는 건 처음이려나. 나는 네 상대로 부족하니?"

"……죄송해요."

"딱히 꾸짖는 게 아니란다. 네가 아직 아르가르드 왕자의 약혼자고 차기 왕비였다면 꾸짖었겠지만."

어머니가 작게 웃으며 말해서 어깨가 무겁게 짓눌리는 기분이 들었습니다.

그러자 갑자기 어머니는 자세를 바로잡고 저를 보았습니다. 그 표정이 다잡혀 있어서 저도 자연스럽게 등을 곧게 폈습니다.

"고민이 있다면 들어 줄게. 너는 지금까지 엄마를 의지한 적이 없었으니까."

"……어머니."

"요령 좋아 보이지만 서툰 건 그란츠랑 똑같구나, 유피. 뭔가 고민이 있는 거니?"

어머니가 자상하게 물어서 저는 무릎 위에 올린 손을 살며시 움켜쥐었습니다. 그리고 자신의 생각을 말했습니다.

"제가 미흡하고 무력하다는 걸 알게 돼서 자신이 한심해요. 이대로 있으면 안 된다고 생각하는데 어떻게 하면 좋을지 모르겠어요……."

"그렇구나……. 유피, 너는 내 자랑스러운 딸이야. 속 썩이지 않는 잘난 딸이야. ……그런 네가 처음으로 벽에 부딪쳤구나. 하지만 그게 너의 진짜 고민이니?"

"……네?"

"이래 봬도 부모야. 네가 자신이 할 수 없는 일을 고민하는 건 그와 관련된 누군가가 있기 때문일 것 같은데…… 아니니?"

어머니의 지적에 정곡을 찔린 것처럼 심장이 펄떡 뛰었습니다. 제가 그러든 말든 어머니는 이야기를 계속했습니다.

"아르가르드 님의 약혼자였을 때, 너는 요구되는 일을 뭐든 잘했어. 재능도 있었고, 너의 기질에도 잘 맞았겠지. 그래서 실패한 적이 없었어."

요구되는 일을 소화하는 것을 고통으로 느낀 적은 확실히 없습니다. 힘들기는 했지만, 고민하거나 도망치고 싶다고 생각한 적은 없었습니다.

"너는 변했어, 유피."

"……그런가요?"

"약혼이 파기되고 아니스피아 왕녀님과 함께 지내게 된 너는 지금까지 봤던 것 중에서 가장 생기 넘쳐 보여. 아니스피아 왕녀님이었기에 이루어진 일이겠지. 상식에 사로잡히지 않고 아예 새로 만드는 파격적인 분이니까. 네가 고민하는 것도 아니스피아 왕녀님 때문이지 않니?"

"……네."

"가끔은 부모를 의지해도 돼. 네가 뭘 고민하고 힘들어하는지. 누군가에게 이야기하면 마음이 편해지기도 해."

어머니의 다정한 말이 제 마음을 움켜쥐었습니다. 목이 메서 표정이 조금 일그러진 것을 저 자신도 알 수 있었습니다.

정말로 이 생각을 말해도 될지 망설여졌습니다. 갈등하는 저를 바라보는 어머니의 눈은 매우 상냥했고, 제가 말하기를 기다리고 있는 것 같았습니다.

그 눈길에 제 갈등은 이 생각을 토해 내고 싶다는 마음으로 바뀌었습니다.

"저는, 아니스 님을 돕고 싶어요. 그분이 괴로워하는 모습도, 슬퍼하는 얼굴도 보고 싶지 않아요. ……그런데 제가 할 수 있는 일이 없어서 괴로워요."

"네가 할 수 있는 일은 아주 많아. 너도 그걸 알 거야. 그러니 네 고민의 본질은 그게 아니야, 유피. 네가 정말로 바라는 건 뭐니? 그게 이루어지지 않아서 너는 그렇게나 괴로워하는 것 아니니?"

바람이 이루어지지 않기에 나는 괴로워하고 있다. 그럼 이루어지지 않는 바람은 무엇인가? 그 질문을 듣고 떠오른 바람은 결코 말해서는 안 되는 것이었습니다.

그래서 손으로 입을 막았습니다. 그런 제게 어느새 거리를 좁힌 어머니가 손을 뻗었습니다.

"유피."

"……어머니."

어머니의 손이 천천히 제 머리를 쓰다듬었습니다. 마치 고집스럽게 가둔 말을 꺼내려는 것처럼. 상냥한 손의 온기에 눈물이 핑 돌았습니다.

그것이 계기가 되어 저는 피를 토하는 심정으로 본심을 말하고 말았습니다.

"어머니…… 저는— 아니스 님이 왕이 되지 않길 원해요……."

왕가를 보좌하는 귀족의 딸로서, 아르가르드 님의 전 약혼자로서 말할 자격이 없는 소원. 하지만 그것이 제 본심이었습니다.

아무리 보좌하고자 해도 그걸 누구보다도 바라지 않는 것이 아니스 님임을 저는 압니다. 왕이 된다는 중책을 받아들이기 위해 아니스 님이 얼마나 괴로워하는지도 보았습니다.

하지만 그분에게 그런 중책을 지운 요인 중 하나가 저입니다. 제가 아르가르드 님을 보좌하지 못해서 이번 사태를 초래했습니다. 그렇게 생각하니 그저 한심하고 분해서 눈물이 날 것 같았습니다.

레이니는 저와 아니스 님이 대등하다고 했습니다. 하지만 저는 도저히 대등하다고 생각할 수 없습니다.

—왜냐하면 저는 잘못했으니까요. 완수해야 할 역할을 수행하지 못했습니다.

그런 제가 이제 와서 아니스 님에게 왕이 되지 말라고 말할 자격이나 있을까요. 그래도 저를 구해 준 아니스 님이 괴로워하며 바라지 않는 변화를 받아들여야 하는 것이 싫습니다.

어느새 넘친 눈물이 뺨을 타고 흘렀습니다. 눈물을 알아차리자 흐느낌도 나올 것 같았습니다. 그런 저를 어머니가 껴안았습니다. 어린아이를 달래듯 자상한 손길로 제 머리를 쓰다듬었습니다.

"네 소원은 귀족 영애로서는 올바르지 않겠지. 하지만 그게 유피의 소원이구나. 아니스피아 왕녀님이 왕이 되지 않길 바라지만. 그 소원은 이루어지지 않는다고, 그런 소원을 가질 자격은 없다고 생각해서 괴로웠던 거구나?"

"……어머니."

"너의 괴로움은 우리에게도 책임이 있어."

제 머리를 품에 안으며 어머니가 말했습니다. 그 목소리는 귀로 들어와 마음에 울리는 것 같았습니다.

"아니스피아 왕녀님의 영향은 좋게도 나쁘게도 너무 컸어.

오르펀스 폐하와 실피느 왕비님도 감당할 수 없을 만큼. 그럼 어떻게 해야 했을까? 물을 수는 있어도 뒤집을 수는 없어. 다시 고칠 수도 없어."

"알고 있어요……. 그래서 제가, 이런 소원을 가지는 것도, 허락되지 않아요……!"

이제 떨리는 목소리도 숨기지 못하고 저는 중얼거렸습니다. 그러자 어머니는 저를 안았던 팔을 풀어 제 양쪽 어깨에 손을 얹고 마주 보았습니다.

"……유피, 너는 왕가가 바랄 만큼 재능 있는 아이야. 우리의 자랑스러운 딸이야. 그러니 만약 네가 정말로 전진하겠다고 각오한다면 그게 어떤 길이든 엄마는 응원할 거야."

"……어머니?"

"그란츠는 마젠타 공작가의 가주로서 올바르게 살고 있어. 하지만 올바른 것이 반드시 좋다고는 할 수 없어. 완벽함과 주변의 시샘은 떼어 낼 수 없단다. 그래도 그 사람은 네가 올바르기를 바랄 거야. 네 아빠는 그런 사람이야."

아버지는 어머니가 말하는 그런 사람일 겁니다. 이 나라 귀족의 필두인 공작으로서 긍지를 지키기 위해 본인에게 엄격함을 요구하는 사람.

그 딸로서 올바르게 살고자 노력했습니다. 아버지의 삶을 본받듯이. 그게 바로 자신이 걸어갈 길이라고 생각하며. 하지만 저는 이제 그 길을 갈 수 없습니다.

그저 올바르게 살면 아니스 님은 구원받을까요? 줄곧 올바름의 잣대에 핍박받은 그 사람을 구하는 데 이딴 올바름이 대체 무슨 도움이 될까요.

그런 생각에 사로잡힌 제게 어머니는 다정하게 내치듯 말했습니다.

"정말로 네가 가고 싶은 길을 찾아보렴. 시간이 많지는 않아. 그때까지 힘껏 발버둥치고, 생각하고, 그리고 길을 정하는 거야. 누군가가 정하기 전에 너의 의지로. 그것이 귀족으로서 잘못된 소원이더라도, 도저히 양보할 수 없는 길이라면 관철하렴. 아니스피아 왕녀님의 즉위를 너는 바라지 않는 거지?"

"……소망해도, 되는 걸까요?"

조심조심 물은 제게 어머니는 표정을 풀고 말했습니다.

"좋지는 않지. 하지만 네가 정말 그러기로 정한다면 막을 수 있는 사람은 극소수야. 너에게는 그만한 힘이 있어. 왜냐하면 그 사람과 나의 딸이니까."

어머니는 저와 이마를 맞대고 미소 지었습니다. 그 이마의 열을 느끼며 저는 생각했습니다.

아니스 님이 왕이 되지 않았으면 좋겠습니다. 새삼스러운 소원입니다.

바라면 안 되는 소원이라고, 귀족 영애로서 자란 자아가 강하게 부정했습니다. 그래도 아니스 님의 웃는 얼굴이 머릿속에서 사라지지 않았습니다.

영문도 모른 채 약혼을 파기당했을 때, 망설이지 않고 손을 내밀어 줬습니다.

별궁에 들어가고 나서는 곤란할 정도로 거리를 좁히고 맞닿으려고 해 줬습니다. 그 거침없는 명랑함에 어느새 마음이 구원받았습니다.

진심으로 즐거워하며 마법과 꿈을 이야기하는 그 사람은 정말로 행복해 보였습니다.

짧은 시간이었지만 이제는 없어서는 안 될 것이 되어 제 마음을 움직였습니다.

저는 그늘 없이 환하게 웃는 그 사람의 미소를 지키고 싶습니다. 그걸 정말로 이룰 수 있는 길이 있다면, 저는…….

4장 제시되는 선택지

긴장으로 떨리는 손을 다시 움켜잡았습니다. 저는 아버지의 집무실 앞에 서 있었습니다.

휴일인데도 성에 갔다 오셨고, 저녁 먹은 뒤로도 집무실에 틀어박혀 있는 아버지를 부르려니 주눅이 들었습니다.

그래도 지금 이 상태로는 전진할 수 없습니다. 새로운 길을 찾더라도 먼저 이 사람을 설득하지 않으면 바람을 품을 수조차 없을 겁니다.

결심하고서 숨을 가다듬은 뒤에 집무실 문을 노크했습니다.

"들어와."

안에서 들린 아버지의 목소리에 침을 삼키며 저는 문을 열었습니다.

책상 앞에 앉아 있던 아버지는 저를 보고 눈썹을 살짝 올렸지만 펜을 놓고 다시 제대로 저를 응시했습니다.

"집무실에 찾아오다니 별일이구나, 유피."

"밤중에 죄송해요, 아버지. 잠시 시간을 내어 주실 수 있을까요?"

저는 주먹 쥔 손에 힘을 주며 물었습니다. 몸이 떨리려고 하는 것을 필사적으로 참고 있으니 아버지가 제게서 시선을 돌리고 일어났습니다.

"앉아라."

아버지는 손님용 소파를 가리켰습니다. 저와 아버지는 테이블을 사이에 두고 마주 앉았습니다.

"무슨 일로 왔지?"

아버지가 담담히 물었습니다. 그 눈은 저를 노려보듯 바라보고 있지만, 아버지는 그냥 평소처럼 보는 것이었습니다. 그래도 앞으로 이야기할 내용을 생각하니 공포심이 치솟으려고 했습니다.

"……아버지에게 상담하고 싶은 일이 있어요."

"호오. 네가 나에게?"

"아버지. ……차기 국왕은 꼭 아니스 님이어야만 하나요?"

제 물음에 아버지의 분위기가 변했습니다. 단숨에 방 안의 공기가 팽팽해져서 저는 숨이 막혀 쓰러질 뻔했습니다.

압박감을 견디며 똑바로 아버지를 쳐다보았습니다. 아버지는 한동안 저와 마주 보다가 갑자기 눈을 감음으로써 시선을 돌렸습니다.

"왜 그런 질문을 하지?"

"……저는 아니스 님이 국왕이 되지 않기를 바라니까요."

아버지는 이어서 무슨 말을 할까요. 질책할까요. 아니면 실망할까요. 어떤 반응이 돌아와도 받아 내겠다고 생각하며 저는 등을 곧게 폈습니다.

아버지의 표정은 변함없었습니다. 얼마나 마주 보고 있었을까요. 위가 쓰라려 오는 침묵을 깬 것은 아버지의 한숨이었습니다.

"……새삼스러운 질문이지만, 아니스피아 왕녀 말고 왕이 될 핏줄이 없다는 게 문제다. 아니스피아 왕녀 말고 왕가의 피를 이어받은 자를 찾아보려고 해도 조건이 엄격해. 즉, 현재 아니스피아 왕녀 외의 적임자는 없어. 그건 너도 알고 있겠지? 유필리아."

"……네."

"그런 상황이지만. 확실히 말해서 조건에 맞는 인물이 있다면 그쪽을 추대해야 하는 것도 사실이야. 지금까지는 그게 아르가르드 왕자였어. 하지만 아르가르드 왕자는 사라졌지. 그렇다면 차기 국왕이 되어야 할 사람은 아니스피아 왕녀라고 생각한다."

아버지의 대답에 저는 이를 악물고 말았습니다. 알고는 있었지만, 담담히 사실을 제시하니 가슴 언저리가 꽉 죄어들었습니다.

"새삼 아니스피아 왕녀가 국왕이 되지 않기를 바란다고 해도, 그럼 그녀 말고 누가 국왕이 되지? 왕이 있어야 왕국이야. 왕이 없으면 왕국은 나라라는 형태를 잃어버려. 그렇게 되면 귀족도 평민도 터전을 잃겠지. 그건 피해야 해. 나라를 유지하고 백성을 지키는 것. 그게 우리 귀족의 역할이야."

아버지의 말은 타당합니다. 왕국은 왕이 나라를 다스리기에 성립합니다. 그렇기에 차기 국왕은 필요합니다. 팔레티아 왕국을 지키기 위해.

그 중압과 책임을 짊어져야 하는 것이 왕족이라는 것도 압니다. 그래도 모든 것을 뒤덮어 버리는 아니스 님의 웃는 얼굴이 머릿속에 떠오르고 말았습니다.

"아니스 님이 왕이 되면 나라가 쪼개질지도 몰라요. 그분에게는 왕족에게 요구되는 재능이 없어요."

"그렇기 때문이기도 해."

"그렇기 때문에……?"

"너도 알고 있겠지? 이 나라는 오랜 시간 동안 비틀림이 커져 버렸어. 그 비틀림을 바로잡으려고 하면 당연히 반발이 있겠지."

"……정령 신앙으로 인한 귀족과 평민의 단절 말인가요."

"마법을 다룰 수 있다는 데서 오는 귀족의 특권 의식. 팔레티아 왕국이 나라로 성립되기 위해 정령의 가호는 없어선 안 돼. 하지만 도가 지나치면 선왕의 비극을 되풀이할 뿐이야."

"……선왕 시대의 쿠데타를 말씀하시는 거죠?"

"그래. 그것도 나라가 쪼개질 뻔한 사건이었어. 그렇기에 폐하는 화평으로 나라를 다스리시고자 했어. 그 결과 비틀림이 더 축적되었을 뿐이라고 한다면 부정할 수는 없지. 하지만 덕분에 오늘날까지 백성이 건강하게 지내고 있는 것도 사실이야. 나라를 쪼개더라도 비틀림을 없애는 방책도 있었을 거야. 하지만 폐하는 그 길을 택하지 않았어."

오르펀스 폐하는 나라를 쪼개는 미래를 피하기로 하셨을 겁니다. 하지만 그래서는 근본적인 해결이 되지 않았습니다. 그것이 오늘로 이어졌습니다.

지나친 정령 신앙과 귀족의 특권 의식 때문에 아니스 님은 고통받았고 아르가르드 님도 잘못된 길을 가고 말았습니다.

"그것도 어쩔 수 없다고 한다면 어쩔 수 없는 일이야. 폐하…… 오르펀스에게는 화합하는 힘은 있어도 동란을 극복할 수 있는 힘은 없었어. 그렇기에 아니스피아 왕녀가 이 나라에는 필요해."

"……그건 아니스 님이 이단이기 때문인가요?"

"이단이라. 확실히 이단이긴 하지. 하지만 그 이단이 어쨌다는 거지? 아니스피아 왕녀를 적시하는 것은 귀족뿐이야. 국민은 아니스피아 왕녀를 받아들이겠지. 아니스피아 왕녀에게는 오르펀스에게는 없는 혁신의 힘이 있어. 우리 세대에는 이루어지지 않았던 미래로 이끌 만한 힘이 그녀에게는 있어."

"……아버지는 아니스 님을 상당히 높이 평가하시는군요."

"내가 두렵다고 생각한 자는 얼마 없어. 아니스피아 왕녀는 그 얼마 없는 사람 중 한 명이다."

……아버지가 아니스 님을 두려워했다고요? 생각지 못한

평가를 듣고 저는 눈이 휘둥그레져서 아버지의 얼굴을 빤히 쳐다보고 말았습니다.

겁이 없는 아버지에게도 두렵다고 여기는 자가 있다는 것. 그것도 놀라운데 그중 한 명이 아니스 님이라니 이중으로 놀랐습니다.

"너도 알겠지만 아니스피아 왕녀는 극약이야. 필요 없다면 무대에 서지 않는 편이 좋아. 아니스피아 왕녀는 시대를 너무 가속시켜."

"……시대를."

"정령 신앙과 마법의 권위로 성립되어 온 우리나라의 전통과 마학은 물과 기름과 같아. 하지만 나는 그로 인한 변화야말로 나라에 필요하다고 생각해. 그게 내가 아니스피아 왕녀를 추대하는 이유다."

아버지는 깍지를 끼며 등받이에 몸을 기대고 저를 보았습니다. 그 시선에 흔들림 없는 의지가 담겨 있음을 알 수 있었습니다.

"하지만 아니스피아 왕녀에게는 왕이 될 의지가 없었어. 아르가르드 왕자가 있었기 때문이겠지. 왕녀는 어릴 때부터 총명했으니까. 그래서 유감스러웠다. 그렇기에 왕가가 너를 약혼자로 요구했을 때, 나는 좋은 기회라고 생각했어."

"좋은 기회요?"

"아르가르드 왕자가 국왕이 되고 네가 왕비가 된 후, 너희에게 다시금 현재 상황을 알리고 아니스피아 왕녀의 마학을 정책에 포함시켜 나가고자 했어. 나는 그 뒷배가 될 생각이었다. 왕자에게 기대했던 건 오르펀스 같은 화합하는 힘이었어. 하지만 교육은, 특히 학원의 지침은 마법부가 틀어잡고 있었지. 그게 화가 되었어."

담담히 말하면서도 아버지는 눈을 내리떴습니다. 그 동작에서 아버지의 피로를 읽고 깜짝 놀랐습니다. 빈틈을 보이지 않는 아버지가 피로를 내비치다니, 그것만으로도 놀랄 일이었습니다.

"마음대로 안 되는구나. 아니스피아 왕녀가 왕으로 설 만한 기개를 보여 주길 바란 적도 있었다. 하지만 왕이 되기에 아니스피아 왕녀는 너무 상냥해. 그건 장점이자 단점도 될 수 있어. 특히 왕으로서 선다면 말이다."

"아버지……."

"하지만 대신할 자가 없다면 시대의 시곗바늘을 돌릴 수밖에 없겠지. 그것이 나라를 쪼갤지도 모르더라도 말이야. 이대로 가면 천천히 썩어 들듯 멸망을 기다릴 뿐이야. 이 나라에는 계기가 필요해. 그걸 위해 아니스피아 왕녀는 왕족으로서 본분을 다해 줘야 해."

아버지는 눈을 들고 저를 보았습니다. 그 눈에는 굳건한 의지가 담겨 있었습니다.

"나는 아니스피아 왕녀를 국왕 자리에 앉힐 거다. 그게 귀족의 필두로서 완수해야 하는 나의 책무야. 내 생각을 듣고서도 아니스피아 왕녀의 즉위가 아닌 다른 길을 찾을 테냐?"

"……저는."

아버지는 제게 물음을 던지고 나서 줄곧 제 눈을 바라보았습니다. 저는 그 시선을 한 번 피했다가 이를 악물고 다시 아버지를 마주 보았습니다.

"그래도 뭔가 수단이 있다면. 그게 아무리 작은 가능성이어도…… 저는 포기할 수 없어요."

"왜지?"

"—절대로 양보하고 싶지 않은 부분이니까요."

이 소원은 마젠타 공작 영애로서가 아니라 유필리아 마젠타라는 개인으로서 바라는 것이니까. 그래서 마지막까지 저는 포기할 수 없습니다.

이루고 싶다고, 포기하고 싶지 않다고 처음으로 마음이 강하게 외쳤습니다.

이 외침을 저는 더 이상 무시할 수 없습니다. 귀족의 딸로서 올바르지 않더라도, 누군가에게 부정당하더라도.

"아니스 님이 왕이 되면 많은 사람이 구원받고, 동시에 많은 사람이 악의를 보내겠죠. 그 끝에 기다리는 것이 번영일지 쇠퇴일지도 알 수 없어요. 하지만 분명한 것이 있어요."

"그건 뭐지?"

"그곳에 아니스 님의 진정한 웃음은 없어요."

아버지로부터 더는 눈을 돌릴 수 없었습니다. 이 사람은 귀족의 책무로서 아니스 님을 왕으로 만들겠다고 선언했습니다. 그러니 제가 그에 거역하는 태도를 보인다면 훈계할 겁니다.

어쩌면 움직일 수 없는 상황에 몰릴지도 모릅니다. 하지만 아버지를 설득하지 못한다면 아무것도 바꿀 수 없을 것 같았습니다.

"아니스피아 왕녀의 웃음인가. 그것이…… 나라의 미래보다도 중하다는 건가?"

"저는! 나라를 위해 어쩔 수 없다고 말하고 싶지 않아요!"

외치고서 아버지를 마주 노려보듯 응시하며 가슴에 손을 얹었습니다.

"나라의 미래는 중하죠. 한 사람의 웃음으로 대신할 수 있는 게 아니라는 것도 알아요. 그래도 저는 어쩔 수 없다고 말할 수 없어요! 말할 수 없어서 포기하고 싶지 않아요! 정말로 아니스 님이 왕이 되는 길밖에 없다고 포기하기 전까지는 이 의지를 굽힐 수 없어요! 귀족으로서…… 아버지의 딸로서 실격이더라도!"

지금까지 쌓아 올린 모든 것을 버리더라도 상관없습니다. 입장도, 가족도, 온갖 것을 잃더라도 상관없다고 생각할 만큼 이 소원은 강하게 살아 숨 쉬고 있었습니다.

이제는 저 자신조차 멈출 수 없을 만큼 이 마음은 크게 자라나 있었습니다. 누군가에게 요구받은 것이 아니라 저 자신이 바라는 소원이기에 억누를 수 없었습니다.

"……모든 것을 잃더라도 말인가."

아버지는 제 말을 듣고 조용히 눈을 내리떴습니다. 꾸짖지도 않고, 실망을 드러내지도 않고, 그저 제 말을 받아 내고 있는 것 같았습니다.

"모든 것을 잃어도 좋다고 전부를 걸 만큼 아니스피아 왕녀를 생각하는 거냐?"

"네."

"그건 충의인가? 아니면 은의인가? 혹은 동정인가? 왜 그렇게까지 걸 수 있지?"

아버지의 조용한 물음에 저는 호흡을 가다듬듯 눈을 내리떴다가 다시 눈을 들며 아버지에게 대답했습니다.

"—그저, 사모하고 있으니까요."

충의도, 은의도, 동정도. 다 맞을지도 모릅니다. 그만큼 복잡하게 뒤얽힌 감정이, 저의 모든 것이 그렇게 바라고 있었습니다. 그저 그 사람을 사모하고 있습니다. 자신의 모든 것을 걸어도 좋다고 생각할 만큼.

맨 처음 손을 내밀어 준 것. 어떻게도 할 수 없는 상황에서 희망이라는 이름의 빛을 준 것. 미지의 가능성을 자랑스럽게 이야기하는 그 사람을 그저 지키고 싶습니다.

이유 따위 그거면 충분했습니다. 이론도, 도리도, 그 모든

것을 넘어서서 지키고 싶은 것이 있었습니다. 그 사람이 그러했듯이 저도 자유롭게 살고 싶다는 생각이 들었습니다.

아버지는 그저 저를 바라보았습니다. 그러다 갑자기 표정을 풀고 한숨을 쉬었습니다.

"……너도 역시 마젠타의 핏줄이었나."

"……네?"

아버지는 그렇게 말하고 제게서 시선을 뗐습니다. 마젠타의 핏줄? 그게 대체 무슨 뜻일까요? 영문을 몰라 고개를 갸웃하고 있으니 아버지가 다시 입을 열었습니다.

"너는 아니스피아 왕녀의 즉위를 바라지 않는다는 거지? 다른 이를 왕으로 세울 수 있다면 그러고 싶다고. ……방법이 없지는 않다."

"네?!"

아버지의 대답이 너무나도 의외였기에 저는 당황하여 외치고 말았습니다.

아니스 님을 즉위시키지 않고 왕을 세울 방법이 따로 있다니! 아버지의 말을 믿을 수 없어서 아버지의 얼굴을 빤히 보았습니다.

"아니스피아 왕녀가 국왕이 되기에는 결정적으로 부족한 게 있어."

"……마법 재능 말인가요?"

"그래. 왕가의 피를 유지하는 건 그 힘을 유지해야 하기 때문이기도 해. 그렇기에 아무리 마학 공적을 쌓아도 전통을 고집하는 자는 아니스피아 왕녀를 인정하지 않겠지. 거기에 파고들 틈이 있어."

"파고들 틈……이요?"

"왕가는 정령에게 받은 마법 재능을 이어 가기 위해 존재해. 그걸 완수할 수 있다면, 극단적으로 말해서 누가 왕이어도 상관없어. 핏줄이 진한 게 가장 좋긴 하지만, 그 핏줄의 정통성도 뛰어넘을 수 있는 방법이 있어."

"그런 방법이 있는 건가요……?!"

저도 모르게 상체를 앞으로 내밀며 아버지에게 묻고 말았습니다. 그런 방법이 있다면 아니스 님을 국왕으로 만들지 않아도 될 겁니다. 그런 기대로 가슴이 뛰었습니다.

"너무나도 비현실적인 수단이지만 말이다."

"그건 대체……?"

"이제껏 계승되어 온 것이 사라지려고 하는 지금, 그것을 재차 되살리면 돼. 팔레티아 왕국의 초대 국왕이 그리했듯이."

아버지가 말하는 수단이 무엇인지 알아차린 순간, 저는 말문이 막히고 말았습니다. 아버지의 말대로 그건 너무나도 비현실적인 수단이었기 때문입니다.

목이 떨렸습니다. 꿀꺽 삼킨 침이 배로 떨어지는 것을 느끼며 저는 그 답을 말했습니다.

"—정령 계약."

제가 꺼낸 말이 정답이라는 것처럼 아버지가 고개를 끄덕였습니다.

정령 계약. 정령 중에서도 거대한 힘을 가졌다는 대정령과 직접 계약하는 것. 팔레티아 왕국을 건국한 초대 국왕의 전설 속 이야기.

정령 계약자라면 확실히 새로운 왕가를 일으킬 수 있습니다. 아니스 님 때문에 전통이 사라질지도 모른다면 그것도 수단 중 하나겠죠.

하지만 동시에 현실적이지 않다는 것도 분명했습니다. 정령 계약자들은 자신이 어떻게 대정령과 계약했는지 말하지 않았습니다.

정령 계약자는 변덕스럽게 나타났고 대부분 속세와 거리를 두고 지냈습니다. 직접 연락할 수 있는 것도 왕가뿐일 만큼 철저하다고 들었습니다.

"정령 계약자가 왕가의 승인을 얻어 새로운 왕가를 일으키는 것. 전설의 재래라고 하면 납득시키기도 쉽겠지. 게다가 옅게나마 왕가의 피를 가지고 있다면 이유로 댈 수 있어."

"그, 건……."

말문이 막혔지만 신음하듯 목소리를 냈습니다. 움켜쥔 주먹이 떨렸고, 그것이 전신의 떨림으로 바뀌는 것은 순식간이었습니다.

아버지는 그저 저를 바라볼 뿐이었습니다. 테이블을 사이에 뒀을 뿐인 거리가 한없이 멀게 느껴졌습니다. 그리고 몸을 떠는 제게 아버지는 결정적인 말을 던졌습니다.

"정령 계약을 이뤄 낸다면— 네가 왕이 되는 것도 가능하겠지. 왕가에 양자로 들어가는 방법도 없진 않아. 원래부터 아르가르드 왕자의 약혼자였어. 왕가에 들어갈 만한 교육은 받았지. 왕이 될 조건을 누구보다도 갖추고 있는 사람은 다름 아닌 너다."

먼 혈연이긴 하지만 마젠타 공작가에는 왕가의 피가 흐릅니다. 아버지의 말대로 전설의 재래라고 하면 제가 왕위 계승자로서 나서는 것은 불가능하지 않습니다.

"네게 왕이 될 각오가 있느냐? 유필리아."

—저는 아버지의 물음에 아무런 대답도 할 수 없었습니다.

아무 말도 못 하고 굳어 있으니 아버지는 조용히 한숨을 쉬고 말했습니다.

"각오가 있더라도 정령 계약은 그렇게 간단히 이룰 수 없어. 하지만 각오도 없다면 아니스피아 왕녀를 왕으로 만들지 않겠다고 말할 자격은 없다."

던져진 그 말에 저는 그저 고개를 숙일 수밖에 없었습니다.

* * *

아버지의 충격적인 발언에 저는 아무 말도 못 하고 그대로 퇴실하여 제 방으로 돌아왔습니다.

옷도 갈아입지 않고 침대에 쓰러져 눈을 감았습니다. 그런다고 잠이 오지도 않았습니다. 그저 생각이 빙글빙글 맴돌 뿐이었습니다.

"……정령 계약."

이 나라의 시작이라고도 할 수 있는 전설. 그걸 해낸다면 제가 왕이 될 수 있을지도 모릅니다. 그런 가능성을 생각한 적은 없었습니다.

가슴속에서 치솟는 이것을 대체 뭐라고 명명하면 좋을지 알 수 없을 만큼 제 감정은 거칠게 날뛰고 있었습니다. 그것은 가차 없이 저를 뒤흔들어 졸음도 식욕도 기력도 송두리째 앗아 갔습니다.

제가 아니스 님 대신 왕이 될 수 있을까요? 그런 불안이 가슴을 옥죄었습니다. 살며시 가슴을 누르고 몸을 둥글게 말며 저는 자신의 감정과 마주하려고 했습니다.

'제가 왕이 되더라도…… 왕으로서의 책무를 다할 수 있을까요?'

왕비로서 국왕을 보좌하는 것과는 또 다릅니다. 자신의 선택에 나라의 명운이라는 무게가 실립니다.

그 무게를 느끼고 메스꺼운 느낌이 치밀었습니다. 하지만 아니스 님도 비슷한 무게를 짊어지고 있다고 생각하니 손에 힘이 들어갔습니다.

무섭고 혼란스럽기도 할 겁니다. 그래서 무엇을 믿으면 좋을지도 알 수 없습니다. 얼마나 그렇게 자신의 껍데기 속에 틀어박히듯 몸을 말고 있었을까요.

천천히 자신의 감정을 풀어내도 사라지지는 않았습니다. 차라리 듣지 않았다면, 그런 가능성을 몰랐다면 좋았을 거라는 생각이 들려고 했습니다.

하지만 아마 이것이 제가 생각하는 최선의 길이라는 생각도 들었습니다. 제가 차기 국왕이 된다면 아니스 님의 자유는 보장됩니다. 왕이라는 책무를 그 사람이 질 일은 없습니다.

제가 왕이 되면 나라를 움직일 수도 있습니다. 아니스 님의 마학과 마도구를 정책에 포함하는 것도 제안할 수 있을지도 모릅니다.

그것이야말로 아니스 님이 본래 바랐을 형태라는 생각조차 들었습니다.

하지만 그러려면 극복해야만 하는 일이 있습니다. 정령 계약입니다. 그러니 이 가정은 결국 몽상일 뿐입니다.

'하지만…… 정말로 만약 제가 그런 미래를 그릴 수 있다면……?'

그런 상상을 머릿속에 그리려고 했을 때, 갑자기 어떤 소리가 들렸습니다.

"……노래?"

저는 몸을 일으키고 귀를 기울였습니다. 그러자 신기한 노랫소리가 들려왔습니다. 처음 듣는 노래였습니다. 그리고 사람의 목소리 같지 않았습니다.

그 위화감에 저는 눈을 크게 떴습니다. 노래는 끊임없이 들렸고 속삭이는 것 같았습니다.

"……이 노래는……?"

밤의 어둠에 잠긴 방 안에서 달빛을 의지해 몸을 일으켰습니다.

그러자 제 눈앞에서 빛이 흔들렸습니다. 반사적으로 그 빛을 보자 그곳에 믿기 힘든 존재가 있었습니다.

빛을 휘감은 주먹만 한 소인이었습니다. 등에 날개가 달려서 제 주위를 빙글빙글 날고 있었습니다. 저는 친숙한 느낌을 받았습니다. 그래서 깜짝 놀라 그 존재의 이름을 부르고 말았습니다.

"정령……?"

제 중얼거림에 날개 달린 소인— 아뇨, 정령은 활짝 웃었습니다. 어째서 정령이 이런 형태를 띠고 의사를 가진 것처럼 미소 짓는 걸까요?

저는 혼란에 빠져 정령을 응시했습니다. 정령은 제가 눈치챈 것에 만족한 듯 창문을 통과해 밖으로 날아갔습니다.

저는 뒤를 쫓듯 창문을 열었습니다. 하지만 정령의 모습은 없었습니다.

"……방금 그건, 대체……? 아니, 그보다도…… 노래가……."

갑자기 나타난 정령도 신경 쓰이지만, 귀에 들리는 노래는 여전히 계속되고 있었습니다. 대체 어디서 누가 노래하고 있는 걸까요?

그런 제 의문에 답하듯 창문으로 내려다보이는 공작가의 정원에서 빛이 춤추고 있었습니다.

그 빛은 제가 아까 놓친 정령이었습니다. 더욱이 놀랍게도 정령으로 여겨지는 빛은 하나가 아니었습니다. 몇십 개에 달하는 빛이 그곳에 있었습니다.

—정령이 모이는 그 중심에 달빛을 받으며 서 있는 한 소녀가 있었습니다.

무릎까지 올 듯한 백금색 머리를 찰랑이는 모습은 마치 동화 속에 나오는 마녀 같았습니다. 제 또래로 보이는 소녀가 이 신기한 노랫소리의 주인이었습니다.

그녀의 노랫소리에 맞춰 정령들이 모이고 빛을 내며 춤추고 있었습니다. 그 환상적인 광경에 말을 잇지 못하고 있으니 소녀가 제게 시선을 보냈습니다.

거리는 있었지만 그 소녀는 저를 발견하고 미소 지은 것 같았습니다. 너무나도 신기한 기운을 풍기는 그녀는 평범한 사람이 아니라고 제 직감이 고했습니다.

"—갑작스럽게 방문하시면 곤란합니다."

불쑥 들려온 목소리에 저는 깜짝 놀라고 말았습니다. 정원 광장의 입구에서 의문의 소녀에게 말을 건 사람이 아버지였기 때문입니다.

저를 보던 소녀는 머리카락을 찰랑이며 스텝을 밟아 아버지 쪽으로 시선을 돌렸습니다.

"오랜만이야, 그란츠."

소녀는 친근하게 인사했습니다. 대체 몇 번을 놀라면 좋을지 알 수 없어서 저는 사태를 지켜볼 수밖에 없었습니다. 소녀를 보던 아버지는 잠깐 저를 올려다보더니 깊이 한숨을 쉬었습니다.

"설마 당신이 「숲」에서 나오실 줄은 몰랐습니다. 저희 집에 대체 무슨 일로 오셨습니까?"

"왜 왔는지 눈치챘잖아? 소개해 주지 않을래? 그걸 위해 여기까지 온 거니까."

"……그럼 들어오시죠. —류미 님."

류미라고 불린 소녀는 존대받는 게 당연하다는 태도로 고개를 끄덕였습니다. 그리고 다시 저를 올려다보더니 저를 향해 친근하게 손을 흔들었습니다.

"유피, 네게도 소개하마."

창밖으로 몸을 내밀고 있는 저를 쳐다보지 않고서 아버지가 말했습니다.

“이분이 바로—「정령 계약자」인 류미 님이다.”

아버지가 고한 소녀의 정체에 저는 너무 놀라서 아무 말도 하지 못한 채 그녀를 바라볼 수밖에 없었습니다.

5장 정령 계약자 소녀

"후후, 그란츠도 늙었네. 곱게 나이를 먹은 것 같아서 기뻐."

"황송합니다."

아버지의 말을 따라 살롱을 찾아가니 아버지가 차를 준비해 류미 님에게 대접하고 있었습니다. 오면서도 생각했지만, 저택에 있는 모든 이가 깊이 잠든 것처럼 고요했습니다.

"왔구나, 유피."

"반가워, 그란츠의 따님."

제가 도착하자 류미 님이 가볍게 손을 흔들었습니다. 저는 어떻게 반응하면 좋을지 알 수 없어서 일단 작게 인사했습니다.

"……저기, 아버지."

"걱정하지 마라. 저택 사람들이 일어나지 않는 건 류미 님 짓이야. 전혀 위험하지 않아. 이분은 장난을 좋아하지만 해치려는 의도는 없어."

"맞아. 친하게 지내자, 아가씨."

류미 님은 키득키득 웃으며 저를 보았습니다. 살짝 초록빛이 감도는 황금색 눈을 마주하니 심장을 붙잡힌 듯한 기분이 들어서 저는 가슴을 누르고 말았습니다.

"후후…… 내가 무서워? 무섭겠지."

"류미 님, 딸을 너무 놀리지 마십시오."

"미안. 순진한 아이라서 나도 모르게 그만."

아버지는 조용히 한숨을 쉬고 제게 앉으라고 했습니다. 순순히 자리에 앉자 아버지도 앉았습니다.

아버지와 제가 나란히 앉고 류미 님이 그 맞은편에 앉는 구도가 되었습니다. 저를 흥미롭게 바라보는 류미 님의 시선이 불편해서 어깨를 흠칫하고 말았습니다.

"다시 제대로 통성명할까. 정령 계약자인 류미야. 네 이름은?"

"……유필리아 마젠타라고 합니다."

"유필리아, 좋은 이름이네."

제 이름을 되뇌고서 류미 님은 웃었습니다. 이름을 칭찬받았는데도 순수하게 받아들일 수 없는 것은 류미 님에게 두려움을 느끼고 있기 때문일까요……?

"아무튼 오늘은 어쩐 일로 오셨습니까? 숲에서 나오시다니 별일이군요."

"……숲?"

"내 거처는 검은 숲이야. 요전번에 너랑 희한한 아가씨가 드래곤과 싸웠지?"

"거, 검은 숲에 사신다고요……? 왜 그런 곳에……."

검은 숲은 마물이 날뛰는 깊은 숲이라 개척되지 않은 부분도 많습니다. 정령 자원의 채집지이긴 하지만 사람이 살 만한 곳은 아닐 텐데…….

“필요하지도 않은데 다른 사람과 만나고 싶지 않으니까. 생활이 불편하지도 않고. 네가 생각할 만한 것들은 정령 계약자에게 필요 없는 걱정이야. 그리고 여기 왜 왔냐고 했던가?”

아버지가 끓인 차를 마시고 한숨 돌린 류미 님은 말을 이었습니다.

“확인하려고 왔어. 징조를 보인 게 그란츠의 딸이라니 운명을 느끼지만.”

“……확인? 저를요?”

정령 계약자가 저를 확인하러 왔다는 말에 저는 곤혹스러움을 드러내고 말았습니다.

왕족과 동등한, 아뇨, 평소 교류할 수 없다는 점을 따지면 왕족보다도 더 구름 위의 존재인 정령 계약자가 저의 무엇을 확인하겠다는 걸까요……?

“……얄궂은 일이군요.”

류미 님의 말에 아버지는 부동의 표정을 살짝 무너뜨렸습니다. 그리고 눈가를 짚고서 깊이 한숨을 쉬었습니다.

“……유필리아가 그렇다는 겁니까? 류미 님.”

“얄궂다고 한다면 얄궂은 일이려나? 설마 그란츠의 딸일 줄이야. 이래 봬도 놀라고 있어. 나도 드래곤 같은 게 나타나 줄은 몰랐고, 심지어 하늘을 날아서 도전하는 아이가 있을 줄은 몰랐고, 그 뒤에 같이 타고 있던 아이에게서 징조가 보일 줄은 몰랐어."

"……그 싸움을 보셨나요?"

"멀찍이서 봤어. 일단 다른 방법이 없는 유사시에는 돕기로 약속했으니까. 너희 덕분에 내가 나설 차례는 없었지만."

깔깔 웃으며 말하는 류미 님의 페이스에 말려들어 버렸습니다. 종잡을 수 없는 상대는 솔직히 대하기 어렵습니다…….

"……저의 무엇을 확인하러 오신 건가요? 징조란 대체 무엇인가요?"

"그건 말이지, 네가 나의 동류가 될지 말지를 확인하러 온 거야."

류미 님의 말에 저는 무심코 살짝 일어나고 말았습니다. 동류, 그것이 의미하는 바를 이해했기 때문입니다.

"그건…… 정령 계약자를 말씀하시는 건가요?"

"맞아. 너는 충분한 자격을 가지고 있어."

"자격……."

"정령 계약은 계약에 이르기 위한 조건과 자격이 있어. 그래서 계약에 이를 수 있는 사람은 극소수야. 정령 계약자는 그렇게 간단히 늘어나지 않아."

류미 님이 계속 말했지만 저는 그 말을 제대로 알아들은 걸까요. 저는 몸을 앞으로 내밀며 류미 님에게 물었습니다.

"정령 계약은 어떤 건가요? 제가 가진 자격이란 건 뭔가요?"

"—안 가르쳐 줄 거야."

"……네?"

생각지도 못한 대답에 저는 입을 벌린 채 굳어 버렸습니다. 그런 저를 보며 류미 님은 슬쩍 한숨을 쉬었습니다.

"나는 네가 정령 계약을 맺지 않도록 하려고 온 거야. 그래, 요컨대 경고지. 확인해서 너한테 소질이 있어 보이면 만류하려고 왔어."

이어진 류미 님의 대답에 저는 아무 말도 할 수 없었습니다. 제가 정령 계약을 맺지 않도록 경고하려고 왔다니? 왜? 혼란과 의문이 머릿속을 채웠습니다.

"정령 계약 따위 그만둬. 이건 선인의 충고야."

"왜죠……?"

"정령 계약은 너희가 생각하는 그런 좋은 게 아니야. 정령이여, 고귀한 이여, 우리의 벗이여. 그 신앙을 믿고 있다면 안 돼."

"……어째서 정령 계약을 막으려고 하시죠? 당신도 정령 계약자 아닌가요?"

"그렇기 때문이야. ……내 외모에서 위화감이 느껴지지 않아? 그 의문을 알아챘다면 이유 중 하나는 알 텐데?"

"……위화감?"

류미 님의 말을 듣고 저는 류미 님의 모습을 보았습니다. 위화감이라고 해도 짚이는 게 없었습니다. 제 눈에는 평범한 소녀로만—.

『후후, 그란츠도 늙었네. 곱게 나이를 먹은 것 같아서 기뻐.』

—소녀……? 그렇습니다. 류미 님의 외모는 제 또래로 보입니다. 하지만 그건 이상합니다. 류미 님은 아버지에게 그렇게 말했으니까요.

그 말이 무엇을 의미하는지 깨닫자 소름이 돋으며 식은땀이 났습니다. 목소리가 떨리지 않도록 온 신경을 쏟으며 저는 류미 님에게 대답했습니다.

"……정령 계약자는, 나이를…… 안 먹나요?"

"후후……. 내가 몇 살일 것 같아? 그란츠 꼬마."

"모릅니다. 저희가 당신과 만났을 때부터 「줄곧 변함이 없으니까요」."

—정령 계약자는 나이를 먹지 않는다.

정령 계약자는 왜 속세에 머물지 않고 몸을 숨기는가? 그 의문의 답이 늙지 않기 때문이라면 납득이 갑니다.

"정령 계약자는 「안 늙어」. 사람의 이치에서 벗어난 자를 정령 계약자라고 부르는 거야. 정령과 계약하여 「사람에서 벗어나 버린 자」. 그래서 너희 아빠는 계약하지 않았어."

"네?"

저는 놀라서 눈을 크게 뜨고 아버지를 보았습니다. 아버지는 계약하지 않았다고 했습니다. 즉, 아버지에게 정령 계약자의 자격이 있었다는 겁니다.

“아버지……? 정말인가요……?”

“—내게도 「자격은 있었다」. 하지만 바라지 않았어. 그게 다야.”

“어째서……?”

정령을 친구로 여기는 팔레티아 왕국의 백성은 정령 계약을 신성시하고 동경합니다. 지금도 정령 계약의 수수께끼를 풀기 위해 연구하는 자가 있을 정도입니다.

그런데도 아버지는 정령 계약을 바라지 않았습니다. 정령 계약자가 늙지 않기 때문이겠죠. 실제로 아버지는 이어서 이렇게 말했습니다.

“늙지 않는 귀족, 심지어 왕족보다 권위를 키우려고 하는 자는 정치에서 방해만 돼. 나는 귀족이지 왕족이 아니다. 그렇다면 내게는 불필요하다고 생각했을 뿐이야.”

“하지만 너희는 원래 정령 계약의 단서를 찾으려고 나한테 왔었잖아. 처음에는 오르펀스도 그란츠가 계약해서 왕이 되면 된다고 했었어. 안 늙는다는 얘기를 듣고 태도를 바꿨지만. 그립네.”

“아버지가 폐하와 함께 정령 계약의 단서를 찾으셨다고요……?”

“당시 오르펀스의 권위는 세다고 할 수 없었으니까. 정령 계약자와 인연을 맺기 위한 여행이었지……. 그리운 얘기야.”

아버지는 살짝 웃으며 과거를 그리워하듯 중얼거렸습니다.

오르펀스 폐하가 아버지와 여행했다니 도저히 상상이 가지 않았습니다.

"오르펀스, 그란츠, 실피느. 이상한 삼인조였어."

"세, 세 분이서요?! 호위는?!"

"오르펀스는 아니스피아 왕녀를 곧잘 문제아 취급하지만, 폐하도 왕자 시절에는 꽤 문제아였어. 아무튼 원예가 취미인 이름뿐인 왕족이었으니까."

"워, 원예……?"

"오르펀스는 신민이 된 후엔 직할령을 받아서 농업과 식생 연구를 하는 게 꿈이라고 말하던 소박한 청년이었어. 그런 시절도 있었지. 아니스피아 왕녀의 자유를 허락했던 건 자신이 꿈을 이루지 못했기 때문이기도 할 거야."

폐하의 과거를 알고 저는 가슴이 욱신거리는 것을 느꼈습니다. 폐하도 아니스 님처럼 왕족이라 자신의 꿈을 포기할 수밖에 없었던 겁니다.

……역시 저는 납득할 수 없습니다. 왕족으로 태어났으니 책무를 지는 것은 당연할지도 모릅니다. 그렇더라도 아니스 님이 꿈을 포기하고 살아야 한다니 저는 참을 수가 없습니다.

"아아, 너 눈빛이 좋지 않아."

별안간 류미 님이 깊이 한숨을 쉬며 저를 보고 말했습니다.

"……죄송해요. 하지만 저는—."

"—정령 계약은 그렇게 간단히 할 수 있는 게 아니야. 필요한 자질과 「계약에 이를 만한 바람」이 있어야 성립해. 네가 계약을 바라게 하는 건 뭐야?"

제 말을 막고 류미 님이 물어서 저는 생각에 매몰되었습니다.

설령 늙지 않게 되더라도 이루고 싶은 바람이 있는가.

그렇게 자신에게 묻자 머릿속에 떠오른 것은— 역시 아니스 님의 얼굴이었습니다.

아니스 님이 웃으시면 좋겠습니다. 꿈을 포기하지 말았으면 합니다. 있는 그대로 자유롭게 사셨으면 좋겠습니다.

왕족의 책무가 아니스 님에게서 웃음도 꿈도 시간도 전부 빼앗는다면. 저는 그분에게 무엇을 해 드릴 수 있을까요.

이 선택이 올바른 선택이냐고 나약한 자신이 속삭였습니다. 그 물음에 저는 대답했습니다. 올바르지 않다는 이유로 포기할 수 있느냐고.

그 사람의 웃음을 포기해야만 한다면, 저는—.

"—왕이 되기 위해, 이 나라를 다스리는 왕으로 설 자격을 얻기 위해. 정령 계약을 이루지 못한다면 저는 무대에 설 수조차 없으니까요."

망설임은 사라졌습니다. 막힘없이 선언하며 결의를 담아 대답했습니다. 설령 노화를 잊고 시간의 흐름 속에 홀로 남게 되더라도, 아니스 님의 앞날에 미래와 웃음이 있다면 상관없습니다.

제 대답에 류미 님은 침묵했습니다. 한동안 침묵하던 류미 님의 표정이 갑자기 변했습니다.

깊은 절망이 느껴지는 표정이었습니다. 마치 비를 맞아 축 처진 듯한 류미 님의 변화에 저는 곤혹스러워했습니다.

"……왕이 되고 싶다고. 그렇게나 강한 마음이 있는 거구나."

"류미 님……?"

"—아주, 아주 잔혹하네."

눈을 내리뜨고 말하는 류미 님의 목소리는 매우 낮았고 힘이 느껴지지 않았습니다. 류미 님이 눈을 들어 다시 저를 보았습니다.

"그럼 나는 더더욱 너를 막아야 해. ……하지만 막고 싶어도 막을 수 있는 게 아니란 말이지. 그러니까 나는 이야기할 뿐이야."

"……이야기? 무엇을 말인가요?"

"진실을. 지금부터 할 얘기는 그란츠한테도 해 준 적이 없어. 하지만 이야기하지 않을 수 없네. 그걸 듣고 네가 과오를 되풀이하지 않기를 바랄 수밖에 없으니까."

아버지에게도 이야기하지 않은 진실……? 저는 무심코 경계하듯 류미 님을 바라보고 말았습니다. 아까보다 더 아련한 분위기가 된 류미 님이 입을 열었습니다.

"—얘기해 줄게. 역사의 어둠 속으로 사라진 진실. ……어느 이야기를."

그리고 류미 님은 말했습니다. 그녀가 아는 어느 이야기를.

이 세상에 구원은 없을지도 모른다는 생각이 들 만큼 잔혹한 이야기를 저는 알게 되었습니다.

* * *

저는 저택 복도에서 발을 멈추고 창밖에 보이는 달을 올려다보았습니다. 이야기가 끝나고 류미 님은 아버지의 손님으로서 객실로 안내받게 되었습니다. 그래서 저도 방으로 돌아가는 중이었습니다.

방으로 돌아가는 발을 멈춘 것은…… 역시 류미 님에게 들은 이야기 때문이겠죠. 그 정도로 류미 님에게 들은 「진실」은 그녀가 말한 대로 「잔혹」한 이야기였습니다.

말문이 막히는 이야기였습니다. 류미 님에게 왜 아련함을 느꼈는지 이해할 정도로. 지금까지 그 진실을 누구에게도 이야기하지 않았던 이유도, 정령 계약을 저지하려고 하는 이유도, 전부 이해하고 말았습니다.

"유피."

발을 멈추고 하늘을 올려다보고 있으니 류미 님을 객실로 안내한 아버지가 저를 불렀습니다. 아버지는 제 옆에 서서 달을 올려다보았습니다.

서로 말없이 하늘을 올려다보고 있었지만 아버지가 먼저 침묵을 깼습니다.

"류미 님의 이야기를 듣고 너는 어떻게 생각했지?"

"……아버지야말로 어떻게 생각하셨나요?"

확인하듯 묻는 아버지에게 저는 반대로 되묻고 말았습니다.

반문받은 아버지는 저를 보았다가 다시 달로 시선을 돌리고 대답했습니다.

"잔혹한 얘기야. 하지만 그뿐이다."

"……그뿐."

"내가 해야 할 일은 변함없어. 나는 정령 계약을 선택지에 넣지 않았다. 그러니 그 얘기도 내게는 그저 옛날이야기에 불과해."

"……아버지는 강하시네요."

"다시 묻겠다. ―너는 어떻게 생각했지?"

재차 질문받은 저는 대답할 수 없었습니다. 입을 다물고 있으니 아버지가 거듭 말했습니다.

"정령 계약은 막을 수 없다고 류미 님은 말씀하셨어. ―멈출 마음은 있는 거냐?"

"―잔혹한 얘기였어요."

저는 일부러 아버지의 말을 무시하고 강하게 잘라 말했습니다.

"아주 잔혹해서 이 세상에 구원 따위 없지 않을까 하는 생각이 들었어요. 그래도 저는 몇 번이고 똑같은 선택을 하겠죠. ……이제 멈출 수 없어요."

얄궂게도 류미 님이 가르쳐 주신 잔혹한 이야기가 제 결심을 굳혔습니다. 분명 이전뿐만 아니라 이후의 인생에서도 제게 중요해질— 그런 결심을 하게 했습니다.

"……대대로 마젠타 공작가에 태어난 자에게는 어떤 성질이 있어."

"……아버지?"

아버지는 갑자기 화제를 바꿔 그렇게 말했습니다. 대체 왜 이런 화제를 꺼냈는지 알 수 없어서 아버지의 얼굴을 바라보았습니다.

"마젠타 공작가에 태어난 자는 충성심이 깊고, 그렇기에 때로는 도를 지나쳐."

"……그런가요?"

"마젠타 공작가의 혈통에서 태어난 자는 한번 정한 것을 고집스럽게 양보하지 않아. 너무 완고해서 옹고집이라는 말을 들을 정도야. 그렇기에 우리는 단 한 명을 택해. 나는 오르펀스에게 충성을 바쳤다. 당시 왕태자였던 오르펀스의 형이 아니라."

"……어째서죠?"

"오르펀스가 내 벗이었기 때문이야."

확실하게 말한 아버지의 목소리에는 평소보다 더 감정이 담겨 있는 것 같았습니다.

"나도 젊었을 때는 재능을 주체 못 해서 필요 이상으로 주목을 모았어. 주위에서 신동이라며 추켜세웠고, 넘치는 재능은 사람을 끌어들이는 꿀 같다는 말도 들었지. 주위의 시선이 성가셔서 그저 차기 마젠타 공작으로 사는 것으로만 마음이 편해질 수 있었어."

어깨를 으쓱이며 아버지가 과거를 말했습니다. 그 모습이 뭔가 신선해서 아버지의 얼굴을 바라보고 말았습니다. 아버지는 확실하게 미소 짓고 있었습니다.

"오르펀스는 내 풍문에 현혹되지 않았어. 뭐, 그 녀석도 왕위 계승권에는 관심이 없었으니까."

"……폐하와 아니스 님은 역시 부녀지간이네요."

"맞아. 그래서 실피느에게 잡혀 사는 거야."

큭큭 하고 아버지가 작게 웃는 것도 놀라웠습니다. 아마 이것이 아버지의 개인으로서의 얼굴이겠죠. 뭐랄까, 의외로 짓궂은 성격일지도 모릅니다.

"하지만 오르펀스였기에 실피느도 구원받은 거겠지. 그 시대를 극복하려면 오르펀스는 왕이 되어야 했어. 그렇기에 우리는 우리가 남긴 것을 지키고 싶었어."

"……아버지."

"지켜야 한다고 생각했어. 설령 우리의 자식들을 부자유하게 하더라도. 되돌아보면 너무 완고해져 있었던 걸지도 몰라. 오르펀스가 왕이 되고 나서 걸어온 괴로운 시대를 알기에 너희가 똑같은 경험과 실수를 하게 두고 싶지 않았어. ……시대는 변해서 똑같은 방법이 통할 거라고 장담할 수 없는데 말이지."

아버지는 먼 곳을 바라본 채 자조적으로 중얼거렸습니다. 저는 그런 아버지에게 건넬 말이 없었습니다.

틀리지는 않았을지도 모릅니다. 하지만 올바르지도 않았습니다. 다음 세대인 저희도 포함해서 모두가 조금씩 잘못한 결과가 지금일 겁니다.

"내게 오르펀스는 벗이자 기둥이었어."

"기둥이요?"

"나를 잃지 않기 위한 기둥. 오르펀스가 나아가는 길을, 그 미래를 함께 나아가고 싶었어. 사람으로서, 친구로서. 그래서 나는 오르펀스에게 진력해. 자신의 꿈을 버리고 나라를 지키려고 한 친구에게 보답하는 것이 나의 축이야. 실피느도 비슷하겠지."

"……충의와 우정인가요."

"너는 나와 조금 종류가 다른 것 같지만."

"……혹시 놀리시는 건가요?"

역시 아버지는 본래 성격이 별로 좋지 않은 편인 걸까요? 그런 의심이 들고 말았습니다.

"놀리는 것처럼 들린다면 네게도 짚이는 구석이 있다는 거겠지."

"……."

"침묵은 웅변보다 많은 말을 한다고 하지."

"……설마 아버지에게 짜증을 느끼는 날이 올 줄은 몰랐어요. 네, 정말로."

"너는 나와 다르다고 말하고 싶었을 뿐이야. 자신이 옳다고 여기는 답을 스스로 택해서 나아가라."

아버지가 오르펀스 폐하를 따르는 것은 충의와 우정이고, 제가 아니스 님에게 보내는 감정과는 다르다고 말하고 싶으신 거겠죠.

……네, 분명 다를 겁니다.

"저는 아니스 님이 꿈을 버리지 않으셨으면 좋겠어요. 그게 제 바람이에요."

"그걸 아니스피아 왕녀가 바라지 않더라도 말이냐?"

"그것이— 저의 축이에요. 저는…… 그분을 사모해요. 그분의 꿈도 포함해서. 그렇기에 저는 그분이 꿈을 포기하게 두지 않을 거예요."

결의를 담아 선언했습니다. 아버지에게 도전하듯 시선을 보냈지만 아버지는 태연하게 받아 냈습니다.

"양보할 수 없는 선택이라면 어디 한번 해 봐라."

아버지가 그렇게 말하고 떠난 뒤에도 저는 그 자리에 서서 밤하늘을 올려다보았습니다.

밤하늘에서 쏟아지는 달빛이 천천히 구름에 가려져 사라졌습니다. 저를 비추던 달빛이 완전히 모습을 감췄을 때, 저는 어둠 속에 휩싸여 중얼거렸습니다.

"설령 이 세계가 사람을 구원하도록 만들어지지 않았더라도, 저는……."

—더 이상 흔들리지 않습니다. 닿지 않는 하늘로 손을 뻗어 천천히 주먹을 움켜쥐었습니다.

6장 바라지 않는 결의

—최악의 기분으로 깨어났다. 별궁 천장을 우울하게 노려보고서 깊이 한숨을 쉬었다.

"……속이 더부룩해……."

분명 스트레스 때문이다. 아아, 싫다. 왕족으로서 다시금 머릿속에 넣어야 하는 게 너무 많았다. 대면한 귀족은 나를 경원시하는 눈으로 보고, 속을 떠보려고 하는 그럴싸한 말의 진의도 간파해야 했다.

"……아아, 오늘은 아무 일정도 없었나."

슬슬 내가 한계임을 아바마마는 꿰뚫어 본 거겠지. 오늘 하루 내 예정은 아무것도 없었다. 푹 쉬라는 아바마마의 메시지 같았다.

쉴 수 있을 때는 쉬자. 지금까지 해 온 짓이 있는지라 아바마마에게 이렇게 말하면 혼날지도 모르지만, 이대로 가다가는 죽을 것 같았다. 너무 숨 막혀서 역시 나는 왕족 체질이 아니라는 생각밖에 안 들었다.

눈썹을 찡그리고서 천장을 올려다보고 있으니 문을 노크하는 소리가 들렸다. 문이 열리고 일리아가 얼굴을 내밀었다. 침대 위에 축 늘어져 있는 나를 보고 인상을 쓰더니 한숨을 쉬었다.

"……안녕히 주무셨습니까, 공주님. 아침은 어쩌시겠습니까?"

"먹을래……. 하지만 가벼운 식사가 좋겠어. 부담스러운 음식은 아마 안 들어갈 거야……."

"그렇게 말씀하실 줄 알았습니다. 식당에서 드실 만한 음식도 아니니 응접실로 가시죠. 레이니에게 차를 준비시키겠습니다."

"고마워, 일리아. 정말 고마워."

"……이게 제 역할이니까요."

일리아가 평소와 다름없는 태도로 대해 줘서 마음이 조금 치유되었다. 일리아에게 시중을 받아 준비를 마치고 우리는 응접실로 향했다.

응접실에서는 레이니가 입술에 손가락을 대고 끙끙거리고 있었다. 일리아에게 배운 차 끓이는 순서를 복습하며 실천하고 있는지 상당히 열심이었다.

"안녕, 레이니."

"아! 안녕히 주무셨어요? 아니스 님."

"열심히 하고 있나 보네. 일리아는 엄격하지 않아?"

"아뇨, 일리아 님에게는 도움을 많이 받고 있어요."

"레이니는 빨리 배우니까요. 가르치는 보람이 있습니다."

레이니에 관해 이야기하는 일리아는 조금 자랑스러워 보

였다. 빨리 흡수하는 제자가 그렇게 예쁜가 싶어서 웃고 있으니 나를 노려보았다.

"뭔가 하고 싶은 말씀이 있으신 것 같은데?"

"따, 딱히~?"

얼굴을 돌려 일리아의 볼멘 시선으로부터 달아나자 누군가가 문을 노크했다. 노크 소리를 들은 레이니가 문을 열러 갔다.

"아, 유필리아 님. 어서 오세요!"

"다녀왔습니다. ……또 뭔가 시끌벅적한 일이 있었나 보죠?"

마젠타 공작가에서 돌아온 유피가 거기 있었다. 안에서 떠든 목소리가 밖에까지 들렸는지 레이니에게 그렇게 물었다. 레이니는 곤란한 듯 눈썹을 모으고 쓰게 웃으며 고개를 끄덕였다.

응, 역시 유피가 돌아오니 평소 같다는 느낌이 들어서 안심된다.

"어서 와, 유피."

"네, 아니스 님. ……갑작스럽지만 아니스 님께 드릴 말씀이 있어요. 시간을 내주실 수 있을까요?"

"……? 나한테? 무슨 일 있었어?"

"향후에 관한 이야기예요. 아버지에게 부탁해서 폐하와도 약속을 잡았어요."

유피의 말에 표정을 다잡았다. 유피가 그란츠 공을 통해 아바마마와도 약속을 잡아서 하는 얘기라니, 분명 평범하게 끝날 얘기는 아니라는 예감이 들었다.

유피도 평소처럼 보이지만 어딘가 위화감이 느껴지는 건 기분 탓일까. 마음이 어수선해졌다.

"저는 제가 해야 할 일을 찾았어요. 그걸 아니스 님에게, 그리고 폐하에게도 말씀드리고 싶어요."

결의가 담긴 유피의 말에 압도되어 나는 고개를 끄덕일 수밖에 없었다.

* * *

일리아와 레이니도 같이 들어 달라고 유피가 말했기에 다 함께 왕성으로 향했다. 아바마마는 이미 시간을 냈는지 그대로 집무실로 안내되었다.

안에서는 아바마마와 어마마마, 그리고 그란츠 공과…… 낯선 소녀 한 명이 기다리고 있었다.

백금색 머리, 초록빛이 도는 금색 눈, 마녀 같은 풍모의 소녀는 평범하지 않은 분위기를 풍기고 있었다. 그 기운에 나도 모르게 숨을 삼키고 말았다.

"왔구나, 아니스."

"아바마마…… 그 아이는?"

"아니스, 이분에게 결례가 없도록 조심해라. 이분은……."

"반가워, 왕녀님. 나는 류미. 정령 계약자라고 하면 알려나?"

"……뭣?!"

류미라고 이름을 밝힌 소녀를 향해 놀라서 외치고 말았다. 정령 계약자? 내 또래로 보이는 아이가……?

"왜 정령 계약자가 여기에……?"

"내 용건 때문이야. 그 아이한테 볼일이 있어서 같이 행동하고 있어."

그렇게 말하며 류미가 가리킨 사람은 유피였다. 유피도 그걸 자연스럽게 받아들이고 있었다. 어? 왜 그렇게 된 거야?

레이니와 일리아는 나처럼 곤혹스러워했다. 아바마마와 어마마마, 그란츠 공은 신경 쓰지 않는 것 같았다. 우리의 곤혹에도 아랑곳없이 유피가 이야기를 시작했다.

"폐하, 왕비님. 오늘 이렇게 시간을 내주셔서 감사합니다."

"그란츠로부터 할 얘기가 있다고 들었는데, 할 얘기가 있는 사람은 유필리아였던 건가? 류미 님도 함께일 줄은 몰랐지만……."

"이 얘기는 되도록 빨리 폐하께 말씀드리고 싶어서 아버지에게 억지를 부렸습니다."

"아니, 됐다. 상관없다, 유필리아. ……그런데 대체 무슨 얘기를 하려고……."

아바마마는 위가 쓰리다는 듯 가슴 언저리를 문질렀다. 솔직히 나도 똑같은 기분이었다.

"일단 앉을까요. 그렇게 간단히 끝날 얘기는 아닐 테니까요."

"음…… 일리아, 레이니, 너희도 앉아라. 이 면면들 사이에서 체면 차리지 않아도 돼."

"그래도 괜찮겠습니까?"

"상관없다. 유필리아도 그럴 작정으로 데려왔겠지?"

"네. 괜찮다면 부탁드립니다."

아바마마와 유피가 둘 다 그렇게 말하자 서서 대기하려고 했던 일리아와 레이니도 자리에 앉았다. 커다란 소파지만 인원이 많다 보니 꽤 좁게 느껴졌다.

내가 앉은 소파에는 일리아와 레이니가, 유피는 그란츠 공과 류미와 함께 앉았고, 아바마마 옆에는 어마마마가 앉았다.

모두 자리에 앉은 것을 확인한 유피가 작게 헛기침하고서 입을 열었다.

"먼저 시간을 내주셔서 다시금 감사드립니다. 폐하께 부탁드리고 싶은 일이 있어서 이런 자리를 마련했습니다."

"……흠. 류미 님이 함께 있는 것과 관련이 있는 건가?"

"네. 크게 관련이 있습니다."

아바마마가 표정을 다잡고서 유피를 보며 물었다. 유피는 아바마마를 향해 고개를 끄덕이고 말을 자아냈다.

"폐하, 왕비님. 우선 보고드리겠습니다. 저는 류미 님에게 자질을 확인받고 자격이 있다고 인정받았습니다."

"……뭐라고? 그게 정말인가?!"

아바마마는 벌떡 일어날 기세로 놀라움을 드러냈다. 어마마마도 손으로 입을 가리고 경악하여 눈을 크게 떴다.

대체 무슨 얘기인지 파악할 수 없어서 나는 유피의 얼굴을 바라보았다.

"자격이라니…… 무슨 자격?"

"정령 계약자가 될 자격. 이 아이는 새로운 정령 계약에 이를 만한 그릇이라는 거지."

"……뭐어어어어어어어?!"

의문을 꺼낸 내게 대답해 준 사람은 류미였다. 엄청난 일을 대수롭지 않게 말한 류미에게 나는 경악하여 외쳤다.

"저, 정령 계약이라니…… 유피가?"

팔레티아 왕국을 건국한 초대 국왕과 똑같은 위업. 그것을 유피가 이룩할 가능성이 있다는 말을 듣고 너무 놀라서 어떤 표정을 지으면 좋을지 알 수 없어졌다.

하지만 단순히 놀라는 나와 달리 아바마마와 어마마마는 고민스럽다는 듯 머리를 싸매고 있었다.

"……유필리아, 설마 정령 계약자가 되려는 거냐?"

"저는, 그럴 생각입니다."

"정령 계약자의 진실을 알면서도 말이냐?"

"네."

유피의 대답에 아바마마의 얼굴이 험악해졌다. ……혹시 아바마마는 유피가 정령 계약자가 되는 게 탐탁지 않은 걸까? 하지만 왜?

“유필리아, 정령 계약자가 되면…… 속세에서는 살기 힘들어져요.”

“네? 어마마마, 그게 무슨 뜻인가요?”

“……아니스. 류미 님이 몇 살로 보이죠?”

“몇 살로 보이냐니…… 그야 제 또래로 보이는데요.”

“이분은 우리와 처음 만났을 때부터 이 모습이에요. ……몇십 년 전부터.”

나는 어마마마의 말을 듣고 관심 없다는 듯 등받이에 몸을 기대고 있는 류미를 보았다. 몇십 년 전부터 이 모습이란 건…….

“정령 계약자는…… 혹시 안 늙어?”

“맞아. 그래도 천 살은 안 먹었을 거야, 왕녀님.”

천 살은 안 먹었다니. 즉, 백 살은 확실하게 넘었다는 말이다.

정령 계약자가 되면 안 늙는다고? 심지어 인간의 수명을 명백하게 넘어섰으니 불사일 가능성도 있다.

그 가능성을 알아차린 레이니가 잡아먹을 듯이 류미를 보았다. 만약 정말로 정령 계약자가 불로불사라면 그건 뱀파이어의 시조가 추구했던 이상 그 자체다.

“……유피는, 그래도 좋은 거야?”

어째서 유피는 정령 계약자가, 불로불사가 되어도 상관없다고 생각한 걸까. 유피가 무엇을 생각하고 있는지 갑자기 알 수 없어졌다.

“네. 제 바람을 이루려면 정령 계약은 빼놓을 수 없어요.”

“유피의 바람?”

“네. 폐하, 왕비님. 만약 제가 정령 계약자가 된다면 이루고 싶은 소원이 있습니다.”

“소원이라고?”

“—저를 왕가에 양자로 들여 주세요.”

“……뭐?”

의문의 목소리는 누가 낸 것일까. 나일지도 모르고, 아바마마였을지도 모르고, 혹은 어마마마였을지도 모른다. 어쩌면 모두의 목소리가 같이 나왔을지도 모른다. 유피의 말에 그란츠 공과 류미를 제외한 모두가 어안이 벙벙해졌으니까.

“……자, 잠깐. 잠깐만! 유필리아, 무슨 말을 하는 거냐?! 너를 양자로 들이라니, 대체 무슨 농담을 하는 거지?! 일단 왜 얘기가 그렇게 되는 거냐?!”

“제 목적은— 폐하에게 왕위 계승권을 받는 겁니다.”

이번에야말로 아바마마는 대경실색하여 뒤로 넘어갈 뻔했다. 옆에서 어마마마가 입가를 가리고 놀란 표정을 짓고 있었다. 나는 유피가 대체 무슨 말을 하는 건지 이해할 수 없어서 굳어 버렸다.

“와, 왕위 계승권을, 바란다고? 네가? 자, 잠깐…… 기다려 봐라……. 그란츠! 대체 무슨 작정이야?! 왜 유필리아가 이런 말을 꺼내는 거지?!"

"나도 인정한 건 아니야. 하지만 유필리아는 내게 맞서겠다고 각오했어. 그리고 우리에게 이점이 없는 얘기도 아니지. 그렇다면 선택지 중 하나로 받아들여도 상관없겠다고 판단해서 이야기하는 걸 허락했어."

"유피가, 그란츠 공에게 맞섰다고요?!"

말도 안 되는 일이라고 할까, 유피이기에 상상도 못 했던 이야기였다.

왕위 계승권을 원한다고 말하는 것도 이상하고, 그란츠 공이 반대하는 게 당연했다.

"그런 게 인정될 리 없어! 왜 그런 바보 같은 생각을……!"

어마마마가 정신을 차리고 말을 꺼내려고 했지만 유피의 강렬한 시선을 받고 입을 다물었다. 어마마마를 침묵시킬 만한 유피의 기백에 곤혹이 더 깊어졌다.

"제가 바라는 건 단 하나입니다. 저는 아니스 님이 왕이 되는 걸 용납할 수 없어요."

"어, 어째서……?"

"놀라실 만도 해요. 불경하다는 것도 알아요. 하지만 이 나라를 생각해서 드리는 말씀이기도 합니다. 아니스 님이 왕이 되는 데 있어 큰 장애물이 무엇인지 폐하도 왕비님도 아실 거예요. 그리고 그 끝에 일어날 수 있는 일도."

"……하고 싶은 말이 뭐냐, 유필리아."

"아니스 님이 이 나라의 귀족에게 인정받는 일은 없어요. 마법 재능이 없다는 이유 하나로. 그건 마학과 마도구의 공적을 아무리 쌓아도 뒤집을 수 없어요."

"……그래서 네가 왕위 계승권을 받겠다는 거냐?"

"저는 오랫동안 왕비 교육을 받았습니다. 원래부터 제 재능을 왕족에 들이기 위해 아르가르드 님과 약혼한 거였잖아요? 저라면 귀족을 납득시킬 만한 소질이 있다고 생각합니다."

"화, 확실히 너는 공작가의 딸이지만, 마젠타 공작가와 왕가의 피는 너무 멀어!"

"맞아요! 마젠타 공작가의 영애인 당신을 양자로 들이다니 말도 안 돼요!"

아바마마도 어마마마도 인정할 수 없다는 듯 유피에게 호소했다. 하지만 그런 두 사람의 호소조차 물리칠 만한 말이 그란츠 공의 입에서 튀어나왔다.

"만약 제안을 받아들인다면 마젠타 공작가는 유필리아와 완전히 연을 끊을 거야. 우리 가문과의 관계는 걱정하지 않아도 돼, 오르펀스, 실피느."

"그란츠?! 무슨…… 무슨 소릴 하는 거죠?! 완전히 연을 끊겠다니?!"

"우리 마젠타 공작가와 왕가의 관계가 문제가 된다는 거잖아? 나는 유필리아가 두 사람의 양자가 됐을 때 뒷배가 될 생각이 없어. 나는 앞으로도 아니스피아 왕녀를 왕으로 추대하는 지침을 유지할 거야."

"그거야말로 무모해! 유피를 맨몸으로 내보내겠다는 말이나 다름없잖아요!!"

"그렇기에 정령 계약자가 되겠다는 거예요. 건국 왕과 똑같은 위업을 이룩한다면 정령 신앙에 심취한 귀족을 납득시킬 수 있어요. 저희 마젠타 공작가는 왕가의 먼 친척으로서, 필두 귀족으로서의 책무를 다해 왔어요. 왕가의 존망이 걸린 위기에 몸을 아낄 생각은 없습니다. 제가 새로운 초석이 되어 새로운 왕을 탄생시키겠어요."

"그, 그건……."

"아니스 님이 왕이 되는 것보다도 이편이 더 온건하게 차기 국왕을 맞이할 수 있지 않을까요?"

유피가 무슨 말을 하는 건지 모르겠다. 알지만, 알고 싶지 않았다. 뇌가 이해를 거부했다. 차라리 귀를 막아 버리고 싶었다.

누군가가 부정해 줬으면 좋겠다. 정령 계약이라니, 그렇게 간단히 이룩할 수 있는 위업이 아니다. 그 위업이 있다면 차기 국왕으로 받아들여질 수 있다니, 그런 건 확실하지 않다.

"유피, 어째서……? 네가 얼마나 터무니없는 말을 하고 있는지 알잖아?"

제발 질 나쁜 농담이라고 말해 줬으면 좋겠다. 그렇게 간절히 생각하며 말했지만 유피의 대답은 내게 악몽 같은 현실을 보여 줄 뿐이었다.

"제가 정령 계약자가 되면 아니스 님은 원치 않는 왕위에 오르지 않아도 돼요."

"……잠깐만, 잠깐만 기다려! 유피, 나는 너한테 그런 걸 부탁한 적 없어!"

"네. 이건 제가 멋대로 완수하겠다고 정한 맹세예요. 저는 당신을 왕으로 만들고 싶지 않아요."

"……진심으로 하는 소리야? 무엄하기 짝이 없어!"

"그럼으로써 분쟁을 피할 수 있다면, 무엇보다 당신이 웃을 수 있다면 저는 상관없어요. 아니스 님은 정말로 자신이 왕이 되어 이 나라를 잘 이끌 수 있으리라고 생각하시나요?"

"무슨 소리를……."

"왕이 될 수는 있겠죠. 이 나라를 바꿀 수도 있을 거예요. 하지만 지금 이 나라는 당신의 재능을 받아들이지 못해요. 그 변화에 많은 피가 흐를 거예요. 그리고 당신은 백성에게 고난을 강요하는 것을 후회하겠죠."

"……맞아. 내게는 마법 재능 따위 없어. 이 나라의 귀족이 나를 받아들이지 않을 것도 알아. 왕이 되더라도 기껏해야 억지로 나라를 바꿔서 다음 세대에게 겨우 물려주는 것밖에 못 하겠지! 그런 건 내가 가장 잘 알아! 하지만 그렇다고 해서! 유피에게 나라를 짊어지워도 되는 건 아니잖아!!

유피가 나와 왕위를 두고 경쟁한다고? 내가 아르 군과 경쟁하는 것과는 사정이 달라!"

내게는 피의 정통성밖에 없었다. 아르 군에게는 피의 정통성과 마법 재능이 있었다. 그리고 아르 군은 남아였다. 왕이 되는 게 당연했다.

하지만 나와 유피는 하나씩밖에 없다. 유피에게는 풍부한 마법 재능이, 나에게는 계승되어 온 피의 정통성이.

받아들여지는 것은 어느 쪽일까? 그건 사람마다 다르다. 결국 분쟁으로 이어질지도 모른다. 그래서 유피가 하려는 일을 인정할 수 없었다. 인정해도 될 이유 따위 없었다.

"—그래도 제가 왕이 되면 당신의 꿈을 지킬 수 있어요!"

그렇기에 유피가 강하게 외친 말에 나는 완전히 나가떨어지고 말았다.

나라를 위해서도 아니고, 하물며 백성을 위해서도 아니고. 단 한 사람, 나를 향한 마음이었다.

"저는 왕실에 들어가기 위한 교육을 받았어요. 귀족 영애로서의 실적도 있어요. 약혼 파기의 불명예도 전하가 없애주셨어요."

"……! 하지만, 그렇다고 해서!"

"왕으로서 귀족 세계에서 살아가는 건 제게 더 잘 맞아요. 전하도 하실 수는 있겠지만, 전하에게는 그보다 더 이루고 싶은 꿈이 있을 테죠. 아닌가요? 아니스 님은 마법을 사랑하고, 해명해서, 마법이 얼마나 멋진지 더 많은 사람에게 전하고 싶으신 것 아니었나요?! 왕이 되어 마학을 그저 공적을 위해 쓰는 게 당신의 바람일 리 없어요!"

아무런 대꾸도 할 수 없었다. 그건 내 가슴속에서 사라지지 않을 소원이었다. 하지만 안 돼. 그런 건 생떼야. 내게는 이제 허락되지 않는 것이야.

지금까지는 아르 군이 있었다. 그래서 나랑은 상관없다고 생각했다. 하지만 이제 아르 군은 없다. 남은 왕족은 나뿐이다. 그러니까 내가 책무를 완수해야 하는데.

그렇게 생각하는데, 이어진 유피의 말에 내 마음이 흔들렸다.

"주어진 역할을 완수하는 건 제가 전하보다 더 잘해요. 그게 왕비든 여왕이든 무게는 바뀌지 않아요. 오히려 저는 그렇게 살아온 자신을 부정하지 않고 제가 원해서 왕이 되려는 거예요. 그 끝에 당신의 꿈이 있으니까."

"나의, 꿈……."

"마법의 신비에 다가가며 추구하고 싶으시겠죠. 그래도 돼요. 제가 허락하겠어요. 제가 왕이 되면 전하도 백성이에요. 그리고 가족이에요. 저는 전하가 꿈을 이루셨으면 해요. 그 꿈이 이 나라를 풍족하게 만드니까요."

의논이 백열화하며 자리에서 일어섰던 우리는 서로를 마주 보며 시선을 주고받았다. 유피가 눈을 돌리지 않고 내게

다가와 손을 내밀었다.

"제 소원이 이루어지지 않더라도 당신 곁에서 치세를 돕겠다고 맹세하겠어요. 그리고 가능하다면 당신의 꿈을 지키고 함께 보고 싶어요. 당신의 자유가 제 소원이고 바람이에요. 저희는 서로 다투지 않고 손을 맞잡을 수 있어요. 그러니까 아니스님. 부디 제 손을 잡아 주세요. 이번에는 제 차례예요."

"뭐가…… 유피 차례라는 거야……?"

"—절망할 수밖에 없고 받아들일 수밖에 없는 현실에서 당신을 구할 차례요."

그 말에 나는 유피의 손을 바라보았다. 나를 향해 내민, 분명 나를 도와줄 손. 그 손을 향해 내 손이 들렸다.

서로의 손이 포개지려고 한 순간— 내 손은 유피의 손을 세게 쳐 냈다.

"……어?"

이에 누구보다도 놀란 사람은 나 자신이었다. 나는 유피의 손을 잡아도 좋다고 생각했었다. 유피가 함께 짊어져 준다면 이 중책도 덜 괴로워진다.

유피가 괜찮다고 말해 주는데 뭐 어때. 그렇게 속삭이는 내가 틀림없이 있었다. 그래도— 유피가 내민 손이 참을 수 없이 무서웠다.

숨이 막혔다. 숨을 쉴 수가 없어서 시야가 뿌예졌다. 안 돼. 여기서 울면 안 돼.

"안 돼……. 그런 말 하지 마. 매달리게 하지 마……!"

"아니스 님……?"

"유피가 말한 게 전부 잘 풀려서 왕위 계승권을 얻더라도 친자식인 나보다 계승권이 높아지진 않아! 나는 왕녀야! 나는, 아무리 사람들이 받아들여 주지 않아도 이 나라의 왕녀야! 유피한테 그 역할까지 뺏기면…… 나한테 무슨 가치가 남는데?!"

유피가 아연한 표정으로 나를 보았다. 그란츠 공도 눈을 살짝 크게 뜨고 있었다. 레이니가 손으로 입을 가렸고, 일리아가 믿을 수 없다는 얼굴로 나를 보았다.

"……아니스……?"

—그리고 아바마마와 어마마마가 나를 보고 있었다. 두 분 모두 한계까지 눈을 크게 떴고, 어마마마에 이르러서는 떨리는 목소리로 내 이름을 불렀다.

나는 자신이 토해 낸 말의 의미를 이해하고 입을 틀어막았다.

내게 왕녀로서의 가치 따위 없다고 말했던 것은 언제나 나였다. 그런데 왜 이제 와서 받아들이지 못하지? 나는, 그치만 나는!

모르겠다. 이제 무엇도 알고 싶지 않았다. 전부 엉망진창이다. 사고가 뒤얽히며 감정도 뒤죽박죽이 되었다.

「어째서, 어째서」 하고 외칠 수밖에 없었다. 그것조차 토하고 싶지 않았지만 속이 너무 울렁거렸다. 차라리 전부 토해 버리고 싶었다.

하지만 이 마음을 토해 버리면 나는 이제 되돌아갈 수 없다. 그래서 모두가 날 보는 게 무서워서, 이 자리에서 사라지고 싶어서 충동적으로 문을 향해 달려갔다.

"기다려, 아니스! —기다려 줘, 아니스피아!!"

누군가가 내 이름을 불렀다. 귀에 박히는 애처로운 목소리로. 귀를 막고 싶어져서, 목소리가 들리지 않는 곳으로 가고 싶어서, 남의 시선 따위 신경 쓰지 않고 전력으로 성을 빠져나갔다.

—나는, 도망친 거다. 무엇이 괴로운지, 무엇이 무서운지도 모른 채.

7장 외면하고 싶었던 것

왕성에서 도망친 나는 정처 없이 헤맸다. 지금은 어쨌든 누구에게도 들키고 싶지 않았고, 누구의 목소리도 듣고 싶지 않았고, 그저 혼자가 되고 싶었다.

달아나듯 왕성에서 멀어지다 보니 어느새 성 아랫마을에 와 있었다. 잠행용 차림이 아니었기에 사람들의 눈길을 피해 뒷골목으로 들어가 숨을 죽였다.

"……왜 일이 이렇게 되어 버렸을까."

벽에 등을 기대고 앉아서 무릎을 끌어안았다. 그러자 조금 긴장이 풀렸는지 눈물이 났다. 그 후로는 감정도 억누를 수 없었다.

아이처럼 엉엉 울어 버리고 싶었다. 하지만 그러면 누군가에게 들킨다. 그래서 무릎에 얼굴을 묻고 소리 죽여 울 수밖에 없었다.

"……어이어이, 거짓말이지?"

얼마나 웅크리고 있었는지 모르겠다. 하지만 머리 위에서 들린 목소리에 허둥지둥 얼굴을 들었다. 거기에 어째선지 토마스가 있었다.

"……토마스? 어째서……?"

"본인이 얼마나 눈에 띄는지 몰라? 조용히 있어도 눈에 띄어. 혹시나 해서 찾아봤더니 일이 귀찮아졌네……. 아아, 괜히 찾았어!"

토마스는 손으로 얼굴을 덮고 깊이 한숨을 쉬었다. 내가 그저 멍하니 올려다보고 있으니 토마스의 겉옷이 머리에 씌워졌다.

"설 수 있겠어?"

"……어?"

"찾았으니 못 본 척할 수는 없잖아. 내 공방으로 가자. 그걸로 얼굴 숨겨."

"……응."

토마스의 재촉에 일어난 나는 토마스의 겉옷으로 얼굴을 가리고 걸었다. 가는 동안 줄곧 토마스가 손을 끌어 줬다.

사람들의 눈을 피하려고 뒷골목을 지나서 평소보다 빙 돌아 토마스의 공방에 도착했다. 평소에는 앞문으로 들어가지만 오늘은 뒷문을 이용했다.

"아무튼 앉아."

"……응, 미안. 고마워."

"……되게 어색하네."

토마스가 귀찮다는 듯 머리를 긁적이며 중얼거렸다. 토마스의 말마따나 앉은 후, 나는 멍하니 토마스의 집을 바라보았다.

뒷문으로 들어온 적은 손꼽을 정도로 적었다. 예전에 부모님과 함께 살았다는 집은 혼자 살기에는 넓게 느껴졌다.

그렇게 둘러보고 있으니 토마스가 차를 끓여서 가져왔다.

"마시고 싶으면 마셔. ……아~ 독이 안 들었나 확인할까?"

"됐어……. 토마스가 나한테 독 같은 거 먹일 리 없으니까."

"그러냐."

칭찬했는데 혀를 찼다. 불합리하다고 생각하며 토마스가 끓인 차를 마셨다. 한숨 돌리자 긴장이 풀렸는지 온몸에서 힘이 빠졌다.

"……진정됐으면 돌아가. 왕성에 알릴까?"

"……미안, 알리지 마……. 지금은 아직 돌아가기 싫고, 누구에게도 알리고 싶지 않아……."

"……귀찮게시리……."

"이럴 때는 보통 아무 말 없이 위로해 주지 않아?"

"나한테 뭘 기대하는 거야. 괜한 소동이 벌어지기 전에 돌아가. 방해돼."

"방해……."

그 말에 눈물이 왈칵 차올랐다. 내가 당장에라도 울려고 하자 토마스는 흠칫 놀라더니 자신의 머리를 벅벅 긁었다.

"내가 잘못했어! 숨겨 줄 테니까 마음껏 있어도 돼! 하지만 해가 지기 전에는 돌아가! 그리고 누가 데리러 오면 돌아가!"

"……데리러 올까."

"이봐…… 아아, 알았어. 나는 대충 흘려들을 테니까 전부 토해 내 버려."

"……그래도 돼?"

"흘려듣는다고 했어."

그래도 들어 주는구나. 그게 눈물이 날 만큼 기쁘고 안심이 됐다. 그래서 말이 저절로 흘러나와 버렸다.

유피가 정령 계약자가 될지도 모른다는 것. 정령 계약자가 되면 나 대신 왕이 되고 싶다고 한 것. 그런 터무니없는 짓을 하려고 하는 건 나를 위해서라고 말한 것.

토마스는 그저 묵묵히 들어 줬다. 나는 이야기하다 보니 점점 가슴이 괴로워져서 움츠리듯 몸을 끌어안았다.

"……아니스 님은 왕위 따위 어찌 되든 상관없는 거 아니었어?"

"어찌 되든 상관없었어! 하지만 그건 아르 군이 있었기 때문이야. 아르 군이 왕이 되어야 한다고 생각했기에 왕위 따위 어찌 되든 좋았어. 하지만 이제 아르 군은 없어. 왕의 책무를 짊어져야 하는 건…… 나야."

그러지 않으면 나는 왕녀로서 가치가 없다. 마법을 쓰지 못해서 왕족으로서도 실격인데 왕이 되지 않아도 된다고 하면…… 나는 어째서 왕녀였던 걸까.

"이제 와서 너무하지 않아? 하지만 포기해야 해. 내 적성에 안 맞는다고 해서, 내 꿈을 이루고 싶다고 해서 허락될

리 없어. 허락되어선 안 돼……!"

"……왜? 왕이 되지 않는다면 아니스 님은 지금처럼 지내면 되잖아. 유피 님이 왕이 되고 난감한 상황에 처하면 그걸 도와주는 걸로는 안 돼?"

무뚝뚝한 얼굴로 팔짱을 낀 토마스가 그렇게 말했다. 이에 나는 고개를 흔들었다.

"……모르겠어. 몰라서 이렇게 됐어. 그럴 수 있다면 편하겠지. 왕의 책무 따위 짊어지고 싶지 않아. 아무도 인정하지 않는 왕이라니 싫어. 나는 그저 마법을 더 조사하고 싶어. 내가 쓸 수 있는 마법을 더 추구하고 싶어. 하지만 내가 살자고 누군가를 희생시킬 수는 없어. 나는 이 나라의 왕녀인데 그것조차 짊어지지 못한다면…… 나는 뭘 위해 왕녀로 태어난 거야?"

"그러니까 왜 그렇게 왕녀라는 걸 신경 쓰냐고."

토마스가 뾰족한 목소리로 물었다. 나는 대체 왜 왕녀라는 것을 신경 쓸까? 생각하려고 해도 사고와 감정이 뒤섞이기만 할 뿐 아무것도 잡히지 않았다.

"왕녀든 아니든, 아니스 님은 아니스 님이잖아."

"그럴지도…… 모르지만……."

"아니스 님이 왜 그렇게 솔직해지지 못하는지 모르겠지만 걱정 끼치면 안 되잖아. 당신을 걱정해 주는 사람이 있잖아."

걱정해 주는 사람이라고 하니 떠오르는 얼굴이 있었다. 유피의 얼굴이 떠올랐다. 일리아, 레이니, 아바마마, 그리고—어마마마.

"……역시 안 돼."

"엉? 뭐가 안 되는데."

"나는, 제대로 왕녀로서…… 해야 할 일을 해야 해……."

"나는 왕족에 관해선 모르지만, 당신은 훌륭히 해 왔잖아?"

나는 숙이고 있던 얼굴을 들어 토마스를 보았다. 토마스는 똑바로 내게 시선을 보내고 있었다.

"확실히 평범한 왕녀님답지는 않았지. 하지만 당신이 왕이 된다고 하면 기뻐할 녀석도 있어. 그만큼 아니스 님은 훌륭히 해 왔어."

"하지만…… 인정하지 않아. 이 나라의 귀족은 나를 인정하지 않아."

"그럼 아니스 님이 억지로 국왕이 될 필요는 없잖아. ……나는 걱정돼. 당신이 왕이 되면 망가지지 않을까 불안해. 당신은 너무 착해."

……나는 착한 걸까. 모르겠다. 그저 내가 그러고 싶다는 이유만으로 살아왔다. 타인의 평가를 신경 써 봤자 별수 없다고 생각했다. 어떻게 여기든 상관없다고.

그러나 왕이 될 거면 그런 소리는 할 수 없다. 하지만 인정받지 못하면서 사는 건 싫다. 자유가 없어지는 것도 싫다.

그래도 왕녀라는 것은 버릴 수 없었다. 그런 제멋대로인 생각은 내다 버려야 한다고 속삭이는 내가 있었다. 양극단의 감정에 휘둘릴 뿐이었다. 아무 말도 할 수 없었고 토마스가 끓여 준 차조차 마실 수 없었다.

그러던 때였다. 토마스의 집 앞쪽, 공방의 문을 누군가가 세게 두드렸다.

"—토마스! 있나요? 유피입니다! 있으면 대답해 주세요!"

"으억?! 유, 유피 님……?"

유피의 절박한 목소리가 갑자기 들려왔다. 나는 몸을 흠칫 떨고 말았다. 토마스는 그런 내 모습을 보더니 슬쩍 한숨을 쉬었다.

"……약속했잖아. 들여보내도 되지?"

누군가가 데리러 오면 돌아간다. 알고 있다. 사실은 몹시 싫지만, 토마스에게 폐를 끼치고 있으니 거절할 수 없었다. 내가 고개를 끄덕인 것을 보고 토마스는 공방으로 향했다.

그 뒷모습을 바라보며 나는 무릎을 끌어안을 수밖에 없었다.

"……아니스 님."

잠시 후 유피가 들어왔다. 유피는 숨을 헐떡이고 있었다. 나를 찾아 뛰어다녔다는 것을 알 수 있었다.

나조차 확실히 알 수 없는 감정이 유피를 거절하듯 눈을 돌리게 했다. 이름을 불러도 반응하지 않는 나를 보고 유피가 어떤 표정을 짓고 있을지 알 수 없었다.

"……나는 자리를 비킬게. 얘기 나눌 거면 확실하게 해.

나갈 때 말하고."

"미안해요, 토마스. 폐를 끼치네요."

"그렇게 생각한다면 다시는 이런 일이 없게 해 줘. ……서로 제대로 납득이 가도록 말이야."

토마스는 그렇게 말하고 공방 쪽으로 사라진 것 같았다. 남은 것은 나와 유피뿐이었다.

"……아니스 님, 우선 무사하셔서 다행이에요."

"……내버려 둬."

"그럴 수는 없어요."

유피가 다가와 내 어깨를 잡으려고 했다. 그런 유피의 손을 나는 쳐 내고 말았다.

거절당한 손을 잡고서 유피는 나를 보았다. 손을 쳐 내기 위해 고개를 들었기에 유피와 시선이 마주쳤다. 유피는 인상을 쓰고 험악한 표정을 짓고 있었다.

하지만 어째선지 그 표정이 누그러졌다. 진심으로 안도했다는 듯이. 어째서 유피가 그런 표정을 짓는지 알 수 없어서 유피의 얼굴을 응시하고 말았다.

"……왜 그런 표정을 지어?"

"마침내 당신의 진심을 들은 것 같아서요. 후후, 아니스 님이 제게 화내는 건 처음이네요."

"뭐……?"

"저는 당신의 적이 될 수도 있어요. 그저 보호받을 뿐인 존재가 아니에요. 때로는 당신과 다른 의견을 가지고, 바라는 것이 다를 때도 있겠죠. 그래도 저희는 서로의 뜻을 확인할 수 있어요."

유피는 말했다. 그저 보호받기만 하는 게 아니라 나와는 다른 생각을 가지기도 한다고. 그래도 우리는 서로를 이해하려고 할 수 있다고.

"솔직히 좋아하실 거라고 생각하진 않았어요. 하지만 예상보다 더 아니스 님이 격하게 반응하셔서 놀랐어요."

"……야단스럽게 굴어서 미안하게 됐네요."

"아뇨, 제가 오인했어요. 아니스 님에게 왕녀라는 것은 생각보다 더 소중한 의미가 있었던 거군요."

유피가 내 손을 잡았다. 그 손을 이번에는 뿌리칠 수 없었다. 유피의 손이 내 손과 포개지자 유피의 체온이 전해졌다.

그 체온을 느낀 순간, 눈물이 왈칵 차오르고 말았다. 흐르는 눈물은 멈추지 않았고, 나는 유피의 손에 매달리듯 이마를 대고서 신음했다.

"유피는…… 치사해……! 나도……! 마법을, 쓰고 싶었어……! 모두에게, 인정받는…… 마법을……! 그러면, 누구도, 무엇도! 잃지 않았을 텐데……!"

유피가 사랑스럽고 따뜻해서…… 미웠다. 내가 가지지 못한 것을 가진 사람. 내가 바라는 이상에 누구보다도 가까운 사람.

사랑스럽다는 마음이 반전되려고 했다. 사랑스럽기에 미웠다. 유피는 착한 아이인데, 아주 착한 아이인데, 용서할 수 없어질 것 같았다. 그래서 감정이 넘쳐흐르는 대로 말을 토해 냈다.

"유피여도 된다면! 마법 재능이 전부라면! 처음부터 유피였으면 됐잖아! 처음부터, 전부! 유피가 처음부터 왕녀였으면 됐잖아! 왜 이제 와서 내가 왕녀라는 걸 뺏는 거야?! 아르 군이 사라졌으니까 왕이 될 수 있는 사람은 나밖에 안 남았어! 그러니까 그건 내 의무야! 내가 완수해야만 해!"

유피의 가슴을 때렸다. 매달려서, 분해서, 슬퍼서, 미워서, 뒤섞인 감정이 주먹에 담겨 유피의 가슴을 때렸다. 몇 번이고, 몇 번이고.

그래도 유피는 흔들림 없이 내 주먹을 받아 줬다. 멈춰야 한다고 생각하는데 주먹은 멈추지 않았다. 입술과 목소리가 떨려서 말이 전부 한심하게 떨리고 말았다.

"나는, 왕녀인데……! 아무도 기대하지 않아……! 하지만, 노력했어! 노력했다고! 아르 군이 왕이 될 거니까 방해되지 않도록! 하지만 그랬는데도 아르 군은 사라져 버렸어! 나 때문에! 그럼 나는 어떻게 해야 했던 거야!?"

먼 곳으로 떠나 버린 동생을 지금도 선명하게 떠올릴 수 있었다. 그 아이의 인생을 망쳐 버린 사람은 나다. 가족이란 형태를 이상하게 만들어 버린 사람은— 나다.

그러니까 책임져야 한다. 다른 누구도 아닌 내가.

"내가 될 수밖에 없다면 본분을 다할 거야! 하지만, 나는 필요 없는 왕녀야! 이제 아르 군은 없는데! 싫어도, 인정받지 못해도, 내가 되어야만 해!"

나는 유피의 어깨를 잡고 감정이 치미는 대로 말을 토했다. 둑이 터진 감정은 멈출 줄을 몰랐다. 전부 눈물과 함께 흘러나왔다.

"마법이 좋았어! 그저 마법이 좋아서 쓰고 싶었어! 그래도 나는 왕녀야! 이 나라의 왕녀고…… 아바마마와 어마마마의 딸이야! 인정받지 못하는 왕녀가 딸이어서, 어마마마가 울었어! 미안하다며 내게 사과했어! 나쁜 건 나인데……! 내가, 딸이라서, 못난 왕녀라서! 그래서, 그래서 노력했어! 앞으로도, 노력할 수 있어……! 그러니까…… 나를 필요 없는 아이로, 만들지 마……! 나는, 괜찮으니까……!"

말과 함께 기억이 흘러넘쳤다. 마법을 쓰지 못한다는 것을 알고, 그래도 포기하지 않고 책을 뒤적이며 조사하던 어린 나를 껴안고서 어마마마가 울었다.

미안하다면서. 그렇게 아름답고, 자상하고, 사랑하는 엄마가. 나 때문에 울었다. 마법 재능을 주지 못해서 미안하다고.

그건 어마마마의 책임이 아니다. 내가 왕위 계승권을 버린 것은 오직 아르 군만을 위한 일은 아니었다. 나는 어마마마도 구하고 싶었다. 저는 이렇게나 엉뚱한 딸이에요. 걱정하지 않아도 돼요. 씩씩하게 살고 있어요. 그렇게 생각해 주길 바랐다.

남들에게 미움받는 것은 어쩔 수 없다. 그러니 익숙해지면 된다. 미움받는 것에, 기대받지 못하는 것에. 그러면 나는 자유로울 수 있고, 누구도 슬퍼하지 않아도 되니까.

그러니까 괜찮아. 나는 괜찮아. 왜냐하면 괜찮으니까. 몇 번이고 중얼거렸다.

"—괜찮을 리가 없잖아요!"

그런 내 중얼거림을 유피가 강하게 부정했다.

유피가 내 어깨를 잡아서 몸을 떼어 냈다. 유피의 얼굴에는 노여움이 떠올라 있었다. 감정이 격해진 탓인지 눈에 눈물이 고여 있었다.

"자신 이외의 누군가가 소중해서, 내버려 둘 수 없어서 자신을 희생해 버리는 사람이! 누구에게도 인정받지 못하고 모두에게 미움받으며 아무렇지도 않을 리가 없잖아요! 괜찮을 리가 없어요! 그래서 왕위는 당신을 상처 입혀요! 이 나라는 당신을 받아들이지 않아요!"

"……그만해."

"하지만 그건 당신 잘못이 아니에요! 마법 재능이 없으면 행복해질 수 없는 왕족의 형태가, 마법 공적만을 요구하는 귀족의 형태가, 사람을 행복하게 만들지 못하는 나라가 나쁜 거잖아요!"

"그만해! 이제 와서 그런 소리 하지 마! 그래도 이 나라는 아바마마와 어마마마가 지키려고 한 나라야! 나는 그걸 부술 수밖에 없어! 왜냐하면 아무리 원해도 나는 마법을 못 쓰니까! 재능이 없으니까! 유피가, 마법을 당연하게 쓸 수 있는 유피가 나에 대해 뭘 알아!!"

"—지켜 왔잖아요. 당신이 누구보다도, 무엇보다도 믿은 「마법」의 힘으로."

유피의 말에 나는 넋이 나가 버렸다. 입은 몇 번이고 공기를 먹었지만 숨을 쉴 수 없었다. 그저 믿을 수 없다는 심정으로 유피를 바라보았다.

유피의 눈이, 그 눈동자에 떠오른 강한 의지가, 거짓말이라고 여기고 싶어 하는 나의 나약함을 깨부쉈다. 이 아이는 진심에서 우러나온 말을 내게 했음을 이해하고 말았다.

"정령에게 받은 힘이라는 것이 마법의 의미가 아닐 테죠. 마법은 귀족으로서 계승해야만 하는 것. 나라에 행복을 가져오고 백성을 웃게 하기 위한 힘이자 맹세일 터예요."

유피가 손을 뻗어 나를 꽉 끌어안았다. 그 강한 힘과 유피에게서 직접 전해지는 체온이 내 몸으로 옮겨 오는 것 같았다.

"당신은 누구보다도 이 나라를 생각하며 홀로 싸워 오셨잖아요. 아무도 인정하지 않아도 당신만의 마법을 형상화했잖아요. 대체 누가 드래곤을 쓰러뜨렸나요? 누가 레이니의 정체를 알아차리고 아르가르드 님의 폭주를 막았나요? 전부 당신 덕분이잖아요."

유피가 귓가에 속삭이며 마음을 전했다. 이룩해 온 것을 인정해 줬다.

되돌아보면 괴로운 인생이었다. 좌절과 실패가 더 많았고, 그래도 나아가야만 한다며 밀어붙였다. 이 길이 내가 원해서 달려온 길이라고.

하지만 내몰린 것처럼 달려온 것도 부정할 수 없었다. 나는 마법을 쓰지 못하는 반편이 왕녀였으니까.

왕위 계승권이 어찌 되든 좋았기에 버린 것이 아니다. 그게 정말로 중요한 일이라는 걸 알고서 포기했다.

아바마마가 어이없다는 눈으로 봐도, 어마마마가 꾸짖어도, 아르 군이 나를 싫어해도, 그래서 모두가 행복해진다면. 그렇게 바랐다.

그래도 마법만큼은 포기할 수 없었다. 동경하고, 절망하고, 절망해도 포기할 수 없어서. 여러 가지를 버리고 외면했다. 하지만 사실은…….

"나는, 왕녀여도 되는 걸까……? 아바마마와 어마마마의…… 딸이어도, 되는 걸까……?"

—줄곧 당당히 말하고 싶었다. 저는 두 분의 딸이에요, 라고.

유피가 내 몸을 꽉 끌어안았다. 떨리는 내 몸을 달래듯 그저 강하게. 내가 여기 있다는 것이 그 포옹에서 느껴졌다.

"아니스 님, 돌아가요. 그 물음에 답을 추구하신다면, 물어봐야 할 사람이 당신이 돌아오길 기다리고 있어요."

그 말에 나는 어린아이처럼 울며 유피에게 매달렸다. 지금까지 삼켰던 모든 것을 토해 내듯 나는 계속 울었다.

그런 나를 유피가 껴안아 줬다. 내가 진정될 때까지, 계속, 계속.

* * *

실컷 울고 마침내 진정되어서 우리는 가나 무구 공방을 뒤로했다. 토마스는 아무것도 못 들은 것으로 하겠다며 외투를 빌려줬다.

대성통곡한 직후라서 나는 제대로 대답도 못 했지만 토마스는 가볍게 등을 두드려 줬다. 그걸로 그의 마음은 전해졌다.

별궁으로 돌아가면서 유피는 내 손을 잡고 앞장섰다.

"……모두에게 사과해야겠어."

"그러네요. 특히 왕비님과는 확실하게 마주해 주세요. 아니스 님이 뛰쳐나가신 후, 레이니가 돌보지 않으면 당장에라도 쓰러지실 것 같았어요. 지금쯤 폐하와 일리아가 보살피고 있을 거예요."

"어? 그렇다면…… 다들 별궁에 있는 거야?"

"저를 혼자 보낼 바에야 자기가 가겠다며 일리아가 뛰쳐나가려고 했지만, 냉철한 상태가 아닌 것 같았기에 제가 말렸어요. 레이니만 왕비님과 폐하 곁에 두는 건 가엾기도 했고요."

"유피도 과감한 행동을 했네……."

"네, 당신을 위해서라면 얼마든지."

……유피의 말이 조금 부끄러워서 맞잡은 손을 풀고 싶어졌다. 하지만 손바닥으로 느껴지는 온기가 아쉬워서 유피의 손을 놓을 수 없었다.

별궁에 도착하자 일리아가 뛰어오는 것이 보였다. 일리아답지 않은 전력 질주에 깜짝 놀라서 나는 순간적으로 유피 뒤에 숨어 버렸다.

"유필리아 님! 공주님은……!"

"괜찮아요. 지금은 진정되셨어요."

"……공주님."

평소에는 거의 무너지지 않는 일리아의 표정이 엉망이었다. 초조함과 불안의 흔적이 남아 있어서 이렇게 내 모습을 봐도 완전히 안도하지 못하는 복잡한 표정이었다.

나는 일리아를 향해 힘없이 웃었다. 그런 나를 보고 일리아도 깊이 한숨을 쉬었다.

"……죄송합니다. 추태를 부렸습니다."

"아냐, 먼저 추태를 부린 건 나니까. ……미안해, 일리아."

"아니요, 제 실수입니다. 오랫동안 공주님 곁에 있었으면서 저는 너무나도……!"

감정을 목소리에 실으며 격정에 몸을 떠는 일리아를 보고 나는 깜짝 놀랐다. 딱히 일리아가 책임을 느끼길 바란 것은 아니었기에 나도 곤란해졌다.

"일리아, 우선은 왕비님과 폐하께 가죠."

"……그러네요."

"아니스 님, 가요."

유피가 손을 당겼다. 순간 무서워져서 발을 멈출 뻔했다. 그래도 유피의 따뜻한 손이 패기 없는 내게 힘을 줬다.

그대로 응접실로 향했다. 안에 들어가자 어마마마의 손을 잡은 아바마마와 그 옆에 시립한 레이니가 보였다. 한 발자국 떨어진 곳에는 그란츠 공과 류미가 있었다.

레이니와 아바마마를 옆에 둔 어마마마는 완전히 초췌해져서 평소의 늠름함을 찾아볼 수 없었다. 그것이 먼 기억의 어마마마와 겹쳐져서 속이 쓰렸다.

나도 모르게 유피의 손을 꽉 잡았지만 유피도 힘 있게 맞잡아 줬다. 그러고 있으니 레이니가 가장 먼저 우리를 알아차렸다.

"아니스 님! 유필리아 님!"

레이니의 목소리에 우리가 온 걸 안 어마마마가 얼굴을 번쩍 들었다. 눈을 크게 뜬 어마마마가 나를 보았다. 그대로 아바마마의 손을 뿌리치고 내 곁으로 빠르게 달려왔다.

"아니스피아!"

"……어마마마."

어마마마는 내 얼굴을 보더니 빠르게 달려오던 발을 멈췄다. 그리고 어떤 표정을 지으면 좋을지 모르겠다는 얼굴로 나를 바라보았다.

뭔가 말하려고 하는데 아무 말도 나오지 않는 것 같은 어마마마를 아바마마가 뒤에서 받쳐 줬다. 아바마마는 그저 조용히 나를 주시했다. 그런 아바마마에게서 압력을 느끼고 나는 어깨를 움츠리고 말았다.

"아니스피아."

"……아, 아바마마."

"이 멍청한 것……! 왜 그렇게 될 때까지 아무 말도 안 한 거냐!"

아바마마의 질책에 나는 흠칫 떨고 말았다. 그런 내 모습을 보고 아바마마가 퍼뜩 놀라더니 벌레 씹은 얼굴로 미간을 짚었다.

"폐하, 아니스 님을 그렇게 만든 원인에는 제 제안도 있습니다. 아무쪼록 저도 함께 질책해 주세요."

"유필리아……."

"그리고…… 아니스 님, 직접 말씀하실 수 있겠어요? 아니면 제가 대변할까요?"

유피가 물어서 나는 일순 숨을 삼켰지만 바로 고개를 가로저었다. 그리고 유피의 손을 놓고 아바마마와 어마마마 앞으로 나갔다.

"……아바마마, 어마마마, 우선 갑자기 뛰쳐나가서 죄송합니다."

아바마마와 어마마마는 아무 말도 하지 않았다. 나는 살짝 고개를 숙인 상태로 두 사람의 얼굴을 보지 못한 채 말을 이었다.

"괜찮은 줄, 알았어요."

"……괜찮다니?"

"저는 이 나라의 왕녀니까 제대로 짊어지자고 생각했어요. 나는 왕녀니까 괜찮다고. 괜찮아야 한다고……."

목소리가 떨리려고 하는 것을 필사적으로 억제하며 말했다. 토 나오게 긴장됐지만 확실하게 말해야 했다.

"안 그러면 정말로 왕녀 실격이니까. ……두 분의 딸이라고 할 수 없으니까."

어마마마가 어떤 표정을 짓고 있을지 무서워서 볼 수 없었다. 아바마마가 숨을 삼키는 소리가 들렸다. 아아, 도망칠 수 있다면 도망쳐 버리고 싶다.

"저는 괜찮아요. 그러니까 유피가 한 말은, 잊어도, 되니까, 제가—."

제가 왕이 될 테니까. 그 말은 나를 껴안은 어마마마의 포옹에 막혔다.

나보다 키가 조금 작은데도 힘은 무척 세서 살짝 아플 정도였다. 어마마마는 나를 으스러뜨릴 듯이 세게 껴안았다.

"아니스피아! ……너는 바보예요!"

어마마마의 목소리가 울먹였다. 나를 세게 껴안으면서도 어마마마의 몸은 떨리고 있었다.

"뭐가 괜찮다는 건가요! 네가 짊어진 불리함을 내가 모를 줄 아나요?! 얼마나…… 얼마나 내가 너에게, 사실은 미안해하는지……! 너는 모르겠죠!"

"……아뇨, 알아요. 그래서 저는 노력해야 했어요. 제게 마법 재능을 주지 못했다고 생각해서 어마마마가 울었던 것을 잊은 적이 없어요."

"그럼 왜 나를 비난하지 않나요! 너도 아르가르도, 어째서! 차라리 욕해 주길 바라는 엄마의 마음을 아나요?! 너희에게 전부 짊어지운 건 나예요! 왕족으로서 그래야만 한다고! 너희가 무슨 말을 듣는지 알면서도, 나는…… 외교를 봐야 한다며 외면했는데!"

어마마마가 내 얼굴을 올려다보며 말했다. 그 두 눈에서 눈물이 흐르고 있었다.

"뭐가 괜찮다는 건가요! 너는 왕위를 바라지 않았잖아요! 언제나 바깥세상과 마법 지식에 눈을 반짝였어요! 바깥세상에 나가기 위해 마법 대신 검 실력을 키우고, 마학이라는 발상과 마도구라는 발명을 만들어 냈어요! 그 공적을 그저 왕국을 위해 바치라는 말을 듣고도 너는 마음 아파하지 않을 거라고 내가 생각했을 것 같나요?!"

"어마마마…… 그런 말이…… 저는, 그저……."

"그저 어쨌다는 건가요?!"

내게 매달리면서도 타박하는 눈으로 노려봐서 나는 숨이 멎을 뻔했다. 그래도 제대로 어마마마에게 말해야 한다는 일념으로 입을 열었다.

"……그치만, 저는 어마마마의 딸이고, 이 나라의 왕녀니까……! 아바마마와 어마마마가 애쓰고 있다는 걸 아니까, 그래서! 방해하고 싶지 않았어요! 기대받지 않는 편이 좋다면 그래도 상관없었어……! 그저, 적어도 딸로서 있고 싶었어……!"

—그러지 않으면 내가 왕녀로 태어난 의미를 알 수 없어진다.

나는 그저 애물단지였다. 누구도 기대하지 않는 왕녀. 내게 재능이 없다는 말을 듣고 누구보다도 상처 받은 사람은 어마마마였고, 누구보다도 고뇌한 사람은 아바마마였다. 내가 평범한 왕녀로 태어났다면 분명 고민할 필요도 없었다.

나는 내 소원을 배반할 수 없었지만, 두 사람의 애정을 모르지는 않았다. 사랑받고 있음을 알았기에 지금의 내가 있었다.

마법 재능이 없다는 사실은 왕족에게 치명적이라 언제 쫓겨나도 이상하지 않았다. 하지만 아바마마도 어마마마도 내게 애정을 쏟았다. 내가 벌이는 짓에 눈썹을 찌푸리고 한숨을 쉬면서도 나를 확실하게 바라보았다.

두 사람에게 사랑받고 있음을 알기에 나는 이 나라에 태어나서 다행이라고 생각했다. 괴로운 일도 많았지만, 꿈을 꿀 수 있었기에 극복할 수 있었다.

꿈꾸는 것을 허락해 준 사람이 바로 아바마마와 어마마마니까. 정말로 내 힘이 필요하다면 부응하고 싶다고 생각하는 것은 딸로서, 왕녀로서 당연했다.

"유피가 왕이 되는 게 낫다면…… 저는 왜 왕녀인가요……? 처음부터 유피가 딸인 게 나았다면, 나는 필요 없잖아……! 필요 없는 왕녀야……!"

그래서 그 방법이 나를 구하더라도— 받아들이고 싶지 않았다. 내가 나인 탓에 여러 사람에게 고통을 주고 혼란을 줘서. 아르 군이 변경으로 보내지고 왕위 계승 문제가 부상했다. 이대로 가면 부모님이 지키고자 했던 이 나라를 내가 망가뜨리게 된다.

그러면 안 되잖아. 그러니까 내가 해야 한다. 내가 짊어져야 한다. 나는 나로 태어난 책임을 져야 한다—.

"—그래서 네가 바보라는 거예요. 아니스피아."

나를 안고 있던 팔을 풀고 어마마마가 내 뺨에 손을 얹었다.

"네가 태어난 이후로 내가 너보고 필요 없는 아이라고 한 적이 한 번이라도 있었나요? 너는 정말로 엄마의 마음을 알려고도 하지 않아요. 네가 태어나서 내가 얼마나 행복했는지 너는 모르겠죠."

"……어마마마."

"마법 재능 따위, 네가 바라지 않았다면 어찌 되든 좋았어요. 네가 항상 우리를 신경 쓴다는 걸 알았어요. 하지만 그에 기대서 오해하고 말았어요."

어마마마는 계속 눈물이 흐르는 젖은 눈으로 내 얼굴을 바라보았다. 나도 덩달아 어마마마의 얼굴이 뿌옇게 보이기 시작했다.

"사실은 왕 따위 되고 싶지 않죠? 마법을 연구해서 마법사가 되고 싶었죠? 줄곧, 어릴 때부터 그렇게 노력해 왔잖아요. 정말로 괜찮나요? 왕이 되면 자유는 사라져요. 너는, 그걸로 행복한가요?"

"……그런 거, 말 못 해……!"

치사한 질문이다. 대답할 수 없는 질문을 하다니. 하지만 가슴이 벅찼다. 나를 봐 주고 괜찮냐고 물어봐 준다면, 그걸로 나는 만족이다.

"괜찮으니까. 어마마마…… 저를 믿어 주세요. 당신의 딸로서, 저는 힘내고 싶어요……."

"……바보 같은 아이야. 정말로, 너는 바보야……!"

어마마마가 나를 다시 세게 껴안았다. 나도 어마마마의 등에 팔을 둘렀다. 어마마마만큼 세게는 껴안을 수 없었다.

그래도 매달리듯 어마마마의 온기를 추구하고 말았다.

"아니스……."

"……아바마마."

지금까지 침묵하던 아바마마가 내 어깨에 손을 얹었다. 나는 어마마마를 안으며 아바마마를 올려다보았다. 내 얼굴을 보던 아바마마는 머리를 숙이며 말했다.

"……미안했다."

"……왜 사과하시나요?"

"나는 네게 기대고 네가 바라는 최선을 주지 못했어. 별궁에 틀어박힌 괴짜라며 너를 타박하면서도 네가 정말로 바라는 걸 허락해 주지 못했어."

"……무슨 말씀을 하시는 거예요?"

"—유필리아의 제안을, 받아들일 생각이다."

아바마마가 무슨 말을 하는지 알 수 없었다. 이성을 잃고 아바마마에게 달려들려고 했지만 그 전에 아바마마가 어깨를 눌렀다.

"진정해. 유필리아가 정말로 정령 계약자가 된다면 그러겠다는 거야."

"아바마마!"

"류미 님이 말씀하셨다. 정령 계약은 본인이 바라지 않는다면 이루어지지 않아. 반대로 바란다면 절대 막을 수 없어."

"그럴 수가……!"

나는 매달리듯 유피를 보았다. 하지만 유피는 이미 결심했는지 표정을 바꾸지 않았다. 나를 위해 전부 버려도 상관없다고 정말로 생각하고 있었다.

"그렇다면 내가! 내가 정령 계약자가 되면—!"

"—무리야."

내 외침을 부정한 사람은 류미였다. 무자비한 부정에 나는 다시 외치고 말았다.

"왜 나는 안 되는데!"

"네가 「희귀자」니까."

「희귀자」. 그 한마디에 나는 숨을 삼키고 말았다. 예전에 드래곤이 나를 칭한 말과 똑같았다.

"희귀자가 뭔데…… 왜 희귀자는 정령 계약을 못 한다는 거야?!"

"희귀자는 영혼에 정령을 포함하지 않고 순수하게 독립할 수 있는 희귀한 자야."

류미가 고한 말에 나는 눈을 크게 뜨고 말았다. 처음으로 안 사실이었으니까.

"영혼에 정령을…… 포함하지 않는다고……?"

"이 세상에 살아 있는 모든 것은 영혼에 정령을 포함하고 있어. 영혼에 포함된 그 정령이 동종의 정령과 공명함으로써 정령은 마법으로 변해. 개인에 따라 마법 재능에 차이가 있는 건 영혼 속에 있는 정령이 다르기 때문이야."

류미의 이야기를 듣고 눈이 휘둥그레졌다. 류미의 말에 납득하고 말았다. 이 말은 아마 사실이다. 그렇기에 그 말은 동시에 내가 마법을 쓸 가능성이 완전히 사라졌음을 의미했다.

"희귀자인 건 그것만으로도 훌륭한 거야. 마법을, 정령을 의지하지 않아도 살 수 있어. 너 같은 사람은 언제나 시대를 변혁시켰어. 시대를 바꾸는 영웅의 그릇이야. 실제로 너의 발명은 대단하다고 생각해. 그래서 나는 네가 왕이 되었으면 하지만."

"어……?"

"정령 계약 따위는 과거의 것으로 만들어야 해. 그래서 나는 정령 계약자가 생기지 않도록 경고하고, 필요하다면 진실을 이야기해. 어째서 정령 계약이 없어져야 하는지, 그 이유를. 정령 계약은 불로불사를 가져와. 그럼 어째서 너희 왕가가 있는 걸까?"

"왜 왕가가 있냐고……?"

초대 국왕은 정령 계약자였다. 정령 계약자는 불로불사다. 그 두 가지 사실이 연결된 순간, 나는 찬물을 뒤집어쓴 듯한 오한을 느꼈다.

절대적인 힘을 가진 불로불사의 왕이 왜 지금도 군림하지 않는가.

"정령 계약은 사람을 불행하게 해. 그래서 나는 선배로서 경고하는 거야. 그게 내가 여전히 이 나라에 있는 이유야."

“이 나라에 있는 이유…… 정령 계약자의 발생을 막기 위해?”

“그래. 그리고 내가 그러는 이유는 아주 간단해. 정령 계약으로 일어난 「비극」을 봐 왔기 때문이야.”

그렇게 말한 류미는 아련해서 당장에라도 사라져 버릴 것 같았다. 그녀는 자신의 가슴에 손을 얹고 다시 말했다.

“내 진짜 이름은— 뤼미에르 레네 「팔레티아」. 초대 국왕의 임종을 지킨 그의 딸. 그리고 팔레티아 왕가의 초석을 마련한 자야.”

8장 그 마법은 누구를 위해

—옛날, 이 땅이 누구의 것도 아니었던 시대.

자연이 풍부한 이 대지는 사람이 살기에는 힘든 땅이었다. 풍부한 자연이 낳는 위협적인 마물이 가차 없이 사람들을 습격하여 무자비하게 사망자 수를 늘려 나갔다.

하지만 사람들은 갈 곳이 없었다. 그들은 전쟁을 피해 마물이 사는 이 땅으로 도망칠 수밖에 없었던 유랑민이었으니까.

어느 날, 피폐해지기만 할 뿐인 나날을 견디지 못하고 한 청년이 외쳤다. 이런 부조리가 어째서 용납되는가. 구원이 있다면 무엇이든 대가로 바치겠다. 부디 구원을 달라.

그 진지한 소원에 응답한 이가 있었다. 바로 이 풍요로운 땅에 가득했던 정령이었다. 정령은 청년의 외침에 응하여 계약을 맺었다.

하얀 왕국, 무엇도 더럽히지 못하는 땅, 팔레티아 왕국의 시작이었다.

* * *

"류미 님이…… 왕족……? 그것도 초대 국왕의 딸……?"

류미, 아니, 뤼미에르의 고백에 누구보다도 놀란 사람은 아바마마와 어마마마였다. 뤼미에르는 그런 두 사람을 보고 어깨를 으쓱였다.

그러면서 흔들린 백금색 머리를 보고 나는 납득했다. 왕가의 핏줄에 나타나는 머리색이었다. 뤼미에르가 우리의 선조라는 증거였다.

"사실이야. 그래서 나는 팔레티아 왕국 역사의 산증인이라고도 할 수 있어."

"……네가 정말로 초대 국왕의 딸이더라도, 정령 계약으로 팔레티아 왕국을 세운 초대 국왕을, 정령 계약을 어째서 부정하는 거야?"

내가 묻자 뤼미에르는 인형 같은 무표정이 되었다. 감정을 억눌러서가 아니라 감정이 완전히 마모되어서 나온 무표정임을 나는 깨닫고 말았다.

"그것이 아버지를 죽였기에, 아니…… 망가뜨렸기 때문이야."

"망가뜨렸다고……?"

"팔레티아 왕국은 마물이 많은 이 땅의 개척이 지금처럼 진행되지 않았을 때 세워졌어. 이곳에 흘러든 왕 없는 백성들은 계속 마물의 위협에 노출되었어. 언제 전멸해도 이상하지 않은 가혹한 상황이었다고 들었어. 그런 상황이었기에 아버지는 정령 계약에 도달했어. 그것이 희극과 비극의 시작이었어."

"희극은 그렇다 치고, 비극이라니……?"

뤼미에르의 표현이 마음에 걸려서 나도 모르게 중얼거렸다. 뤼미에르는 고개를 한 번 끄덕이고 말을 이었다.

"정령 계약이 뭐라고 생각해?"

"어? 그야…… 정령과 계약하는 것……?"

"구체적으로는?"

누구도 대답하지 못했다. 정령과 계약한 것 자체가 정령 계약이라고 불렸고, 상세한 내용은 어디에도 남아 있지 않았다. 그래서 지금도 여전히 수수께끼였다.

"정령 계약에서 계약의 대상이 되는 정령은 자기 자신이야."

"자기 자신……?"

"더 정확히 말하자면 자신의 반쪽— 영혼에 섞여 있는 정령이지."

뤼미에르는 가슴에 손을 얹고 말했다. 아까 뤼미에르는 모든 생명의 영혼에 정령이 섞여 있다고 했다. 정령 계약으로 계약하는 정령은 자신의 영혼에 포함된 정령. 그것이 어떤 의미를 가지는지 전혀 상상이 가지 않았다.

"영혼은 자신의 부족한 부분을 채우듯 정령을 추구해. 추구하는 정령이 많을수록 정령으로서의 순도가 높아져. 그건 곧 세계와 연결되는 힘이 강해진다는 거야."

"정령으로서의 순도……."

"그래. 그리고 정령 계약은 자신의 영혼을 정령과 완전히 동화시키는 거야.”

“완전히 동화……?! 그래서 불로불사가 되는 거야?!”

나는 깜짝 놀라서 외치고 말았다. 정령 계약자는 어째서 불로불사인가? 그 답은 간단했다.

정령 계약자가 되는 것은 정령으로 변하는 것이다.

정령은 세상의 조각이다. 그리고 정령은 불변한다. 늙지도 않고 죽지도 않는다. 정령석으로 모습을 바꾸기는 하지만 그 힘과 존재가 손상되지는 않는다.

“그래. 정령 계약자는 정령 계약으로 자신의 영혼을 정령으로 바꾼 자들이야. 그 시점에 육체는 단순히 정령의 「그릇」이 돼. 정령은 변하지 않고 썩지 않으니까.”

“그릇의 상태가 고정되는 건가……?”

“그래서 정령 계약자가 불로불사인 거야. 하지만 이 불로불사에는 결점이 있어.”

“결점……?”

“정령은 본래 그릇을 가진 존재가 아니야. 그래서…… 사람의 양상에서 점점 틀어져. 그 차이가 커지면 그릇조차 버리게 돼. 그릇을 버린 정령 계약자를 사람들은 이렇게 불러. —「대정령」이라고.”

“……! 뭐야, 그게……! 그게 사실이라면 우리가 신앙했던 정령은 사람이었다는 거잖아!”

“내 말이 그 말이야. 인간은 원래부터 사람을 구원하고 사람의 모습을 잃은 것을 신이라고 불렀어. 정령에 대한 그것이 신앙이 되고 종교가 되었을 뿐이야."

"……그런 건……!"

정령 신앙을 믿는 자들에게는 가르쳐 줄 수 없다. 우리가 믿는 신비는 결국 사람에 의한 것이었다. 그것도 인신 공양처럼 인간을 바친 것과 같았다.

정령 계약은 신비한 것도 아니었고 인간을 구제하는 것도 아니었다. 그 사실이 무겁게 어깨를 짓눌렀다.

"그리고 정령 계약 자체에도 문제가 있어. 정령 계약으로 정령과 동화되면 사람으로서의 삶을 버리게 돼. 그게 계약의 대가야. 사람이기를 포기해야만 정령 계약이 성립돼. 그리고 정령 계약자는 계약을 맺은 소원에 묶이게 돼."

"소원에 묶인다니……?"

"그게 정령 계약자의 비극을 불렀어. 아버지는 백성의 행복을 소원했어. 백성이 고통받지 않고 모두 행복하길 바랐어. 그걸 위해 사람으로서의 일생을 바치고 정령을 벗으로 두는 왕이 되었어."

뤼미에르는 거기까지 말하고 눈을 내리떴다. 마치 슬픔을 감추듯이.

"아버지는 정령 계약으로 정령의 힘을 빌려서 마법을 고안해 냈어. 그 마법을 쓸 줄 아는 백성을 늘리기 위해 정령 계약은 더 퍼졌어. 모두가 백성을 위해, 고통받는 동포를 위해

진력했어. 그게 왕족과 귀족의 시초야. 하지만…….”

“……하지만?”

“마법으로 개척이 진행되어 왕국의 기초가 마련되었어. 백성의 생활은 확실하게 개선되어 갔어. 하지만 사람의 욕망은 끝이 없었어.”

뤼미에르의 싸늘한 목소리가 칼날처럼 공기를 갈랐다. 냉혹한 분노에 소름이 돋았다. 그만큼 뤼미에르의 감정이 차갑고 날카롭다는 증거였다.

“더 나은 생활을 바라는 기도는 더 큰 사치를 바라는 욕망으로 바뀌었어. 기도에 따라 나라를 위해 일어섰던 국왕은 기도에 답하는 왕이 아니라 욕망을 이루어 주는 왕으로 전락했어.”

“그건…….”

“사랑하는 백성들이 점점 욕망에 물들고, 그것을 비호하는 것이 왕의 행복임을 믿어 의심치 않으며 눈 하나 깜짝 안 하고 타국을 침략해 섬멸하는 왕을 본 내 기분을 네가 알까? 나는 처음에 그것에 의문을 느끼지 않았어. 그게 정령계약이야. 이루고 싶은 소원 외의 모든 것을 잘라 버리는 괴물을 만든 거야.”

“……아무런 의문을 느끼지 않았어?”

“왕의 아이가 되는 것이 내 계약이었어. 왕처럼 영원히, 백성을 위한 상징이 되는 것. 말하자면 왕에게 무슨 일이 생겼을 때를 대비한 예비지. 백성에게 왕은 자신의 소원을 이루어 주는 편리한 소원 성취기일 뿐이었어. 그래서 왕에게 계속해서 욕망을 소원했어! 그 결과 어떻게 됐을 것 같아?!"

절망을 앞두고 웃을 수밖에 없다는 것처럼 웃으며 뤼미에르는 이 자리에 있는 전원을 향해 외쳤다.

"압도적인 힘으로 사람을 쓰레기처럼 쓸어버리는 늙지 않는 불사의 왕! 백성의 바람대로 침략자를 물리칠 뿐만 아니라 침략한 나라를 반대로 송두리째 불태워 버려! 너희라면 어떻게 했을까? 어떻게 해야 했을까?"

웃고 있는데도 뤼미에르의 목소리는 바싹 말라 있었다. 이렇게 말라 버릴 만큼 뤼미에르는 수없이 생각했을 것이다. 그걸 상상하자 가슴이 아팠다.

"그래서 나는 아버지를 없앴어!! 아버지가 틀렸다고 생각했으니까!"

뤼미에르의 외침에 나는 주먹을 움켜쥐었다. 나였어도 그랬을 것이다. 똑같은 상황이었다면 아마 똑같은 선택을 했으리라.

그런 왕은, 괴물은, 존재해선 안 된다. 그런 생각이 드니까.

"백성의, 나라의 폭주를 막기 위해서! 다행히 마법의 힘은 정령 계약을 맺지 않아도 자식에게 물려졌어. 그래서 나는 정령 계약이 사라지도록 움직였어! 이 나라에 정령 계약은 이제 불필요했어! 그런 괴물을 바라는 백성 따위, 차라리 멸망해 버려야 했어!"

뤼미에르는 거기까지 말하고서 사라지지 않는 원통함을 나타내듯 고개를 가로저었다. 긴 세월을 산 그녀가 무엇을 보았는지 표정만 봐도 알 수 있을 것 같았다.

"……그래도 정령 계약자는 생겼어. 결국 대정령이 되어 사라진 자도 있어. 소원을 이루기 위해 자신을 바쳐도 좋다고 생각하면 정령 계약은 막을 수 없어. 하지만 마법의 힘을 물려받은 왕족과 귀족들이 나라를 바꿔 나가면서 계약자의 수는 줄어들었어. 결과적으로 정령 계약의 흔적은 마법으로 남아 귀족의 힘이 되었어. 그 힘은 이 나라를 지켰어. ……또 다른 비극을 낳긴 했지만."

뤼미에르가 아바마마와 어마마마, 그리고 그란츠 공을 보았다. 귀족이 마법의 힘을 물려받았기에 일어난 분쟁에 말려든 것이 우리 부모님들이었다.

무언가가, 누군가가 명확하게 나쁘다고는 할 수 없을지도 모른다. 그런 일이 없었다면 우리는 지금 이곳에 없을 테니까. 하지만 계속해서 잘못할 수는 없다.

처음에는 옳았지만 점점 잘못되어 나쁜 것이 되어 버렸다.

그러니 바로잡아야 한다. 이건 그런 이야기다. 확실히 희극이면서 비극일 뿐이다.

"그래서 정령 계약자가 다시 왕이 되는 건 옛 시대를 반복하는 거야. 정말로 그걸 원해? 네가 틀리지 않을 거라고 누가 보증해 주는데? 유필리아."

호소하는 듯한 뤼미에르의 물음에 유피는 눈을 내리떴다. 그리고 재차 들린 눈은 나를 보았다. 두근, 심장이 뛰었다.

"아뇨, 시대의 반복이 아니에요. 뤼미에르 님, 제가 정령 계약을 바라는 건 정령 계약으로 왕권을 재흥시키고 싶어서가 아니에요. 저는 어디까지나 옥좌를 얻을 정통성을 위해 정령 계약을 바라는 거예요."

"뭐가 다른데? 그럼 너는 뭘 위해 왕이 되겠다는 건데?"

"이어져 온 전통을 올바르게 끝내기 위해서요. 모든 것은 새로운 시대로 이어가기 위해. 그걸 이끌 자는…… 이미 이곳에 있어요."

유피는 온화한 목소리로 뤼미에르에게 말했다. 뤼미에르의 시선이 유피에게서 내게로 이동했다. 모두의 시선이 어느새 내게 향해 있었다.

"지금까지 이어져 온 마법의 시대를 제가 끝내겠어요. 아니스 님이 구축하는 미래와 희망을 이 나라의 백성에게 건네기 위해. 그게 제가 왕이 되는 의미예요. 귀족의 특권이 아니라, 누구나 원한다면 마법을 쓸 수 있는 시대를 구축하기 위해. 그 미래의 초석으로서 저는 최후의 전설이 되겠어요."

"……모두가 바랄 옛 왕권을 일으키고 그걸 부정하겠다고? 이 아이가 구축할 새로운 시대를 위해 네가 옛 시대의 상징이 되어 모든 것을 끝내겠다고?"

"그게 제가 완수해야 할 운명임을 깨달았어요."

"그저 시대를 바꿀 뿐이라면 네가 초석이 될 필요는 없잖아?"

"필요는 없을지도 몰라요. 하지만 그래서는 안 돼요."

유피가 손이 닿는 거리까지 내게 다가왔다. 나를 바라보는 눈에는 따뜻한 상냥함이 담겨 있었다.

"아니스 님 혼자서 바꾸려면 이 시대를 부술 수밖에 없어요. 지금까지의 가치관을 부정하고 나서 새로운 시대를 쓸 수밖에 없어요. 그건— 배신이에요."

"……배신?"

뤼미에르가 의아해하며 인상을 썼다. 그런 뤼미에르를 향해 유피가 계속 말했다.

"마법은 미래를 위한 희망이에요. 그래서 우리는 동경하게 되는 거예요. 하지만 구원일 터인 마법은 아니스 님을 계속 부정했어요. 마법을 주지 않고, 새롭게 찾은 마법도 부정하고, 과거의 영화와 전통만을 찬양하는 것. 그게 배신이 아니면 뭐겠어요?"

갑자기 시야가 뿌예졌다. 눈을 몇 번 깜박이자 다시 맑아졌지만 또 금세 뿌예져 버렸다.

유피가 내민 손이 내 뺨을 쓸었다. 그 손의 감촉을 통해 나는 내가 울고 있음을 깨달았다.

"저는 이 이상 마법이 아니스 님을 배신하게 하고 싶지 않아요. 제가 마법 천재라면 누구보다도 제가 보여야만 해요. 믿게 해야 해요. 마법은 동경할 수 있는 미래의 희망이라는 걸."

"유피……."

"제가 왕이 될게요. 당신의 꿈을 이 나라에 퍼뜨리기 위한 왕이. 그러니까 당신은 왕이 되지 않아도 돼요. 당신이 되고 싶은 것을 목표로 삼아도 돼요. 제가 누구보다도 당신을 긍정할 거예요, 아니스 님."

—마법이 나를 배신했다고? ……그렇지, 배신했다. 마법을 이렇게나 동경하는데 나는 마법을 쓸 수 없었다.

그래도 동경은 멈추지 않아서 전생의 지식을 이용해서라도 마법을 해명하고자 했다. 나도 마법을 쓸 수 있게 마도구를 만들었다. 그것마저 부정당하고, 왕족에 걸맞지 않다는 말을 듣고. 괴롭지 않은 날이 없었다.

어느새 기대하지 않게 되어 버렸다. 인정받지 못해도 상관없었다. 그래도 나는 마법이 좋았다. ……그거면 됐었다.

"이제 됐어."

나는 뺨을 쓰다듬는 유피의 손을 잡아서 살며시 내렸다. 마음에 고여 있던 것이 눈물과 함께 떨어졌다. 분함, 슬픔, 노여움, 원망, 괴로움. 그것이 녹아내리는 것 같았다.

"이제 충분해."

그러니까 됐어. 이제— 나를 구하려고 안 해도 돼.

"고마워, 유피. 하지만— 나는 괜찮으니까."

유피의 얼굴이 일그러졌다. 괴롭게, 슬프게, 분노조차 드러내며. 아아, 유피도 이런 표정을 지을 수 있구나. 왠지 안심이 됐다.

유피보고 사람이길 그만두라고 할 바에야— 포기해도 좋다. 이제 정말로 충분했다.

내가 믿었던 마법이 미래의 사람들에게 도움이 된다면. 나는 왕이 되어도 좋다. 그것이 내가 바란 형태가 아니어도, 앞으로 많은 사람에게 부정당해도.

단 한 명이어도, 내가 누구보다 동경한 유피가 인정해 줬다. 이제 충분하지 않을까. 나는 충분히 보답받았다. 그러니까 이제 됐어, 유피.

내가 그렇게 말한들 네가 납득하지 않을 것도 안다. 하지만 그러니까.

"유피. 나는 양보하지 않을 거야. 하지만 네가 양보하지 못하는 것도 이해해. 그러니까 승부하자. 그래서 내가 이기면— 왕이 되고 싶다고 다시는 말하지 마."

나는 유피를 밀쳤다. 떨어진 거리가 나의 거절을 나타내는 것 같았다.

유피는 나를 구하지 않아도 된다. 이미 충분히 구원받았다. 나는 괜찮아. 서 있을 수 있어. 나는 내 마법을 믿을 수 있어. 아무리 힘들고 괴로워도 지지 않아.

그러니까 네가 전부를 잃게 하지 않을 거야.

"언쟁해 봤자 양보하지 않을 거잖아. 그럼 결투든 뭐든 해서 정할 수밖에 없지. 서로가 납득할 방법은 그것뿐이니까."

"……알겠어요."

"유필리아?!"

"너희는 무슨 말을 하는 건가요?!"

"아바마마와 어마마마의 말이어도 들을 수 없어요. 서로 양보할 수 없는걸요. 그렇다면 양보하게 만들 수밖에 없죠."

말리려고 하는 아바마마와 어마마마를 제지하고 나는 유피를 응시했다. 내 말에 동의하듯 유피의 눈에서 강한 의지가 빛나고 있었다.

"저는 당신을 왕으로 만들고 싶지 않아요."

"나는 네가 전부를 바치게 하고 싶지 않아."

"평행선이네요."

"평행선이네."

"그렇다면—."

"—결판을 내자."

나는 마법 재능은 물론이고 명석함과 정치 기술도 유피보다 못하다.

그래도 나는 왕녀로 태어났다. 직계 왕족으로서 왕위를 내줄 수는 없다. 왕위를 얻기 위해 상대가 자신의 존재를 걸려고 한다면 더더욱.

나를 위해 희생할 필요는 없다. 나는 충분하리만큼 구원받았으니까.

* * *

아르 군과 마주했던 곳에서 이번에는 유피와 마주 섰다.

내 양손에는 마나 블레이드가, 유피의 손에는 아르칸시엘이 들려 있었다.

우리의 싸움을 지켜보려고 다른 사람들도 밖에 나와 있었다. 하지만 내 의식은 곧장 유피에게 향했다. 왜 일이 이렇게 됐을까 하는 생각이 들기도 했다.

그날, 야간 비행 테스트 중에 우연히 난입하게 된 학원의 야회 파티장. 거기서 만난 유피는 망연자실하게 서서 울고 있었다.

지금 내 눈앞에 선 유피에게서 그때의 모습은 보이지 않았다. 얼음처럼 차갑고 칼날처럼 예리한 기운을 휘감고 있었다. 조금이라도 긴장을 늦추면 그 기백에 삼켜질 것 같았다.

"……유피. 마지막으로 한 번만 더 물을게. 생각을 고치지 않을래?"

"저는 필요한 일이라고 생각하고 있어요. 옛 시대를 끝내려면 옛 시대의 모든 것을 이어받고 끝내야 해요. 그건 누군가가 짊어져야만 해요. 아니스 님이 새로운 시대를 짊어지듯이, 옛 시대를 짊어질 누군가가 있어야 해요."

"그래서 인간이길 그만둬도 좋다는 거야? 자신이 짊어져도 좋다는 거야? 그렇게 참견하지 않아도 나는 이 나라를 바꿀 수 있어."

"바꿀 수는 있겠죠. 하지만 아니스 님 혼자서 끝내려면 옛 시대를 부술 수밖에 없어요. 이 나라가 쌓아 온 과거와 당신이 그리는 미래를 누군가가 이어야만 해요."

"그렇다고 해서 유피를 희생하는 건 인정할 수 없어!"

격해진 내 감정에 맞춰 마나 블레이드의 칼날이 전개되었다. 짜증과도 비슷한 느낌을 받으며 나는 유피를 노려보았다.

그래도 유피는 조금도 흔들리지 않았다. 그저 똑바로 마주 볼 뿐이었다.

"저도 나라를 위해 당신을 희생하고 싶지 않아요. 그건 본래 당신이 짊어져야 할 것이 아니었어요. 제가 부족해서 당신에게 불필요한 짐을 지운 거예요."

"아르 군을 말하는 거라면 유피만의 책임이 아니야! 원인을 따지면 내 잘못이었어! 책임져야 할 사람은 나야!"

"나라가 축적해 온 비틀림을 왜 전하 혼자서 바로잡아야 하죠? 그거야말로 전하 혼자 짊어져야 할 책임이 아니에요."

유피가 나를 똑바로 바라보며 아르칸시엘을 겨눴다.

"저는 마학의 가치를 인정해요. 옆에 있으면서 그 가능성을 느꼈어요. 나라의 미래를 구축해 나가기 위해 당신은 없어서는 안 될 존재예요. 아니스 님의 꿈과 마음도 포함해서 전부 필요해요. 그러니 저는 당신에게 질 수 없어요!"

"왜……? 어째서 그렇게까지 말할 수 있는 거야……?"

"당신이 마법에 대한 희망을 포기하지 않으려면 필요한 일이에요. 마법이 당신을 구하지 않는다면 당신은 마법을 포기하고 말겠죠. 자신을 위해서가 아니라 나라를 위해서 써버릴 거예요. 백성은 구원받더라도 당신은 영원히 구원받지 못해. 당신이 믿고 싶어 했던 마법은 사라져 버려요."

"그럴 일은…… 없어."

순간적으로 나온 부정의 말은 내가 듣기에도 가냘팠다. 유피가 다그치듯 말을 이었다.

"아뇨, 그럴 거예요. 확실히 지금의 마법으로는 당신의 이상에 미치지 않을지도 몰라요. 정령이 가져온 마법은 인간의 소원을 비추는 거울일 뿐이었으니까요."

"유피……!"

"아니스 님, 저는 믿어요. 분명 당신이 그리는 이상적인 마법은 더 높이 날 수 있어요. 하늘을 난 당신은 이미 증명했어요."

유피의 머리카락이 흔들렸다. 마치 유피의 마력이 고조됨을 나타내듯이.

"마법과 당신의 이상. 그것은 결코 서로 반발하는 상극이 아니에요. 손을 맞잡고 미래로 나아갈 수 있어요. 그렇기에 옛 시대를 끝내야 해요! 이 나라에 새로운 미래를 가져와야 해요! 당신에게 다가서는 마법사 대표로서 당신이 그리는 이상을 긍정하기 위해! 당신에게 미래를 건네기에는 아직 너무 이르고, 당신의 이상은 아직 너무 미숙해요!"

유피의 눈이 타오르는 것 같았다. 물기 어린 눈동자가 흔들렸지만 그 눈에 담긴 의지의 빛이 불꽃처럼 보였다.

"언젠가 당신의 시대가 올 거예요. 사람들이 당신을 바라는 시대를 제가 만들겠어요. 그 시대를 저는 당신과 함께 살고 싶어요."

"그렇다고 유피를 희생하면서까지 내 이상을 이루고 싶지는 않아! 그렇게까지 안 해도 돼! 나는—."

"—괜찮다는 말은 하지 마세요! 안 괜찮으니까 지금! 당신은 울고 있는 거잖아요!! 괜찮다고 계속 말하지 않으면 안 괜찮으니까!"

"—말하지 마……!"

"아뇨, 몇 번이고 말하겠어요! 안 괜찮은데 괜찮다고 말하게 두지 않겠어요! 당신이 제게 해 주신 것처럼! 몇 번이고! 저는 당신의 손을 잡을 거예요!"

—나와 유피 사이로 바람이 불었다.

서로의 의견은 평행선이라 교차될 일은 없었다. 서로가 소중한데 너무 멀었다. 그렇게 떨어진 거리를 좁히듯 우리는 서로를 향해 발을 내디뎠다.

유피를 기절시키려고 최고 속도로 마나 블레이드를 휘두르자 유피가 아르칸시엘에 마력을 휘감아서 막았다.

서로의 마력 칼날이 맞부딪치면서 깎여 나간 마력이 불꽃처럼 튀었다. 둘 다 자세는 무너지지 않았다. 하지만 유피의 아르칸시엘이 한 자루인 데 반해 내 마나 블레이드는 두 자루였다. 튕겨 날아가지 않은 마나 블레이드를 유피의 목을 향해 휘둘렀다.

그 일격을 유피는 춤추듯 스텝을 밟아 아슬아슬하게 피했다. 칼날과의 거리는 손가락 한 마디도 채 되지 않았다. 최소한의 움직임으로 회피한 유피가 다시 스텝을 밟아 아르칸시엘을 내리쳤다.

나는 반사적으로 땅을 차 뒤로 뛰었다. 하지만 유피의 마법이 발동한 것을 보고 실수했음을 깨달았다.

"「에어 니들」!"

유피가 칼을 앞으로 찌르며 날린 공기로 된 바늘을 나는 옆으로 뛰어서 피했다. 내가 달아나자 유피는 허공을 무수히 찔렀다.

수많은 에어 니들이 지면을 도려냈다. 나는 자세를 바로잡고 유피 주위를 선회하듯 달려서 피했다.

유피의 호흡이 끊어지며 에어 니들 탄막이 멈췄다. 그 순간에 맞춰 나는 단숨에 거리를 좁혔다.

"윽—!"

목을 노리면 기절시킬 수는 있겠지만 과녁이 너무 좁았다. 그렇다면 노릴 곳은 몸통이다. 횡으로 휘둘린 마나 블레이드는 아르칸시엘에 막혔다.

다시 서로의 칼날이 튕겼다. 그 반동을 이용하여 반대쪽 마나 블레이드를 휘둘렀다. 이건 적중했다고 생각한 순간, 유피가 땅을 박차 몸을 틀며 날아서 회피했다. 어떻게 생각해도 중력을 거스른 움직임이었다.

'—떠올랐어?! 비행 마법의 응용?!'

생각지도 못한 움직임에 대처가 늦어졌다. 유피는 그대로 공중에서 회전하여 아르칸시엘을 횡으로 휘둘렀다.

마나 블레이드를 들어서 막았지만 마력 칼날이 생각보다 더 무거웠다. 반발하는 마력이 서로의 칼날을 뚫을 것 같아서 칼코등이로 아르칸시엘의 실체 검을 받아 내듯 막았다.

땅에 내려선 유피와 힘겨루기 상태로 들어가 서로를 노려보았다. 유피는 처음 보는 필사적인 형상으로 이를 드러내고 있었다. 그런 유피를 보고 무심결에 외쳤다.

"왜, 그렇게…… 필사적으로—!!"

아르칸시엘을 튕겨 내고, 감정이 이끄는 대로 각인문에 마력을 주입해 드래곤의 마력을 끌어냈다. 그 마력을 마력 칼날에 담아 유피에게 휘둘렀다.

공격 횟수는 내가 더 많지만 유피의 동작은 정교했다. 확실하게 기초를 다지고 수련을 반복한 움직임이라는 것을 알 수 있었다. 나와 유피의 근간에 있는 검술의 기초는 같으니까.

정통파인 유피, 모험가 경험도 있어서 틀을 벗어난 나. 그래도 기초가 같아서 서로의 공격 범위는 비슷했다.

그래서 그런지 검을 맞부딪칠 때마다 유피의 수련이 전해졌다. 정말로 유피는 노력하며 살아왔음을 알 수 있었다.

지금까지 유피는 정해진 방식대로만 살았을지도 모른다. 그건 부끄러워해야 할 결점일지도 모른다. 그래도 유피는 열심히 살아왔다.

그렇다면 유피는 보답받아야 한다. 노력한 아이가 보답받지 못하는 건 이상하니까.

"그러니까 됐다고……! 나는 괜찮으니까!"

"—똑같은 말을, 그대로 돌려드리겠어요!"

이번에는 유피가 아르칸시엘을 휘둘렀다. 칼을 맞부딪치며 나온 내 말에 유피가 외쳤다.

"저는 괜찮아요! 희생이라고 생각하지 않아요! 그보다도 저는! 당신이 상처 받을 걸 알면서 왕위를 이어받도록 내버려 둘 수 없어요!"

"그게 내 의무라고 하잖아……!"

"그 의무를 지금껏 당신이 버리도록 한 사람은 저희예요! 이제 와서 주워서 의무를 지우다니 인정할 수 없잖아요?! 싫다고 해도 돼요!"

"그게 싫다고!!"

유피의 일격을 힘으로 튕겼다. 거절하듯 거리를 두고 나는 숨을 몰아쉬었다. 떨리려고 하는 손을 단단히 움켜잡아무마했다.

"유피는 보답받아야 해! 크게 상처 입었잖아! 어쩌면 좋을지 알 수 없을 만큼 상처 입고! 이제는 자유로워져서 원하는 대로 살아도 되는데! 왜 나를 위해 짊어지려고 해?! 좀 더 자신의 행복을 생각해!"

"어째서 당신은 타인만을 용납하고 자신은 용납하려고 안 하나요!!"

유피가 고함쳤다. 그 외침이 내 가슴을 아프게 찔렀다.

"당신이 불행해지면 슬퍼할 사람이 있는데, 그걸 당신이 괜찮다며 뿌리친다고 해서! 그 사람이 행복해질 리가 없어요!"

"그럼 나를 위해서 바라는 건 그만둬! 아프다고! 괴로워! 날 위하지 마! 날 대신하지 않아도 돼!"

"—네, 맞아요. 당신을 대신할 사람은 아무도 없어요, 아니스 님."

지금까지의 격정이 거짓말이었던 것처럼 차분해진 유피는 애달픈 표정으로 호소하듯 나를 보았다.

"당신을 대신할 사람 따위 없어요. 누가 당신을 대신할 수 있겠어요?"

"……유피."

"왕이 되는 건! 저도 대신할 수 있어요! 하지만 당신은 유일해요! 당신의 발상도, 당신의 꿈도, 당신이 그리는 미래도! 왕이 됨으로써 그걸 잃을 바에야 왕 따위 필요 없어요! —저는 그저 있는 그대로의 당신으로 있길 원해요!!"

후려치는 듯한 마음이었다. 그것이 내 마음에 균열을 만드는 것 같았다. 나는 고개를 흔들며 비명을 지르듯 외쳤다.

"그만해! 필요 없어! 그런 거…… 내가 바라면 안 되는 일이야!"

"그럼 제가 바라겠어요! 당신이 자신을 용납해도 되겠다고 생각할 만큼 당신의 바람을 지키겠어요!"

"……!"

"왕이 되고 싶다는 마음이 정말이라면! 그게 진심에서 우러나온 바람이라면 저를 납득시켜 주세요! 전하도 말씀하셨잖아요! 저를 납득시키겠다고! 어떻게 납득하라는 거죠?! 당신은 이렇게나…… 상처 받았는데!"

"―아니야!!"

이 정도 아픔은 참을 수 있으니까. ―그러니까 파헤치지 마.

이 정도 괴로움은 아무렇지도 않으니까. ―그러니까 들추지 마.

이 정도 슬픔은 잊을 수 있으니까. ―그러니까 밝혀내지 마.

"―싫어! 싫어! 싫어, 싫어, 싫어! 싫다고!! 싫단 말이야!!"

누가? 무엇이? 나는 무엇이 싫은 걸까. 영문도 모른 채 마음에 금이 갔다. 비명을 지르며 부서져 갔다. ……하지만 부서지고 있는 것은 무엇일까?

마음이 엉망진창이 되고 사고가 산산조각이 났다. 이제

모르겠어.

"상관없잖아! 아무도 상처 받지 않는다면! 내가 포기하면 돼. 내가 납득하면 돼! 그러면 되잖아! 왜, 왜 그렇게 몰아붙이는 거야?! 나를 위해서, 나를 상처 입히고 싶지 않다고, 유피는 정말로 그렇게 생각해?! 그럼 그만둬! 이제 됐어! 이제 충분해! 나를 생각하는 마음은 충분히 알았어!!"

그러니까 제발 그만 포기해. 나를 포기해 줘. 나는 괜찮으니까.

"저는 당신이 입은 상처가 얼마나 아픈지 몰라요. 그 상처를 보듬을 수는 있어도 그 상처를 치유하지는 못할지도 몰라요."

유피는 조용히 말했다. 하지만 무기를 내리지는 않았다. 그녀가 포기하지 않았다는 증거였다.

"저는 당신이 상처 입는 걸 용납할 수 없어요. 당신이 아파서 포기해 버리는 걸 용납할 수 없어요. 당신의 꿈을 꺾으려고 하는 세계를 용납할 수 없어요. 하지만 아직 이 세계는 당신이 있는 것만으로도 부정하려고 해요. 그런 세계는 바꾸고 싶어요. 그런 생각이 당신을 상처 입힌다면……."

유피는 살며시 한숨을 쉬었다. 그리고 온화하게 웃으며 나만을 똑바로 바라보았다. 그렇게 고한 유피의 말이 내 마음에 상처를 새겼다.

"오직 저만이 당신의 상처가 되면 돼요. 당신이 포기하지 않도록 하는 흉터가. 제가 입힌 상처라면 속죄할 수 있어요. 원망하셔도 돼요. 저는 원망을 넘어서려는 노력을 아끼지 않을 거예요. 당신이 절 원망해도, 미워해도, 몇 번이고—당신의 행복을 바랄 거예요."

흐림 한 점 없는 맑은 표정으로. 그녀는 마음을 가르는 생각을 전했다.

"당신이 울어도, 포기하려고 해도, 제가 허락하지 않을 거예요. 그것이 제게 꿈을 보여 준 당신이 져야 할 책임이라고 저는 당신에게 강요하겠어요, 아니스 님. —행복해지셨으면 좋겠어요. 이 세상 누구보다도."

—아아, 이 얼마나 너무한 사람인가.

마음에 구멍이 뚫려 버린 것처럼 힘이 빠지려고 했다. 단단히 움켜쥔 마나 블레이드를 떨어뜨릴 뻔했다.

치사해. 내가 무슨 짓을 해도 양보하지 않을 거면 이제 내게는 유피를 막을 말이 없어. 그렇게까지 해서 나를 행복하게 하고 싶다니.

아팠다. 너무 아파서 눈물이 날 것 같았다. 눈 안쪽에 열이 모이고 눈물이 맺히려고 했다. 그것을 털어 내듯 눈가를 닦았다.

"—「가공식·용마심장(드래곤하트)」."

드래곤의 마력을 온몸에 채웠다. 몸이 삐걱거리며 비명을 지르려고 했다.

눈물이 자꾸만 흐르며 멈추지 않았다. 힘이 빠지려고 하는 손을 단단히 움켜쥐고 유피를 노려보았다. —아직, 이 뜻을 굽힐 수는 없다.

나는 아직 전력으로 맞서지 않았으니까. 그러니까 고개를 끄덕일 수는 없다.

"역시 말로는 납득할 수 없어. 그럼 이걸 받아 낼 수 있다는 거지?! 물러날 거면 기회는 지금이야! 죽으면 용서하지 않을 거고 평생 원망할 거야! 나도 양보하고 싶지 않아! 유피가 반드시 고통받을 길로 보내고 싶지 않아! 그러니까 너에게는— 질 수 없어! 지고 싶지 않아!!"

마나 블레이드에서 끼기긱 소리가 났다. 하지만 부서지지는 않았다. 아르 군과 싸울 때는 파손됐었지만 이번에는 두 자루로 부담이 분산되었다. 그만큼 위력을 올릴 여유도 있었다.

뱀파이어가 된 아르 군조차 거의 행동 불능으로 만드는 치명상을 입혔었다. 이걸 유피가 정통으로 맞는다면— 정말 죽어 버릴지도 모른다.

여기서 물러나 주기를 간절히 바랐다. 하지만 알고 있었다. 망설이지 않는 얼굴로 나를 마주 보는 유피가 절대 물러나지 않을 것을.

"—당신의 눈물을 멈추기 위해 필요하다면 저는 지지 않아요. 전부 받아 내겠어요."

"—거짓말쟁이는, 싫어!"

나는 지금 내게 가능한 최대의 일격을 유피에게 가했다. 드래곤의 마력이 주입된 마력 칼날은 점점 커져서 형태를 유지하지 못하고 발톱 같은 모양이 되었다.

일순 망설임이 들었지만 그것을 뿌리치듯 마나 블레이드를 휘둘렀다. 받아 낼 거면 정말로 받아 내길 바라면서.

육박하는 마력 칼날을 응시하며 유피가 아르칸시엘을 정면으로 들었다. 그 눈동자가 빛났다. 빨강, 파랑, 노랑, 초록, 보라, 하양, 마치 프리즘처럼 반사했다.

그 순간, 유피 주위를 에워싼 마력이 위압감을 키웠다.

"—모이고 섞여라."

유피의 목소리가 들렸다. 감정을 잃은 듯한 기계적인 중얼거림이.

"—섞이고 이루어라."

유피의 마력이 변질되었다. 피부로 느껴질 정도의 변화였다. 아르칸시엘을 중심으로 모인 힘이 소용돌이치며 마치 바람이 울듯 윙윙거렸다.

아르칸시엘이 빛났다. 여섯 색깔의 빛이 흡수되듯 아르칸시엘에 녹아들었다. 그리고— 무지갯빛 마력 칼날이 꽃피듯 전개되었다.

"—아니스 님!"

내 이름을 부르는 유피의 목소리가 들렸다. 무지개처럼 반짝이는 눈이 강한 의지를 담고 나를 바라보았다.

그 눈에 시선을 빼앗기고 말았다. 이 순간만큼은 세상에 나와 유피밖에 없는 것 같다는 착각이 들었다.

"이게 바로 당신이 보여 준 제 힘이고 꿈꾸었던 미래예요! 당신이 아무리 포기하려고 해도 제가 보여 드리겠어요!"

유피가 힘차게 선언했다. 그것은 분명 누구도 도달하지 못한 영역이었다. 과거의 정령 계약자조차 다다르지 못했으리라.

가장 오래된 전설과 가장 새로운 위업이 결부되어 생겨난 결정체.

누구보다도 마법의 정점에 가까운 유피이기에 만들어 낸 환상, 그 꿈이 형상화된 것이 내 앞에 나타났다.

무지개색 빛이 더욱 수렴하여 결정 같은 윤곽을 얻었다. 마치 「정령석」으로 만든 「무지개 검」 같았다.

유피는 눈부시게 빛나는 무지개 검을 들고 내가 날린 일격을 정면으로 내리쳤다.

"—「아르칸시엘」."

그녀의 손에 있는, 예전에 내가 선물한 마검과 똑같은 이름이 유피의 목소리로 나왔다.

그리고 시야가 섬광에 뒤덮였다. 눈부신 빛 속에서— 나는 무지개를 보았다.

무지개 빛이 사납게 쇄도함과 동시에 내 의식은 빛에 휩쓸리듯 끊어졌다.

* * *

끊어졌던 의식이 돌아왔다. 기절하기 직전에 본 무지개가 눈에 선했다.

천천히 눈을 떴다. 제일 먼저 펼쳐진 것은 푸른 하늘이었다. 내가 하늘을 향해 누워 있음을 바로 알았다.

대체 얼마나 기절해 있었는지 모르겠다. 양손에 들고 있었을 터인 마나 블레이드가 없어서 시선이 방황하고 말았다.

"……아니스 님."

그때, 무릎을 꿇어 자세를 낮춘 유피가 보였다.

내가 들고 있었을 터인 마나 블레이드가 유피의 손에 있었다. 아르칸시엘은 검집에 들어가 있어서 무슨 일이 일어났는지 이해가 갔다.

……아아, 나는 졌구나. 그 실감이 들자 힘이 빠지고 말았다. 지금까지 어떻게 몸에 힘을 주고 있었는지 떠올릴 수 없

을 만큼 힘이 안 들어갔다.

"……유피."

"네."

"……아주, 예뻤어."

무지개 같은 빛이 여전히 뇌리에 남아 있었다. 드는 생각은 단 하나— 아주 예뻤다.

나는 만들어 낼 수 없는 빛이었다. 그것을 인정하자 내 눈에서 눈물이 뚝뚝 떨어졌다.

그 아름다운 무지개를 보게 돼서 기뻤다. 그렇기에 실감하고 말았다.

이 나라의 귀족들이, 마법사들이 추구해 마지않는 것은 그 빛이다.

"이길 수 있을 리가…… 없잖아……."

그저 강할 뿐이라면 나도 질 생각은 없었다.

—하지만 그것은 기도 그 자체였다. 세계에 바친 숭고한 마음. 그것이 그려 낸 일격이었다. 아름다운 것을 보았다. 마법의 존재를 알았을 때와 같은 동경을 떠올릴 정도였다.

"……유피."

"네."

"……치사해."

"네."

"……치사해……!"

나도 그런 마법을 써 보고 싶었다. 샘이 나고 분하고 원망스러웠다.

내가 원했던 것을 전부 가진 유피가 참을 수 없이 미웠다.

"아니스 님. 당신이 저를 이 경지에 이르게 해 주셨어요."

하지만 유피는 말했다. 내 손을 잡고 상냥하게 감싸며.

"저 혼자서는 도달할 수 없었어요. 저 혼자서는 세계를 이렇게 사랑할 수 없었어요. 당신이 있는 세계라서— 세계는 이렇게나 아름다워요."

유피가 내 손을 잡아당겨 일으키고 나를 붙잡듯 끌어안았다.

"당신이 있는 세계가 이토록 아름다우니까. 지금 살아 있는 이 나날을 잃고 싶지 않아요. 당신도 아름답다고 생각해 주신다면 부디…… 자기 자신도 사랑해 주세요."

구멍이 뻥 뚫려 버린 마음에 그 말은 깊이 스며들었다. 거절하려고 해도 쓸데없는 저항일 뿐이었다. 나는 받아들일 수밖에 없었다.

"유피…… 나, 는…… 나는……."

"네. 듣고 있어요."

"미안해……! 나는…… 안 괜찮아……! 괜찮을 수 없어……!"

무리야. 내게는 무리야. 그렇게 예쁜 「마법」이어야 모두를 납득시킬 수 있다면 나는 해낼 수 없어. 그 아름다움이 모두가 바라는 왕이라면, 내가 될 수 있는 왕은 비틀림의 결정체에 불과해.

인정하고 말았다. 유피가 훨씬 더 뛰어나다. 모두에게 환영받는 왕이 될 수 있다.

하지만, 그래도. 자만해도 될까……? 내가 있었기에 유피가 거기까지 이를 수 있었다고. 내 마법이 너를 그렇게 빛나게 한 거라면.

—나는, 그래도 되는 걸까? 그걸로 내 의무를 다한 것으로 쳐도 되는 걸까……?

"아니스 님, 말씀드렸잖아요? 언젠가 사람들이 당신을 바라는 시대가 올 거예요. 혼자 가지 않으셔도 돼요. 제가 손을 이끌게요. 제게는— 다른 누구도 아닌 당신이 필요해요."

……떠오른 마음에 어떤 이름을 붙이면 좋을지 모르겠다. 나는 어린아이처럼 울며 유피에게 매달렸다. 괜찮은 척 꾸밀 수 없어서 지금까지 삼켜 온 전부를 토해 내듯 목 놓아 울었다.

그러는 동안 유피가 줄곧 내 등을 쓸어 주었다. 그 손의 감촉이 나를 구원해 주는 것 같았다. 그렇게 생각할 수밖에 없어서 나는 치미는 충동에 몸을 맡겼다.

……그렇게 대체 얼마나 시간이 지났을까. 마침내 진정되어 유피의 손을 잡고 일어났다.

내가 일어남과 동시에 어마마마가 달려왔다. 하지만 몇 발자국 앞에서 멈추고 어정쩡하게 손을 든 채 이리저리 시선을 옮겼다.

그 모습을 보고 나는 유피의 손을 놓고서 어마마마 앞에 섰다. 어마마마는 나를 마주 볼 수 없다는 듯 고개를 숙여 버렸다.

"……아니스, 나는……."

"어마마마. ……죄송해요. 역시 왕이 되는 건…… 제게 무리일 것 같아요."

제대로 웃지 못해서 난감하게 웃는 얼굴이 되어 버렸지만. 그래도 어마마마를 향해 웃으며 말할 수 있었다. 죄송스러운 마음에 다시 눈물이 날 것 같았다.

"못난 딸이라…… 죄송해요."

"—그렇게 따진다면 너는 나를 못난 엄마라고 비난해야 해요!"

내 사죄가 어마마마의 화에 불을 붙였는지 목소리가 크게 울렸다.

"딸의 본심도 끌어내지 못하고 버팀목이 되어 주지도 못한 무력한 엄마라고 나를 원망해야 해!"

"어마마마, 그렇지 않아요……. 왜냐하면 제가……."

"네가 마법을 못 쓰는 게 누구 책임인데! 네 책임이 아니잖아! 그런데 줄곧 짊어지라고 해서 괴롭지 않았을 리가 없어! 알면서도 나는 왕족의 책무라며 포기하라고 했어……!"

"……그래도 저는 어마마마의 딸이니까요."

나는 견디듯 몸을 떠는 어마마마를 끌어안았다. 내가 용납받고 싶었던 것처럼 어마마마도 용납받고 싶었던 것임을 알았으니까. 그러니까 이제 됐다.

"저는 어마마마가 자랑스러워할 만한 딸이 되고 싶었어요……."

"아니스……?"

"제가 마법을 쓰게 되면, 그러면 당당히 딸이라고 할 수 있을 것 같아서……."

"너는……! 그런 생각을……! 왜…… 어째서……!"

어마마마가 말을 잇지 못한 채 등에 팔을 두르고 떨었다. 나는 그 작은 몸을 세게 껴안았다.

"……죄송해요, 어마마마. 사랑받고 있다는 걸 아니까, 그래서 괴로웠어요. 정상적으로 태어나지 못한 저는 이렇게 살 수밖에 없었어요……."

"너는…… 어째서…… 그런……!"

"제가 마법을 못 쓰는 것 때문에 어마마마가 자신을 탓하는 게…… 괴로웠으니까."

내 말에 어마마마가 얼굴을 들었다. 경악한 표정으로 쳐다보던 어마마마는 이윽고 상처 받은 것처럼 얼굴을 일그러뜨렸지만 어금니를 악물고서 다시 똑바로 나를 보았다.

"누가 못난 딸이라는 건가요. 너의 어디가 못났다는 건가요. 내게는 아까울 정도로…… 훌륭한 딸이에요.”

“어마마마…….”

“내가 미덥지 못해서 아무 말도 못 한 거겠죠. 말할 기회를 주지 못해서 미안해요. 용서를 구해야 할 사람은 나예요.”

“저는 어마마마에게 사과받고 싶은 게 아니에요.”

“네. 그것도 알고 있어요. 그래서 이렇게 괴로운 거겠죠. 하지만 여기서 도망치면 엄마라고 할 수 없어요. 아니스.”

어마마마가 포옹을 풀고 내 양손을 잡았다. 어마마마는 아주 온화한 표정을 짓고 있었다. 눈물이 딱 한 방울 흐르는 것이 매우 인상적이었다.

“……너의 진심을 듣게 돼서 다행이에요. 아니스. 국왕 따위 되고 싶지 않은 거죠?”

“……네.”

“대신 유피가 국왕이 되는 것도 괴로운 거죠? 희생시키는 것 같으니까.”

“네…….”

“그렇다면 아니스는 아니스답게 이 나라를 도와주세요. 아니스라면 분명 할 수 있어요. 역시 왕이 되고 싶다면 노력하세요. 왕이 되지 않아도 나라에 보탬이 되는 방법을 너라면 얼마든지 생각해 낼 수 있을 거예요. 그러니까 자신다움을 믿으세요. 아니스의 자신다움은 무엇보다 큰 힘이에요. 줄곧 도움을 받은 내가 하는 말이니까 확실해요.”

"……어마마마……!"

"줄곧, 줄곧 애썼어요. 하지만 이제 혼자 애쓰지 않아도 돼요."

그 말에 또 눈물이 차오르려고 했다. 어마마마에게 매달리듯 목을 끌어안았다. 어마마마는 나를 꽉 껴안아 줬다.

그것만으로도 충분했다. 지금까지의 삶을 보답받은 기분이었다.

왕족이란 것의 가치가 아니라, 내가 인정받고 싶었던 내 가치를 인정받고 싶었던 사람에게 인정받은 기분이 들었으니까.

그런 나를 유피가 지켜보고 있는 것 같았다. 그게 더할 나위 없는 구원처럼 여겨졌다.

9장 가면은 벗겨지고

어마마마에게 안겨 울고 난 후, 침착하게 이야기를 나누기 위해서도 앞으로 어떻게 할지는 나중에 의논하기로 했다.

그날 밤, 나는 내 방에서 나와 어떤 곳으로 향했다. 목적지는 유피의 침실이었다.

오늘은 여러 가지 일이 일어나서 솔직히 머리 터지게 고민했지만, 결과적으로 잘됐다고 생각한다.

모든 것을 버리더라도 나를 위하겠다고 말한 유피의 마음을 의심하지는 않는다. 하지만 내가 유피의 마음을 받아들이려면 조금 더 이야기를 나눠야 한다는 생각이 들었다.

—내게는 누구에게도 털어놓지 않은 비밀이 있다. 하지만 유피에게라면 말해도 될 것 같았다. 유피는 전부 알았으면 했다.

"……유피? 아직 안 자?"

유피의 침실 문을 조심스레 노크해 봤다. 그 조심스러운 노크가 여전히 자신 없는 내 마음을 나타내는 것 같아서 부끄러웠다.

반응이 없으니 나중에 다시 오자며 발길을 돌리려고 했을 때, 유피의 목소리가 들렸다.

잠옷 차림인 유피가 문을 열고 얼굴을 보여 줬다.

"아니스 님?"

"아…… 미, 미안, 이런 시간에."

"아뇨, 괜찮아요. 안으로 들어오시겠어요?"

유피가 들여보내 줘서 방에 들어갔다. 그대로 유피는 침대 가장자리에 앉았다. 옆에 앉으라는 듯 침대를 두드렸기에 나도 거기에 앉았다.

"그, 시간을 내줘서 고마워."

"아뇨. 아니스 님과는 여러 가지로 이야기해야 한다고 저도 생각했으니까요."

유피가 온화하게 말해 줘서 나도 조금 긴장이 풀렸다. 하지만 그래도 좀처럼 말이 나오지 않아서 입을 다물고 말았다.

유피는 내가 말하길 조용히 기다려 줬다. 그 정적도 왠지 아늑했다. 정적에 잠겨 있으니 조금씩 할 말이 정리되었다.

"먼저 뭘 말할지 생각해 봤는데…… 우선 고마워, 유피."

"감사받을 만한 일은 하지 않았는데요……."

"아냐. 유피는 나를 생각해서 왕이 되겠다고 결심한 거잖아? 그러니까…… 고마워."

하지만, 하고 나는 말을 덧붙였다. 살짝 주먹을 쥐고 유피를 보았다.

"기뻤지만, 순순히 받아들일 수는 없었어. 나는 이래 봬도 이 나라의 왕녀니까. 국가적으로는 유피가 더 적합할지도 몰라. 정령 계약을 맺는다면 유피가 왕이어도 괜찮을지 몰라. 하지만…… 처음부터 포기하는 건 왕녀로서 아닌 것 같았어."

"아니스 님이 왕녀라는 것을…… 아뇨, 폐하와 왕비님의 딸이라는 것을 소중히 여기고 있다는 건 제게도 전해졌어요."

유피는 표정을 다잡고 조용히 머리를 숙였다. 갑작스러운 유피의 행동에 나는 눈을 동그랗게 뜨고 말았다.

"저는 전하가 왕이 되는 게 싫은 이유만 보느라 전하의 마음을 제대로 이해하지 못했어요. 죄송합니다."

"아, 아냐! 사과받고 싶은 게 아니야! 나도, 솔직히, 깜짝 놀랐다고 할까……."

사죄하는 유피를 허둥지둥 말리려고 했지만, 애초에 나는 그 이야기를 하러 온 거였다. 언제까지고 어중간한 태도를 보이며 유피를 곤혹스럽게 하고 싶지는 않았다.

숨을 들이마셔 몇 번 심호흡했다. 유피 덕분에 긴장도 조금 풀렸다. 완전히 풀 수는 없지만, 이 정도라면 하고 싶은 말을 유피에게 전할 수 있을 것 같았다.

"……내가 왕녀라는 것에— 아바마마와 어마마마의 딸이라는 것에 집착한 이유가 있어."

"이유요?"

"내게는 줄곧 비밀로 했던 일이 있어. 누구에게도 털어놓은 적 없는 나만의 비밀. 그것이 알려지는 걸 나는 무엇보다도 두려워했어. 그만큼 무거운 비밀이야."

"……누구에게도. 일리아와 티르티에게도 말인가요?"

"응. 아무한테도 말한 적 없어. ……털어놓자고 생각한 건 유피가 처음이야."

그렇게 말하자 유피는 깜짝 놀라 눈을 크게 떴다가 고쳐 앉고 나를 보았다. 그 표정이 다잡혀 있어서 조금 압박이 느껴질 정도였다.

"그렇게까지 말씀하신다면 제대로 들어야겠네요. 이제까지 아니스 님은 누구에게도 밝힐 생각이 없으셨어요. 그렇죠?"

"……응. 죽을 때까지 안고 갈 생각이었어."

자신을 진정시키듯 한 번 더 심호흡했다.

"유피, 내 비밀을 같이 무덤까지 가져가 줄래?"

"네, 맹세할게요. 전하가 털어놓은 비밀은 누구에게도 발설하지 않겠어요."

유피의 올곧은 시선이, 진지한 마음에서 나온 말의 울림이 마지막 한 걸음을 내딛게 했다. 나는 누구에게도 밝히지 않겠다고 줄곧 생각했던 비밀을 꺼냈다.

"—내게는, 「전생」의 기억이 있어."

"……전생이요?"

떨리려고 하는 것을 참으며 고백했다. 그러자 유피는 침묵했다.

내 말을 어떻게 소화해야 할지 고민스럽다는 얼굴로 입을 다물었다. 나는 거듭 말했다.

"철이 들었을 무렵에 떠올렸어. 내가 아닌 나의 생전 기억을."

"……죄송해요. 무슨 말씀을 하시는 건지 잘 모르겠어요."

"으음~ 뭐라고 하면 좋을까. 나는 나로 태어나기 전에 다른 누군가로 살았고, 그 기억을 나로 태어난 후에 떠올린 거야."

"……그런 일이 있을 수 있나요?"

"마학이 그 증명이야. 「마법으로 하늘을 날자」고 생각한 게 아니야. 「마법을 쓰면 하늘을 날 수 있다」고 확신했기에 나는 마학을 만들어 낸 거야."

"……즉, 마학의 근본은 아니스 님이 떠올리셨다는 누군가의 기억에 있다는 건가요?"

"응. 이전 세계에서 살았던 기억, 즉, 전생의 기억으로 나는 마학을 고안했어. 이 전생이란 개념도 이전 세계에서는 보편적인 개념이라, 떠오른 기억 속 지식에 있었어."

"……그렇군요. 얘기를 들어 보니 아니스 님이 떠올리신 이전 세계라는 곳은 이곳보다 훨씬 발전한 곳인 것 같아요."

"뭐, 그렇지. 부정은 못 해. 「마법」이 실재하지 않는다는 게 이전 세계와 이 세계의 가장 큰 차이려나."

내가 그렇게 말하자 유피가 눈을 크게 뜨며 놀람을 드러냈다. 지금까지 봤던 반응 중에서 가장 놀란 표정일지도 모른다.

"마법이 실재하지 않았다고요? 단순히 마법이 발전하지 않았다는 의미가 아니라요?"

"적어도 내가 떠올리기로는 그래. 하지만 과학이라는 학문과 기술이 마법 대신 발전했었어."

"마법이 존재하지 않는 문명이라니. ……아니스 님의 마학은 전생의 지식이 토대가 된 거죠? 즉, 마법을 쓰지 않아도 하늘을 나는 게 가능한 문명이었다는 건가요……?"

"맞아."

유피의 표정이 「말도 안 된다」라는 감정 일색으로 물들었다.

내가 거짓말한다고 생각하진 않지만 상상이 안 가는 듯했다. 그런 유피를 보고 나도 모르게 웃어 버렸다.

"딱히 이상한 일은 아니야. 마법 대신 도구를 발전시켰거든. 예를 들면 마차 같은 이동 수단이 알기 쉬우려나?"

"마차요?"

"응. 전생에 마차는 이제 쓰이지 않았고, 말이나 마법이 없어도 스스로 달리는 쇠로 된 차가 당연하게 존재했어. 그것도 신분 높은 사람뿐만 아니라 평범한 백성이 이용하는 것으로서 말이야."

"……말이 필요 없고 마법도 쓰지 않는데 스스로 달리는 쇠로 된 차……?"

"응. 그리고 내가 하늘을 날 수 있다고 생각한 이유인데,

비행기라는 탈것이 전 세계를 날아다녔어. 이것도 돈만 내면 누구나 이용할 수 있는 탈것이었지. 상상이 안 가려나?"

"……그러네요. 그런 걸 알고 계셨다면 납득이 가요. 하지만 그래도 이해하기 어려운 부분도 있어요. 마법이 없는 세계였다면, 마법에 대한 아니스 님의 발상은 대체 어디서 나온 것인가 하는 의문도 들어요."

유피가 복잡한 표정을 지으며 침음을 흘렸다. 이에 나도 모르게 쓴웃음을 짓고 말았다.

"그건…… 음, 마법은 실재하지 않았지만 공상 소설에는 흔히 쓰이는 제재였거든. 그만큼 소망이나 희망이 넘치는 이야기가 잔뜩 있었어. 그래서 존재하지 않는 힘이 만약 실재하면 어떨까 하고 상상력을 발휘한 게 아닐까 싶어."

"지어낸 이야기였기에 말인가요?"

"응. 나도 모르게 빠져들어서 가치관이 바뀌어 버릴 정도로 마법에 대한 동경만큼은 선명하게 남아 있었어. 나도 마법을 써 보고 싶다고, 상상일 뿐이었던 마법을 실현할 수 있을지도 모른다고. 그게 나의 시작이야."

"저희 귀족처럼 필요하기에 요구된 마법이 아니라, 동화처럼 자유롭게 생각된 마법이란 건가요?"

"그 해석이 가장 근접하려나. 그래서 더더욱 내게 마법은 동경의 대상이야."

그것이 나의 원점이다. 마법의 존재를 알고 하늘로 손을 뻗으며 동경해 버린 그 날.

전생의 기억이 있었기에 마법을 강하게 동경한 것인지, 마법에 대한 동경을 계기로 전생의 기억이 되살아난 것인지. 이제는 어느 쪽이었는지 알 수 없어졌지만.

그래서 나는 마법을 계속 동경한다. 설령 그것이 이루어지지 않을 기적이더라도. 존재한다면 반드시 해명해 보이겠다. 그리고 내가 쓸 수 있는 마법을 고안해 내겠다.

그런 소원을 품고서 오늘까지 달려왔다.

"—그래서 무서워졌어……."

"……아니스 님?"

"내가 평범하지 않은 건 전생의 기억 탓이야. 이 기억 때문에 마법을 동경하게 돼. 멈출 수 없을 정도로 집착하게 하고, 그 외에는 전부 어찌 되든 좋다고 여기게 해."

나는 내 몸을 끌어안고 고개를 숙였다. 그리고 질척질척한 진흙탕 같은 감정을 토해 냈다. 나 자신도 외면했던 무거운 감정을.

"만약 내가 마법을 쓰지 못하는 이유가 전생의 기억 탓이라면. 전생의 기억을 떠올리지 않았다면 평범한 왕녀가, 누구에게도 폐 끼치지 않는 온당한 왕녀가 되지 않았을까 하고 생각하게 돼."

"무슨 말씀을 하시는 거예요……?"

"—나는 정말로 「아니스피아 윈 팔레티아」일까?"

그것은 줄곧 내 가슴속에 도사리고 있던 불안이었다.

전생의 기억 속 세계는 이 세계와 비교하면 기묘한 것들뿐이라서 영향을 받고 말았다. 조각나 있던 자신이 퍼즐 조각처럼 맞춰져서 나는 지금의 내가 되었다.

전생을 떠올렸어도 나는 나다. 강하게 영향은 받아도 나는 나를 아니스피아 윈 팔레티아라고 생각한다.

하지만 이 사실을 안 사람은 나를— 대체 누구로 볼까?

"내 알맹이는 순수한 내가 아니야. 「아니스피아 윈 팔레티아」로서 태어난 나는 지금의 나일까? 만약 전생을 떠올려 버렸을 때, 본래 거기 있었을 터인 아니스피아를 내가 지워 버렸다면? 그런 생각이 드는 게…… 무서웠어. 내가 그분들의 아이를— 뺏어 버린 게 아닐까 싶어서."

내 고백에 유피가 숨을 삼킨 것 같았다. 토해 내는 것을 멈출 수 없어서 감정이 잇따라 흘러넘쳤다.

"마법을 동경하는데 마법을 쓸 수 없었어. 그래서 대체품을 찾았어. 그래, 그저 칭찬받고 싶었어! 조금 별나지만 대단한 일을 할 수 있다고 증명하고 싶었어!"

—그저 무서웠던 것이다. 이대로 이 세계에서 살아가도 좋을지 알 수 없어서.

"내일부터 내가 아닌 누군가로 살아가게 되면 어떨지 상상이 가? 기억도 전부 있는데, 그건 분명 내 기억인데, 하지만 나는 다른 사람일지도 몰라. 아바마마와 어마마마가 그걸 알면 어떻게 생각할까? ―이런 아이는 기분 나쁘다고 여기지 않을까?"

그래서 외면했다. 이렇게 생각하고 있다는 걸 알릴 수는 없었으니까.

얼버무리듯이 괜찮다고 계속 말했다. 나는 그저 별난 왕녀. 미움받아도 좋아.

의심받지 않는다면 그걸로 됐다. 이질적이어도, 그 이질의 정체가 탄로 나지 않도록.

나는 내가 그린 이상적인 형상을 가면처럼 쓰게 되었다.

그것이 어느새 진짜 나라고 나조차 인식해 버렸다.

"그래도 나는 사랑받았어. 그래서 배신하고 싶지 않았어. 하지만 어떻게 해도 이상하다고 여겨진다면 관철할 수밖에 없어. 그렇게 생각해 버렸어. 내게 있는 무기는 머릿속 지식뿐이었으니까. 그래서 마학을 만들어 낸 거야."

"……그것이 아니스 님이 품고 있던 비밀인가요?"

"응. 의식하고 싶지 않았지만 말이지. 의식하면 나는 아바마마와 어마마마의 아이로 있을 수 없게 되니까. 두 분의 아이를 뺏었다고 생각하면 무서워. 게다가 나라의 미래까지 뺏을지도 몰라. 생각하면 생각할수록 무서워졌어……."

나는 어느새 눈물을 흘리고 있었다. 그래도 어떻게든 얼버무리려고 헤실헤실 웃었다.

좀 더 냉철하게 이야기했다면 좋았겠지만 무리였다. 왕녀여야만 하는 자신을 자각하고 말았기에 나는 이 「죄」를 누군가에게 털어놓고 싶었던 것이다.

"엉뚱한 왕녀님이 되는 건…… 편했어. 그게 내가 되었어. 별나다는 소리를 들을수록 나 자신을 굳힐 수 있었어. 거짓도 진실도 전부 섞어서 나답게 보이는 나를 만들어 냈어. 그래서 무슨 말을 듣든 아무렇지도 않았어."

그것이— 어쩌면 평범하게 살 수 있었을지도 모르는 「아니스피아」를 뺏어 버린 내게 허락된 「속죄」였으니까.

동경뿐만이 아니었다. 지금까지 달려올 수 있었던 것은— 무엇보다도 나 자신을 인정할 수 없었기 때문이다.

그래서 노력할 수 있는 나를 좋아한다고 말했다. —그런 자신을 누구보다도 욕하며.

그래서 무슨 말을 듣든 아무렇지도 않다고 생각했다. —당연한 매도라고 받아들이기 위해.

그래서 마법은 멋지다고 계속 생각했다. —의지할 것은 그것뿐이었기에.

거짓 속에 숨겼던 본심을 드러내는 것은 무서웠지만, 그 이상으로 해방된 기분이었다. 유피 앞에서는 아무것도 속이거나 숨기지 않겠다고 정했으니까.

"확실하게 죄라고 의식한 건 내가 아르 군을 죽이려 했다는 소문이 났을 때려나."

"아르가르드 님과 사이가 틀어지게 된 이야기를 했을 때 말씀하셨던 그 소문이요……?"

"응. 가짜인 내가 만에 하나라도 차기 왕위에 관여해서는 안 된다는 생각이 들었어."

"……가짜?"

"가뜩이나 나는 이질적인데, 알맹이까지 왕녀가 아니라면 속죄할 길이 없잖아? 그래서 멀리했던 거야. 내가 나인 탓에 전부 엉망이 되어 버렸어. 그러니까 더더욱 왕위를 이어서 속죄해야 한다고 생각했어."

아르 군과 결별한 뒤로 나는 의도적으로 웃고 다니며 바보 같은 짓을 벌였다. 그것이 어느새 가면이 되었고, 그 가면이 바로 나의 본질이라고 여길 만큼 무의식적으로 행동했다.

그 가면이 깨지기 시작한 것은 역시나 아르 군이 사라져 버렸기 때문이었다. 왕위를 이어야 한다는 가능성이 거짓된 본심의 가면과 진짜 나를 괴리시켰다.

"내가 전생의 기억 같은 걸 떠올린 탓에 엉망진창으로 만들었으니까. 마법을 동경하는 건 지금도 변함없고, 아바마마와 어마마마, 아르 군도 사랑해. 하지만 사랑한다고 해서 내가 가짜라는 죄는—."

—사라지지 않는다고 말하려고 했던 내 입이 멈췄다. 대신 뺨을 때리는 소리가 울렸다.

순간 무슨 일이 일어났는지 이해할 수 없었다. 그저 뺨이 뜨거웠다. 뒤늦게 아픔이 엄습했다. 약간 머리가 흔들린 것도 같았다.

무슨 일이 일어났는지 파악하려다가, 유피가 팔을 휘두른 자세로 나를 노려보고 있음을 깨달았다.

그제야 나는— 유피가 내 뺨을 때렸음을 알아차렸다.

"—당신은, 바보예요. 바보 멍청이예요……!"

"유피……?"

이렇게 격노한 유피는 처음 봤다. 나도 모르게 몸을 뒤로 뺄 뻔했지만, 유피가 나를 넘어뜨릴 기세로 달려들었다.

기세에 밀린 나는 그대로 침대에 쓰러졌고 유피가 내 몸에 올라타 나를 노려보는 자세가 되었다.

유피는 내 몸 위에 고쳐 앉고서 내 멱살을 잡았다. 그 시선은 날카로웠고 눈동자는 타오르듯 흔들리고 있었다.

그런 유피의 눈에서 눈물이 떨어지는 것을 나는 멍하니 바라볼 수밖에 없었다.

"—가짜라니, 그럴 리가 없잖아요!"

"어……?"

"당연히, 당연히 전부 진짜죠! 당신이 아니스피아 윈 팔레티아예요!"

일순 유피가 무슨 말을 하는 건지 진심으로 이해할 수 없었다. 하지만 유피는 쏟아붓듯 말을 던졌다.

"고귀한 피를 이어받은 이 나라의 공주! 마법을 가지지 못했어도 마법을 대신하는 위업을 이 세상에 배출했어요! 왕족으로서 별나기는 하지만, 그래도 누군가를 생각하기를 포기하지 않고 관철했어요! 그 모든 것이 진짜가 아니라면 대체 뭔가요?!"

"유피……?"

"제게 손을 내민 건 당신이에요! 「당신이 아닌 아니스피아 왕녀」가 아니라요. 그날, 저를 절망에서 건져 올려 준 사람은 다른 누구도 아닌 당신이에요! 여기 있는 당신이 저를 구해 줬어요!"

멱살을 잡은 채 위아래로 흔들었다. 침대에서 떠오른 몸이 다시 침대로 가라앉았다. 그만큼 필사적으로 유피는 내게 호소하고 있었다.

"여기 있잖아요? 당신이 느꼈던 것, 소원했던 것, 바란 것, 전부……!"

유피가 멱살을 잡았던 손을 풀고 내 심장 위를 쓸었다. 그리로 유피의 눈물이 뚝 떨어졌다.

"당신이 생각하는 당신이, 저를 생각해 주는 당신이 여기 분명히 있는데…… 가짜라고 말하지 말아 주세요."

"—, —."

"하지만 괴로우셨던 거죠? 줄곧, 줄곧. ……저는 그 아픔을 알 수 없어요. 안다고 말할 수 없어요. 하지만, 그렇기에 말씀드리고 싶어요, 아니스 님."

유피가 내 뺨에 손을 얹고 이마를 맞댔다. 서로의 숨이 섞일 만큼 다가왔다. 그리고 유피는 만감을 담아 말했다.

"—제게는, 당신이 세계 제일의「마법사」예요. 그러니까 당당해지세요."

—그 충격은 말로 표현할 수 없었다. 그저 마음이 부서질 것 같았다. 아니, 더 정확히 말하자면 부서지려는 것은 마음이 아니라 마음을 결박한 쇠사슬 같은 금제였다.

유피의 말이 전부 녹여 줬다. 내 마음에 응어리져 있던, 나조차 외면했던 금제를. 너무 꽉 죄어서 어느새 마음과 일체화해 있던 굴레를. 유착해 있던 금제가 풀리니 당연히 아팠다. 눈물이 났다.

지금, 전부 용서받은 기분이 들었다. 언제부터인가 용서할 수 없었던 모든 것이 이제 어찌 되든 좋았다. 내가 바랐던 것이 지금 내 손안에 있었다. 그 실감이 들었다.

목이 멨다. 숨이 막혔다. 눈물이 앞을 가려서 아무것도 안 보였다. 매달리듯 유피의 몸을 끌어안았다. 그저 외치고 싶어서, 하지만 숨을 쉴 수 없을 만큼 괴로워서.

몸부림치듯 유피를 바랐다. 지푸라기라도 잡는 심정이었다. 절대 놓치고 싶지 않았다. 이 사람이 내게 있어 유일해도 좋았다. 숨을 잊고 싶을 만큼 괴로운데 행복감이 단숨에 밀려들었다.

"고마, 워……!"

—내가 구하게 해 줘서 고마워. 나를 「마법사」로 만들어 줘서 고마워.

「왕」 같은 건 되고 싶지 않았다. 나는 줄곧 「마법사」가 되고 싶었다.

재투성이 아가씨에게 호박 마차를 선물하듯이. 누군가에게 행복과 웃음을 선물하고 싶었다. 그런 꿈이었다. 손에 들어올 줄 알았는데 잡히지 않았던 꿈이었다.

—나는 나쁜 마법사였으니까. 나라를 혼란에 빠뜨리고, 누군가의 웃음을 망가뜨려 버리니까. 하지만 그런 나여도 이 손안에 네가 있어 준다면, 나는 되고 싶었던 마법사가 될 수 있을지도 모른다.

아아, 안 되겠어. 고맙다고 말하고 싶은데 숨도 제대로 쉴 수 없어. 진심으로 웃으며 감사를 전하고 싶은데 괴로워서, 그저 괴로워서.

—그래서 내 호흡을 막은 것이 무엇인지 알 수 없었다.

부드럽고 따뜻했다. 호흡하는 법을 알려 주듯 숨을 불어넣었다.

그것은 유피의 호흡이었다. 우리의 입술은 포개져서 서로의 열과 숨을 교환했다.

놀람은 잠깐이었고 나는 꿈꾸는 기분으로 그것을 받아들이며 유피의 등에 팔을 둘렀다. 맞닿을 때마다 시간 감각이 녹아내렸다. 막혀 있던 마음이 눈물과 함께 흘러넘쳤다.

얼마나 그러고 있었을까. 유피가 마침내 나를 해방했을 때, 나는 그저 멍하니 유피의 얼굴을 바라보며 말을 흘렸다.

"……와."

"……와?"

"……와아아아……! 부, 부끄러워……! 보, 보지 마……!"

나는 양손으로 얼굴을 덮어서 가려 버렸다. 얼굴이 달아올라 있었다. 얼굴에서 불이 날 것 같았다.

아니, 유피는 왜 나한테 키스한 거야? 나는 왜 간단히 받아들인 거야?!

내 안에서 치솟는 열에 휘둘리고 있으니 유피가 다시 위에서 거리를 좁혔다. 그 입술이 내 입술에 닿아 두 번째 키스를 빼겼다.

"……후후."

만족스럽게 손으로 자신의 입술을 닦는 유피를 보고 심장을 움켜잡힌 듯한 충격을 받았다.

아아, 이거 틀렸다. 완전히 당했다. 그렇게 체념하며 양손으로 얼굴을 가렸다. 완전히 빨개졌을 얼굴을 보이지 않기 위해.

—나는 이 사람을, 유필리아 마젠타를 진심으로 사랑하게

되어 버렸다.

“왜, 왜 키스하는 거야…… 바보……!”

반해 버린 나는 약자가 되어 버렸다. 원래부터 예쁘고 귀엽다고 생각했던 얼굴을 직시할 수 없었다. 다정하게 나를 바라보는 눈을 마주 볼 수 없었다.

조심조심 손을 옮겨 유피의 얼굴을 보았다. 유피는 온화하게 미소 짓고 있었지만 눈이 웃고 있지 않았다. 그 눈이 나를 내려다보자 옭아매는 듯한 오한에 등골이 오싹해졌다.

“하고 싶었으니까요. ……아니스 님, 얼굴을 보여 주세요. 한 번 더 하고 싶어요.”

“싫—어—! 그보다 내려가—! 이—거—놔—!!”

유피가 내 손목을 잡아 도망치지 못하게 고정했기에 나는 날뛰려고 했다. 유피, 의외로 힘이 세구나?!

“하, 하고 싶다니, 키스는 좋아하는 상대랑 해야지……!”

“—좋아해요.”

귓가에 속삭인 그 말에 완전히 넘어갈 뻔했다. 하지만 나는 필사적으로 도망쳤다. 이대로 상황에 휩쓸리는 것은 대단히 좋지 않을 것 같다……!

“그, 그건 경애라든가 우정의 의미잖아! 분명 그럴 거야!”

“당신이 바라신다면 충성이든 우정이든 바치겠지만. 이 마음은 제게서 생겨난 것을 당신께 바치는 것일 뿐이니, 가능하다면 받아 주셨으면 해요.”

귓가에서 속삭이는 목소리에 힘이 빠진 틈을 타 유피의 팔이 내 몸을 포박하듯 안았다. 시선을 옆으로 돌리면 코앞에 유피의 촉촉한 눈이 있어서 심장이 아까부터 시끄럽게 뛰어 댔다.

"—일방적이고, 제멋대로고, 받아 줬으면 하는데, 받아들여지는 것도 무서워요. 정말로 감정은 마음대로 안 되네요, 아니스 님."

그건 마치 나의 내심을 꿰뚫어 본 듯한 말이었다. 자신도 똑같다는 것처럼 고한 유피가 다음 말을 뺏었다.

세 번째 키스는 사고를 녹여 버릴 것처럼 격렬했다. 게다가 키스와 함께 뭔가를 흡수당했다.

"유피…… 잠깐……!"

"……싫어요."

입술을 아프지 않게 깨물며 한숨 돌리는 사이에 항의하는 말을 꺼냈다. 그러는 동안에도 뭔가가 뽑혀 나갔다.

빠져나가고 있는 것이 마력임을 인식했을 즈음에는 마력이 빠져나간 상실감과 깊은 입맞춤 때문에 저항할 수 없었다. 잠시 숨을 돌리는 틈에 어떻게든 외쳤다.

"푸하! 유, 유피……! 기, 기다려……! 응응응—?!"

몇 번이고 제지했지만 유피는 무시하고 내 입술과 혀를 빨았다.

뇌가 통째로 녹아내리는 듯한 달콤함에 사고가 마비되었다.

점차 아무것도 생각할 수 없어서 나는 유피에게 매달렸다.

한도 끝도 없이 마력을 빼앗기는 감각과 함께 끊어진 의식이 어둠 속으로 떨어졌다.

"……? 아니스 님? 아니스 님?! 아니스 님, 정신 차리세요!"

"뀨우……."

마지막에 유피가 나를 황급히 부른 것 같았지만 나는 의식을 놓아 버렸다.

10장 자유로운 내일을 위해

"……뭐야, 너희 마침내 일선을 넘었어?"

"아니야! 아무 일도 없어! 아무 일도 없었어!"

"설득력이란 말을 모르나 봐?"

아침, 엄청난 권태감에 나는 몸을 움직이지 못했고, 진단하러 별궁에 온 티르티에게 유피와 함께 잔 모습을 들키고 말았다.

"……죄송해요, 아니스 님."

그리고 유피는 작게 움츠러들어서 어깨를 떨구고 있었다. 본인 말로는 뭔가가 폭주해 버린 모양이라, 내가 마력을 흡수당해 의식을 잃고 나서 대단히 당황했다고 한다.

그저 잠든 것임을 알고 안도했지만, 마음을 못 놓고 깨어 있다가 기절하듯 곯아떨어졌다. 그리고 티르티가 깨우기 전까지 푹 잤다고 한다. 일리아가 먼저 깨워 줬다면 그나마 나았을 텐데……!

"음…… 각인문을 사용한 시간은 저번보다 짧았던 모양이고, 별로 심하지는 않은 것 같네. 오히려 마력 부족이 더 심각하지 않을까?"

내 팔을 잡거나 가슴을 짚어 보며 티르티가 진찰했다. 각인문의 반동은 아르 군과 싸웠을 때보다 덜해서 움직이지 못할 정도는 아니었다.

“어쩌면 여분의 마력이 빠져나가서 반동이 적은 걸지도 몰라. 검증은 필요하겠지만. 오히려 유필리아 님한테 문제가 있는 거 아니야?”

“저요……?”

“어떻게 아니스 님이 기절할 때까지 마력을 흡수한 거야?”

“아, 듣고 보니 그러네요. 어떻게 한 건가요?”

티르티의 말에 레이니도 고개를 갸웃했다. 마력을 양도하는 것은 어렵다. 아무리 상성이 좋은 상대여도 멀미와 비슷한 증상을 일으켜서 대량으로 섭취할 수 없을 터다.

그런데 어젯밤 유피는 내가 기절할 정도로 마력을 흡수했다. 확실히 말해서 평범한 일은 아니었다.

“—그건 그 아이가 도달해 버렸기 때문이야.”

이곳에 없었을 터인 사람의 목소리가 불쑥 들려서 다들 그 목소리가 들린 곳으로 시선을 돌렸다.

그곳에 뤼미에르가 있었다. 여기 있는 게 자연스러운 일인 것처럼 아무 기척도 없이 등장해서 식은땀이 났다.

“아니스 님, 이 녀석이 예의 그 정령 계약자?”

“이 녀석이라니…… 티르티…….”

변함없이 거침이 없는 티르티의 태도에 두통을 느끼며 나는 고개를 끄덕였다.

"……어딘가 아니스 님과 닮은 것 같기도 하고?"

"뭐? 어디가? 닮은 건 머리색뿐이야."

"분위기가 비슷해. 저쪽이 아니스 님보다 몇 배는 성격이 꼬였을 것 같지만."

"하고 싶은 말은 하는 성격이구나. 부정은 안 하겠지만. 예전에 마녀라고 불린 적도 있고."

"……마녀."

티르티는 수상쩍다는 듯 뤼미에르를 노려보았다. 뤼미에르는 그 시선에도 아랑곳없이 태연했다.

"뤼미에르? 유피가 도달했다는 건…… 즉, 그런 거야?"

"그래. 축하한다고 해야 하나? 새로운 동포님."

즉, 유피가 정령 계약자가 되어 버렸다는 뜻이다. 하지만, 하고 생각하며 나는 유피를 보았다. 유피도 나를 보고 있었기에 시선이 딱 마주쳤다.

"……전혀 변한 게 없어 보이는데?"

"보기에는 그렇지. 그리고 유필리아는 원래부터 자기 욕구에 소극적이었잖아? 그건 정령 계약의 자격을 가진 자에게 흔히 나타나는 특징이야."

"욕구에 소극적인 게?"

"정령에게 인간의 육체는 그릇에 불과해. 사람이 사는 데 필요한 욕구가 정령에게는 불필요해. 제대로 의식해서 먹고, 마시고, 자지 않으면…… 그릇은 죽어."

뤼미에르의 설명에 등골이 오싹해졌다. 예전부터 유피는 자기주장을 거의 안 하는 아이라고 생각했지만, 그게 더 심해질지도 모른다는 건가?

"뭐, 예외가 있으니까 그게 있는 동안에는 괜찮겠지."

"예외?"

"사람이 살기 위해 갈증과 굶주림을 해소하듯 정령 계약자도 원하는 게 있어."

"……마력이지?"

티르티의 대답에 뤼미에르는 정답이라는 것처럼 고개를 끄덕였다. 그래서 유피는 어젯밤 내 마력을 흡수한 건가.

"물론 마력에도 상성은 있지만…… 그 정도로 충족된 걸 보면 운명의 상대라고 해도 좋지 않을까? 너희 잘 어울려."

"으, 무, 뮤……! 무, 무무무, 무슨 말을 하는 거야?!"

뤼미에르의 말에 얼굴이 확 달아올라 새빨개져 버렸다. 그런 내 반응을 본 일리아는 어쩔 수 없다는 듯 어깨를 으쓱였고, 레이니는 쓴웃음을 지었고, 티르티는 어이없다는 눈으로 나를 보았다. 유피는 조금 쑥스러워하는 것 같았지만 기쁘게 미소 지었다.

유피가 웃는 게 마음에 안 들었기에 볼을 쭉 잡아당겨 줬다.

"뭐, 너희는 괜찮겠지. 너희라면 우리와 같은 실수는 되풀이하지 않을 거야."

"……뤼미에르?"

"이 나라에 마법이라는 절대적인 권위는 이제 필요 없어. 새로운 시대라는 건 정말 잘 어울리는 말 같아. 아니스피아, 네가 있으면 그 아이는 괜찮아. 네가 길을 잘못 들지 않는다면 말이야. 그것도 유필리아가 있으면 괜찮겠지. 서로의 버팀목이 되어 준다는 의미에서도 잘 어울린다고 생각해."

"……나는 그런 대단한 존재가 아니야."

"아니. 희귀자는 영웅의 자질을 가졌어. 정령과 함께 있는 영혼은 세계의 형태를 쉽게 받아들이는 경향이 있어. 그게 어떤 악정이든 말이지. 하지만 희귀자는 달라. 희귀자가 의지하는 것은 자기 자신이야. 그래서 흔들리지 않고 신념을 관철할 수 있어. 세상에 때때로 나타나는 희귀자는 그렇게 시대를 바꿔 왔어."

뤼미에르는 사랑스럽다는 듯 나를 보고 말했다. 나를 통해 누군가를 보고 있는 것 같았다. 그 시선이 무엇을 의미하는지 깨닫고 나는 무심코 묻고 말았다.

"나 말고 네가 아는 희귀자는…… 뤼미에르에게 소중한 사람이었어?"

내 물음에 뤼미에르가 일순 굳었다. 그리고 어깨를 들썩이며 깔깔 웃음을 터뜨렸다. 뤼미에르는 눈에 맺힌 눈물을 손으로 닦으며 말했다.

"맞아. 나와 마찬가지로 너희의 선조님이기도 해."

"선조라면……."

선조님이라고 했으니 그녀가 우리의 선조를 낳았다는 거고. 즉, 반려가 있었다는 뜻이다. 정령 계약자라서 불로불사라는 건 알았지만 뤄미에르의 외모는 내 또래의 소녀로만 보였기에 위화감이 엄청났다.

그렇게 생각하며 뤄미에르를 빤히 보았다. 그녀는 여전히 웃고 있었다. 하지만 평소의 웃음과는 달랐다. 어딘가 회고가 담겨 있는 것 같았다.

"아주 좋은 사람이었어. 쭉 함께 살고 싶다고 생각한 적도 있었지. 하지만 우리가 사는 시간은 절망적으로 달랐어. 내가 나라에 남아 있어도 좋을 게 없었고, 이별은 쓸쓸했지만…… 만나서 다행이야, 정말로."

"……뤄미에르."

"나는 계기를 만들고 그 사람을 도왔을 뿐이야. 지금의 왕국이 있는 건 내 덕이라기보다 그 사람 덕이야. 진실을 안 너희만이라도…… 부디 기억해 줘."

뤄미에르의 말에 나는 자연스럽게 고개를 끄덕였다. 다른 사람들도 비슷하게 겸허한 표정을 짓고 있었다.

그나저나 나라를 만든 건 정령 계약자고 왕국의 기초를 다진 건 마법을 못 쓰는 희귀자라니 참 얄궂은 일이다.

"희귀자…… 그야말로 희귀한 사람이구나. 좋은 존재인지 나쁜 존재인지……."

"둘 다라고 해야겠지. 뭐, 아니스피아는 내가 본 희귀자

중에서도 한층 더 별종 같지만. 그 사람과도 달라."

"……그래?"

"응. 마치 이곳이 아닌 어딘가가 보이는 것 같아."

나는 몸을 움찔하고 말았다. 유피도 살짝 경계를 드러냈다. 뤼미에르는 내 전생을 눈치챘을지도 모른다. 만난 지 얼마나 됐다고. 정말로 방심할 수 없는 사람이다.

"정령 계약자가 생겨나 버렸으니 어쩔 수 없지. 한동안 관찰할 겸 왕도에 머물겠어. 너희의 앞날도 신경 쓰이니까. 열심히 노력해 보렴, 자손들아."

그 말이 끝나자 방 안에 회오리바람이 불었다. 잠깐 눈을 감은 사이에 뤼미에르의 모습은 흔적도 없이 사라져 버렸다.

"……저거 뭐야? 마녀라는 것도 완전히 농담은 아닐지도 몰라. 이렇게 무섭다는 생각이 든 건 처음이야."

티르티는 팔을 문지르며 뤼미에르에 대한 감상을 꺼냈다. 일리아와 레이니도 안색이 조금 안 좋았다.

그렇게 인상 깊은 뤼미에르가 확실하게 선언하기도 해서, 유피가 정령 계약자가 되었다는 것을 우리는 인식하게 되었다.

"……정령 계약도 이루어졌으니 유필리아 님은 왕가에 양자로 들어가는 건가요?"

분위기를 환기하듯 레이니가 의문을 꺼냈다.

"폐하의 판단에 달렸지만…… 설사 반대하시더라도 설득할 생각이에요."

"유피……."

솔직히 기분은 여전히 복잡했다. 정말 유피에게 맡겨도 되는 걸까 망설이고 말았다. 그러자 티르티가 내 머리에 손을 얹었다.

"망설이지 마."

"어……?"

"뭐 어때. 유필리아 님이 차기 국왕이 되면 아니스 님은 자유로워지잖아. 그편이 무조건 좋아."

"……그래도 될까."

"아니스 님이 물러나도 해야 할 일이 없어지는 건 아니야. 어쨌든 바빠질 거야. 유필리아 님은 아니스 님의 꿈을 이루어 주고 싶어 한다며? 아니스 님이 왕이 되든 안 되든 마학 공적은 필요해."

유피의 바람은 내 꿈을 이루고 옛 전통에 얽매여 비틀려 버린 나라를 바꾸는 것이다. 티르티가 말한 대로 그걸 위해서는 마학 공적이 필요하다.

"누구보다도 왕가를 잘 알고 왕가에 가까운 정령 계약자가 전통이 아니라 아니스 님을 택했어. 당당해져. 새로운 시대를 만들 거잖아? 그걸 당신 혼자 하느냐, 유필리아 님과 함께 하느냐의 차이일 뿐이야."

"유피와 함께……."

"……뭐, 나도 조금쯤은 도와줄게. 그리고 일리아랑 레이니도 있잖아? 왕이 될 수 있는 사람은 아니스 님뿐이라고 해서 입 다물고 있었지만, 다른 후보가 있다면 떠넘기면 돼. 임금님은 아니스 님의 적성에 안 맞아."

"티르티까지 그 소리야……?"

"사실이니까. 할 수는 있어도 그저 할 수만 있을 거야. 나 같은 녀석도 못 버리는데 정치 따위 잘할 리가 없잖아."

티르티가 상냥하게 머리를 쓰다듬었다. 평소라면 절대 안 할 텐데. 그렇게 생각하면서도 나는 눈을 감고 말았다.

그러자 뭔가 강렬한 오한이 들었다. 시선이 느껴져서 그쪽을 보니 유피가 무표정으로 나를 보고 있었다. 티르티가 내게서 홱 물러났다.

"질투하지 마, 유필리아 님. ……너희 정말 아무 일도 없었던 거 맞아?"

"아무 일도! 없었어! 넘지 않았어!"

"어차피 안 넘었을 뿐이겠지."

안 넘었을 뿐이라는 말에 나는 반론하지 못하고 신음할 수밖에 없었다. 티르티를 노려보고 있으니 유피가 내 곁으로 다가와 손을 잡아당겼다.

무표정인데 불만스럽다는 오라를 풍기는 유피를 보고 나는 어쩌면 좋을지 알 수 없어져서 일리아와 레이니에게 시선을 돌려 도움을 구했다.

"아, 차를 준비해 올게요."

"레이니, 저도 같이 가죠."

"나도 진찰이 끝났으니까 차 마시고 냉큼 돌아가야겠다."

"자, 잠깐만! 너희들!"

시선을 보내자마자 세 사람은 미리 짜기라도 한 것처럼 방을 나가려고 했다. 불러 세우기 전에 문 너머로 사라졌다. 마지막으로 티르티가 나를 보았다.

"일단 안정을 취하도록 해. 유필리아 님, 아니스 님을 부탁해."

"수고하셨어요, 티르티."

쿵 소리를 내며 문이 닫혔다. 물 흐르는 듯한 전개를 쫓아가지 못하고 멍하니 있으니 유피가 내 팔을 껴안다시피 당겼다.

"유, 유피…… 저기, 가깝지 않아……?"

"그런가요? 티르티와도 이 정도 거리였던 것 같은데요."

"마음의 거리! 마음의 거리는 달라!"

"그렇군요."

"왜 만족스러워하는 거야?!"

나와 팔을 얽은 유피는 한동안 그러고 있다가 안정을 취하라며 나를 침대에 눕혔다. 그러는 동안에도 손을 잡거나 뺨을 만져서 당황스러웠다.

레이니와 일리아가 차를 가져오자 풀려났지만, 묘하게 시간이 걸린 두 사람에게 나는 원망 어린 시선을 보낼 수밖에 없었다.

* * *

아바마마가 어마마마와 그란츠 공을 데리고 별궁에 온 것은 해가 저문 뒤였다. 관계자가 응접실에 모였고, 아바마마는 가장 먼저 유피에게 이렇게 말했다.

"유필리아를 양자로 들이는 건 좋지만, 시기를 봐야 한다고 생각한다."

"시기요."

"그래. 정령 계약이라는 공적만으로는 유필리아의 공적에만 인망이 모일 거야. 그래서는 유필리아의 바람이 이루어지지 않겠지."

"……그러네요. 제 목표는 어디까지나 새로운 시대를 구축하기 위한 징검다리 같은 왕이에요."

"음, 그 목적은 우리도 공유하고 있어. 그렇기에 유필리아를 양자로 들여서 왕위 계승권을 주는 건 시기상조야."

아바마마가 엄숙하게 말했다. 내 생각도 같았다. 유피가 정령 계약자가 되었다는 이유로 이대로 양자가 되더라도 그건 초대 국왕의 재래가 될 뿐, 유피의 목적은 달성할 수 없다. 우리의 최종적인 목표는 과도한 정령 신앙에서 벗어나는 것이다.

마도구를 양산하여 백성에게도 귀족을 의지하지 않아도

될 만한 힘을 줘서 신분 차이를 없애 나간다.

그렇게 평민들이 자립하여 자신들의 힘으로 생활을 지킬 수 있게 한다.

하지만 평민이 귀족을 의지하지 않고 자립하면 귀족의 권위는 떨어지게 된다. 그것 자체가 목적이긴 하지만, 너무 지나쳐서 귀족이 반발하여 나라가 쪼개지면 망하는 거다.

"유피가 정령 계약자가 됐다는 공적을 들어서 마젠타 공작가에 왕위를 선양하는 것도 생각했지만…… 결국 정령 계약에만 초점이 맞춰져서야 의미가 없고, 마젠타 공작가를 추켜세우면 마법부를 비롯한 정령 신앙파 귀족이 가만있지 않을 거야."

"그러니 아니스. 네 공적이 필요해요. 아니스가 왕이 되든 유필리아가 왕이 되든, 마학이 국가적으로 인정받을 만한 성과가 필요해요."

"애초에 아니스. 너는 네가 왕이 된 후에 귀족을 어쩔 생각이었지?"

"어쩔 생각이었냐니…… 왜 그런 걸 물어보세요?"

"너도 아무런 생각이 없지는 않았을 거 아니냐. 애초에 네가 왕이 되고 나서 어떤 나라를 만들려고 하는지 제대로 들어 뒀어야 했어."

어떤 나라를 만들 것인가. 내가 평민에게 마도구를 제공하여 귀족으로부터 자립시키려 하는 것은 아바마마도 알고 있다.

그럼 귀족에게는? 아바마마가 묻고 싶은 것은 그 부분이리라. 그에 관해 아무런 생각이 없지는 않았다.

“특별한 건 없지만. 굳이 따지자면 자유를 퍼뜨리고 싶어요.”

“……자유?”

“귀족이니까 마법 실력을 키워야 한다는 그런 고정 관념에 얽매일 필요는 없다고 말해 주고 싶어요. 결국 제가 추구하는 이상은 모두가 자유로운 거예요.”

이를테면 나는 티르티를 안다. 귀족으로 태어났지만 마법을 자유롭게 쓰지 못하는 사람이 있다는 것을.

이를테면 나는 아르 군을 안다. 왕족으로 태어났지만 뛰어난 재능이 없다는 말을 들으며 내몰리듯이 살아야만 했던 동생을.

“귀족이니까, 평민이니까. 그렇게 신분으로 나누지 않고 자신이 생각하는 방식으로 살 수 있는 나라가 좋아요. 귀족도 그저 마법 실력을 키우는 게 아니라, 예를 들면 정령이나 마법 연구를 열심히 해도 되고, 평민이 제대로 교육을 받게 되면 귀족 대신 영지 운영을 맡긴다든가. 지금은 신분에 따라 하고 싶은 게 정해져 있고, 그것 외에는 무엇도 될 수 없는 세상은 싫잖아요. 그걸 바꾸고 싶어요.”

그래서 내가 바라는 것은 「자유」다. 이어져 내려온 전통에 얽매인 가치관과 풍습을 부숴서라도 그런 나라로 만들어 나가고 싶다.

삶이 행복하다고 여겨지는 미래를 위해 많은 선택지를 남기고 싶다.

그렇게 생각하고 말하자 어마마마가 눈을 동그랗게 뜨고 내 얼굴을 빤히 바라보았다.

"어? 왜, 왜 그러세요? 어마마마……."

"……역시 오르펀스의 딸이라는 생각이 새삼 들어서요. 쏙 빼닮았어요."

"무슨 소릴 하는 거야? 실피느. 전혀 안 닮았어."

아바마마와 내가 닮았다는 어마마마의 선언에 아바마마가 싫다는 얼굴로 침음을 흘렸다. 그러자 생각지 못한 곳에서 지원이 날아들었다.

"아니, 판박이야, 오르펀스. 아니스피아 왕녀는 틀림없이 네 딸이야."

"그란츠까지 무슨 말을 하는 거야?! 멍청한 딸내미랑 판박이라니 인정할 수 없어!"

"원예와 농업."

"으윽."

"새로운 작물의 품종 개량."

"으으윽……!"

"……당신이 왕이 되지 않았다면 분명 아니스처럼 됐겠죠."

어마마마가 절절하게 중얼거리자 아바마마는 반론하지 못

했다. 자신이 불리함을 깨달았는지 아바마마는 헛기침하고서 화제를 바꿨다.

"……아니스. 너는 너를 핍박한 귀족을 원망하지 않느냐?"

"원망은 하고, 용서할 수도 없어요. 하지만 같은 팔레티아 국민이니까요. 굳이 복수하거나 실각시키고 싶지는 않아요. 그럴 시간도 없고요."

"……그런가. 이 나라에 자유를 주고 싶다고. 그런 시대를 구축하고 싶다는 건가……."

"……아바마마?"

"나도 그런 나라를 보고 싶구나. 그러니 아니스피아, 해보거라. 네 뒤에는 내가 있다. 마음껏 전진하여 이상을 이루거라."

그렇게 말하는 아바마마의 표정은 지금까지 본 것 중에서 가장 온화했다. 그래서 직감적으로 이해했다. 이건 「아버지」로서의 얼굴임을. 알아차리고 보니 아바마마는 언제나 국왕으로서 자신을 규제했던 것 같다.

그런 아바마마가 보여 준 단순한 아버지로서의 표정과 말에 가슴에 사무치는 것이 있었다. 눈을 감고 곱씹으며 아바마마의 말을 받아들였다.

"네. 저 나름대로 힘내겠어요. ……아바마마."

나도 온화하게 대답할 수 있었다. 아바마마는 역시 자상한 표정으로 고개를 끄덕여 줬다.

"……아무튼 뭔가 생각은 있느냐? 아니스."
"생각이요? 으음……."
"—그거라면 제안이 하나 있습니다."
"유피?"
「그럼 실제로 어떻게 할까」라는 이야기로 넘어갔을 때, 유피가 말을 꺼냈다.
유피가 제안한 내용은 우리에게 놀람과 납득을 동시에 안겼다.

* * *

"……뭐? 내 힘을 빌려달라고?"
"부탁해, 토마스! 네 힘이 필요해! 우리한테 힘을 빌려줘!"
"……잠깐만. 고개 숙이지 마. 귀찮아질 것 같아. 못 들은 걸로 하고 싶어."
"안 돼~! 아~! 쫓아내려고 하지 마! 아바마마한테 정식으로 인가받았으니까 이건 왕명이야!"
나와 유피는 토마스를 만나기 위해 가나 무구 공방에 와 있었다. 거기서 토마스와 교섭하려고 했지만 딱 보기에도 내키지 않는 듯한 모습이었다.
그래도 왕명이라는 단어를 듣자 이야기도 안 듣고 내쫓을 수 없음을 깨달았는지, 포기한 모습으로 이야기를 듣겠다는 자세를 취했다.

"……그래서 부탁이란 건?"

"토마스에게 부탁하고 싶은 건 저희의 조언자 역할이에요."

"조언자?"

"이걸 봐 주세요."

유피는 그렇게 말하고 토마스에게 종이 한 장을 건넸다. 내용을 확인한 토마스가 한쪽 눈썹을 들었다.

"……이게 뭐야? 새로운 마도구인가?"

"에어드라라고 해요. 아니스 님의 마녀 빗자루를 발전시킨 마도구라고 할 수 있죠."

"어떻게 하면 빗자루가 이런 기묘한 조각배 같은 게 되는 거야……?"

"……크흠. 토마스에게는 이 에어드라를 조립할 장인의 소개와 교섭 역할을 부탁하고 싶어요."

"이봐, 왜 그런 중요한 역할을 나 같은 녀석한테 맡기려는 거야?"

토마스가 불안한 표정으로 물었다. 그런 토마스에게 유피는 아주 당연하다는 듯 대답했다.

"토마스가 아니스 님과 오랫동안 접해 온 장인이기 때문이에요. 토마스라면 아니스 님의 생각을 이해하고 의견을 말할 수도 있잖아요?"

"……뭐, 그건 그렇지만."

"저희는 마을의, 특히 장인의 사정을 잘 몰라요. 그래서 더더욱 토마스를 중개인으로 기용하고 싶어요."

"……그런 거면 대형 공방에 얘기하는 편이 낫지 않아?"

"토마스는 자신의 실력이 대형 공방의 장인보다 못하다고 생각하나요? 공방의 규모가 장인의 우열을 정하는 줄은 몰랐네요."

유피의 말에 토마스는 입술을 삐죽 내밀고 뺨을 실룩였다. 이건 기분이 조금 상했을 때의 행동이었다.

"유피, 도발하지 마. 토마스, 신뢰할 수 있는 걸로 따지면 네가 제일이야. 그리고 이것 말고도 부탁하고 싶은 게 있어서……."

"엉? 이 에어드라 말고도?"

"이건데……."

나는 토마스에게 추가로 종이 한 장을 더 건넸다. 종이를 받아서 훑어본 토마스가 기묘한 것을 봤다는 듯 눈썹을 찌푸렸다.

"……음? 이것도 마도구……인가?"

"……일단 분류상으로는?"

"……아니. 역시 이건 여기에 가져올 물건이 아니잖아?"

"그렇기에 말씀드리는 거예요. 이번에는 서로 연계할 수 있는 장인들의 도움이 폭넓게 필요해요. 그래서 필요한 인재를 모으는 데 토마스의 중개와 협력이 있어야 해요. 대형 공방은 이권이 얽혀서 반대로 어려울 거예요."

"……그렇지. 즉, 에어드라와 이건 같이 취급하겠다는 거지? 이 두 물건의 의도는 알겠어. 나도 이해가 가. 하지만 이렇게까지 요란하게 해야 해?"

"……토마스. 이 얘기는 비밀로 해 주세요. 지금 제게는 왕가에 양자로 들어오지 않겠냐는 제의가 들어와 있어요."

"……뭐?"

"그래서 큰 공적이 필요해졌어요."

"아니…… 공적이라니, 왜 얘기가 그렇게…… 아, 아니다, 됐어. 듣고 싶지 않아. 자세히 얘기하지 마. 하지만 큰 공적이라면 에어드라만으로도 충분…… 아니, 그렇게 된 건가……?"

토마스는 내가 건넨 종이로 다시 시선을 내렸다. 그리고서 입을 다물고 생각에 잠겼다가 고개를 들어 유피를 보았다.

"……솔직히 내 생각에는 에어드라만으로도 충분할 것 같지만. 그것만으로는 부족하니까 이게 필요하다는 거지? 유피 님."

"네. 이해가 빠르시네요. 이 계획이 잘 풀리면 평민 장인들, 이 계획에 관여해 준 분들에게 새로운 전망을 열어 드릴 수도 있을 거예요. 그때 아니스 님과 제가 뒷배가 되겠어요. 어떤가요? 토마스, 해 주시겠어요?"

"……나여야만 해?"

"그럼 표현을 바꿀게요. 토마스, 자신이 그저 보호받기만 하는 존재가 아니라고 장인으로서의 가치를 증명하고 싶지 않나요?"

유피의 말에 토마스는 얼굴을 찌푸리더니 팔짱을 끼고 천장을 올려다보았다. 얼마나 그렇게 굳어 있었을까. 토마스는 항복하듯 양손을 들었다.

"항복이야. 알겠어. 협력하겠어. 이걸 만드는 데 필요한 장인에게 말해 볼게. 단, 왕명이어도 의뢰라고 생각하고 일을 받겠어. 보수는 주는 거겠지?"

"물론이죠."

"그럼 하는 만큼 해 볼게. ……정말이지, 아니스 님이 엮이면 일이 귀찮아져."

팔짱을 고치면서 어이없다는 듯 말하는 토마스를 보고 나는 쓴웃음을 짓고 말았다. 토마스에게 뭔가를 부탁할 때는 항상 이런 문답이 오갔다.

그래도 토마스는 살짝 웃고 있었다. 내 의뢰에는 장인의 힘이 꼭 필요하다. 장인의 가치를 알릴 좋은 기회였다.

의뢰도 받아들여졌기에 유피는 가나 무구 공방을 뒤로했다. 나도 뒤쫓아 나가려다가 그 전에 토마스를 보았다.

"저기, 토마스. 한 가지 더 부탁해도 될까?"

"뭔데? 아직 뭐가 더 있어?"

"응. ……그게―."

그리고 나는 토마스에게 부탁을 전했다. 그러자 토마스가 깜짝 놀라 눈을 크게 떴다.

"……괜찮겠어? 이것저것 이유를 들면서 줄곧 거부했잖아?"

"응. 하지만 좋은 기회니까."

"……그래. 무슨 심경 변화인지 모르겠지만 그쪽도 맡아 줄게."

"고마워, 토마스."

내 부탁을 듣고 토마스는 흔쾌히 받아들여 줬다. 고맙다고 인사하는 나를 보는 토마스의 눈에서는 뭔가 따뜻하게 지켜보는 듯한 온기가 느껴졌다.

11장 시작의 마법

팔레티아 왕국의 기후는 거의 일정하다. 하지만 예외가 있는데, 그게 우기다. 1년 중 4분의 1을 차지하는 이 계절은 왕도에 사는 귀족의 귀향 시즌으로 인식되고 있다.

우기에는 영지로 돌아가 저택에서 쉬며, 뭔가 재해가 발생하면 즉시 달려갈 수 있도록 대비한다. 요직에 있는 귀족은 그렇지도 않지만, 일반적으로 우기라는 계절의 특징이라고 하면 그런 경향이 있었다.

성 아랫마을의 활기도 가라앉아서 장인들은 제자 육성이나 우기가 끝난 뒤를 노린 일에 집중한다. 그런 우기가 끝났을 때, 토마스가 별궁에 찾아왔다.

"으음…… 오, 오늘 이렇게 초대해 주셔서, 대단히, 여, 영광입니다……?"

"토마스, 여기는 별궁이니까 딱딱한 인사는 안 해도 돼."

토마스는 확실하게 정장을 갖췄지만 영 어색한 느낌이 들었다. 평소보다 몸가짐을 바르게 하고 있던 토마스는 내 말을 듣고 표정을 무너뜨렸다.

"……정말이지 익숙해지지 않아. 이번 한 번으로 끝내 줬으면 해."

"그건 어떠려나?"

"제발 봐줘. ……의뢰받은 물건은 확실하게 전달했어. 에어드라는 저공비행 시험에선 문제없었어. 다른 성능 시험은 아니스 님에게 맡겨도 되지?"

"응. 에어드라를 개발해 준 공방 사람들에게 나중에 인사하러 갈게."

"그렇게 해 줘. 중요한 일이라서 다들 힘 좀 썼어."

토마스가 시선을 보낸 곳에 전생의 오토바이와 흡사한 물건— 에어드라가 운반되어 있었다. 내 원안을 보고 장인들이 검토를 거듭하여 만든 새로운 비행용 마도구. 드래곤의 소재도 사용된, 역대 마도구 중에서도 최고급품이었다.

"같이 부탁했던 건 먼저 납품됐지? 그쪽은 괜찮았어?"

"응. 그쪽은 유피랑 이미 확인을 끝냈어."

"문제가 없다면 다행이고. ……정말 귀찮은 일이었지만 보람을 느낀단 말이지. 이래서 아니스 님의 의뢰는 싫다니까."

"말은 그렇게 해도 아주 싫지는 않지? 토마스."

"……칫, 귀엽지가 않아. 하지만 이게 잘 되면 마도구가 더 폭넓게 양산될지도 모르겠네."

"그게 목적이니까. 잘 풀리도록 여기서부터는 우리가 힘낼게."

"그건 걱정 안 해. 아니스 님이니까."

토마스와 이야기하고 있으니 에어드라 납품을 확인한 유피가 다가왔다.

"토마스, 수고하셨어요. 에어드라를 포함하여 의뢰했던 물건은 전부 확인했어요."

"만족했으면 좋겠네."

"네, 여러분의 수고에 결과와 보수로 부응하고 싶습니다."

"그러고 보니 조만간 아니스 님이 자신의 연구 성과를 대대적으로 공표한다는 고지가 있었지."

"주목을 모으고 싶으니까요. 우기에 영지로 돌아갔던 귀족도 다시 왕도로 와요. 그 흐름에 맞춰 왕도를 찾는 이도 있어서 그걸 노린 것이기도 해요."

"그래? ……뭐, 열심히 해. 나도 기대하고 있어."

유피는 온화하게 웃으며 고개를 끄덕였다. 우기 동안 우리는 사교 활동을 하면서 티르티를 비롯한 여러 사람의 협력을 얻어 준비해 왔다.

제목은 에어드라를 비롯한 「비행용 마도구 연구 성과 발표」. 아바마마에게도 정식으로 인가를 받았다. 이걸 계기로 내 평가를 뒤집는 것이 표면상의 목적이었다.

진짜 목적은 따로 있지만, 그게 어떻게 굴러갈지는 현재로선 알 수 없었다. 그래도 할 수 있는 일은 전력으로 했다. 이제 당일을 맞이하기만 하면 된다.

"……아니스 님. 이게 마지막 납품이야."

"네? 뭐가 더 있었나요?"

납품할 것이 더 있다는 토마스의 말에 유피가 이상하다는 듯 고개를 갸웃했다. 나도 무슨 말인가 싶었지만, 토마스가 가방에서 상자를 꺼내 연 순간 납득했다.

토마스가 연 상자에는 검 한 자루가 들어 있었다. 맨 처음 든 인상은…… 「도신이 짧다」였다. 어딜 어떻게 봐도 칼날의 길이가 단검이었다.

하지만 단검이라고 하기에는 손잡이 부분이 길었다. 도신에 비해 손잡이가 길어서 짝짝이라고 느껴질 정도였다. 칼코등이 부분에는 복잡한 세공이 들어가 있었다.

"……아니스 님, 이건?"

"나도 아르칸시엘 같은 마검을 갖고 싶다고 토마스에게 부탁했어."

마나 블레이드를 만들었을 때, 도신이 있는 편이 좋지 않겠냐며 토마스가 몇 번이나 지적했었다. 그편이 안정적인 구조로 만들 수 있다고.

하지만 나는 고집스럽게 도신을 거부했다. 그건 마법답지 않다는 감정적인 이유로. 물론 휴대성을 높이려는 목적도 있었다. 하지만 마나 블레이드에 도신이 없는 것에 그런 아이 같은 이유가 있었던 것도 사실이다.

그러나 유피가 나를 마법사라고 말해 주면서 저항감이 사라졌다.

"마나 블레이드는 드래곤의 마력을 주입하면 금방 못 쓰게 되니 말이지. 그래서 마나 블레이드보다 튼튼한 마검을 만들어 달라고 부탁했어."

"유피 님의 아르칸시엘을 만든 경험을 살려서 도신에 담을 수 있는 정령석을 최대한 넣었어. 덕분에 도신은 두꺼워졌지만, 이거라면 웬만한 충격에는 부러지지 않겠지. 아르칸시엘처럼 도신이 마력 전도체 역할을 해서 이전보다 마력을 담기 쉬울 거야."

"……하지만 이건 검이라기보다 나대 아니야?"

토마스에게 받은 마검을 검집에서 뽑아 봤다. 내 앞에 모습을 드러낸 단검의 칼날은 외날이었고, 도신은 두툼하여 확실하게 무게가 느껴졌다.

잘 연마된 아름다운 도신에 내 얼굴이 비칠 것 같았다. 손에 감기는 감촉을 몇 번이고 확인했다. 잡아 보니 알 수 있었다. 이 손잡이 길이는 한 손으로 잡아도 되고 양손으로 잡아도 되는 길이였다. 어울리지 않는 것은 도신의 길이뿐이었다.

"아니, 「마검의 축소 모형」이야. 그저 마나 블레이드로서의 기능을 살리기 위한 검이지. 확실히 온당한 검은 아니야. 검으로서는 볼품없어. 도신의 길이와 손잡이 길이는 계산했지만 다소 조정이 가능해. 나중에 감상을 들려줘."

"……「전개」해 봐도 돼?"

"그래, 보여 줘. 나도 시험해 봤는데…… 내가 만들었지만 상당히 거친 녀석이야."

토마스의 말에 고개를 끄덕이며 나는 두 사람과 거리를 두고 양손으로 검을 잡았다. 천천히 숨을 내쉬면서 검에 마력을 담는 걸 의식했다.

—깊다. 가장 먼저 느낀 것은 그런 감촉이었다. 도신에 마력이 잘 통했다. 그렇기에 깊었다. 한없이 마력을 담을 수 있을 것 같다는 생각이 들 만큼 끝이 보이지 않았다.

평소 마나 블레이드를 쓸 때보다 많은 마력을 주입했다. 토마스가 거친 녀석이라고 말한 것도 이해가 갔다. 평범한 마나 블레이드와는 비교가 되지 않았다.

주입한 마력이 일정 감각을 넘어섰을 때, 손잡이에서 뻗어 나오듯 마력 도신이 형성되었다. 마침내 도신의 길이와 손잡이의 길이가 균형이 맞는 빛의 외날 도신이었다.

“그 상태라면 본래의 도신을 늘리는 이미지로 쓸 수 있어. 양날로 만들고 싶으면 마력 주입 방식을 바꾸도록 해. 아니스 님은 마력량만큼은 많으니 말이지. 그 정도는 개조해도 될 것 같았는데…… 불만 있어?”

“양산품으로 만들 거면 좀 더 비용과 한계치를 낮춰도 될 것 같아. 하지만 내가 쓸 일품으로는…… 최고의 마검이야.”

일단 부러지지 않을 것 같아서 좋았다. 이거라면 내 전력은 물론이고 드래곤의 마력을 담아도 부서지지 않으리라는 확신이 들 만큼 끈기와 깊이가 느껴졌다.

“마력을 담지 않을 때는 호신용으로 쓸 수 있겠어. 짧아서 뽑기 쉽고 들기 쉬워. 공격보다 수비를 중시했구나."

"맞아. 아니스 님에게는 「마법」이 있잖아? 그럼 도구 정도는 당신을 지켜도 좋겠지. 그 검은 절대 부러지지 않아. 당신이 포기하지 않고 계속 쥐는 한, 당신의 힘이 될 거야."

토마스의 말에 나는 고개를 번쩍 들고 토마스를 보았다. 토마스는 씩 웃으며 나를 마주 보았다.

"마력이 떨어져도 방패 대신 쓰고, 또 공격을 튕기기에도 좋을 것 같았어. 이게 아니스 님에게 선물하는 나의 최고 걸작이야."

"……나한테는 「마법」이 있다니. 엄청나게 가슴 떨리는 말이네."

눈시울이 뜨거워졌다. 이건 확실하게 나를 위한 검이었다. 마나 블레이드의 결점을 극복하고, 마검으로 쓰는 걸 전제로 한 지키는 검.

평범한 발상으로는 만들 수 없는 나만의, 나를 위한 검. 이 검은 부러지지 않는다. 그러니 나는 「마법」을 계속 쓸 수 있다. 마력이 떨어지지 않는 한, 이 의지가 사라지지 않는 한.

이것은 그런 내게 보내는 기도와 소원이란 생각이 들었다.

"……토마스. 이 검의 이름은?"

"음. ……내게는 교양이 없어. 마음에 들었다면 아니스 님이 이름을 지어 줘."

아니, 그건 그것대로 곤란한데. 이름, 이름이라. 고개를 갸웃하며 고민하고 있으니 여태껏 모습을 지켜보던 유피가 말을 꺼냈다.

"—「셀레스티얼」은 어떨까요?"

"셀레스티얼?"

"「하늘」을 의미하는 이름이었을 거예요. 제 아르칸시엘은 「무지개」이니, 자매검에 딱 맞는 이름이지 않나요?"

"「무지개」와 「하늘」인가. 확실히 딱 맞네."

"이 세상에서 처음으로 하늘을 날자고 생각한 사람에게 딱 맞는 이름이라고 생각해요."

—「하늘」. 그랬다. 나의 시작은 늘 하늘이었다.

그날, 하늘을 올려다보고 나는 내가 되었다. 그날부터 나의 모든 것이 시작되었다. 이 목숨도, 기도도, 소원도. 내가 이 세상에 가져온 것이 만들어 낸 나만의 것.

"……끝내주네."

자연스럽게 눈물이 났다. 최근 우는 일이 많다. 하지만 이 눈물을 그치자는 생각은 들지 않았다. 이 눈물이 토마스의 작품에 보내는 최고의 찬사 같았으니까.

"토마스, 너와 만나게 돼서 정말로 다행이야."

마력을 거두고, 셀레스티얼이라는 이름을 받은 검을 검집에 넣었다. 그리고서 나는 토마스에게 손을 내밀어 악수를 청했다.

토마스는 조금 당황하면서도 내 손을 잡아 줬다. 요령 없는 남자의 투박한 손이었다. 이 손이 만들어 낸 것이 나는 사랑스럽고 자랑스럽다.

"나는 너와 만난 행운을 잊지 않을 거야. 왕족이든 평민이든 상관없어. 너는 내가 인정하는 최고의 대장장이야. 사실은 명예도 주고 싶을 정도지만……."

"……아니, 됐어."

토마스는 이제껏 본 적 없는 온화한 미소를 지으며 나를 바라보았다.

"어떤 보석보다 가치 있는 눈물을 봤으니까. ……나는 그걸로 만족이야."

"……꼬시기엔 조금 늦었어."

"누가 누굴 꼬신다는 거야."

응. 우리는 그거면 됐다. 그러니 마음속으로 몇 번이고 말하고 싶어, 토마스.

너는 나의 둘도 없는 친구야. 몇 번이고 고마움을 전하고 싶어.

* * *

그날, 꿈이 날아올랐다.

우기가 막 끝난 날, 왕녀 아니스피아의 마학 연구 성과 발표가 있음을 국왕 오르펀스가 전했다. 이전에 마법부 강연에서 소개했던 새로운 비행용 마도구를 선보인다고 했다.

아니스피아가 신기한 도구로 하늘을 나는 모습은 국민 대다수가 본 적이 있었다. 심지어 드래곤의 소재도 쓰였다고 하니 대단하다는 말밖에 안 나왔다.

아마 왕위를 잇기 위한 공적을 쌓으려는 발표일 거라고 어떤 귀족 영애는 생각했다. 앞으로 아니스피아가 겪을 고생을 생각하면 응원하고 싶은 기분이 들었다.

이 귀족 영애의 집안은 밑에서부터 세는 편이 빠른 작위였고, 그녀 자신도 재능이 있다고는 할 수 없었다. 그런 그녀조차 낙오자라는 꼬리표가 따라다녔다.

아니스피아는 그녀보다 더 불리한 상황에 놓여 있었다. 그녀도 때로는 눈물 나게 힘든데, 그녀보다 힘든 상황일 터인 아니스피아는 언제나 웃으며 신기한 도구를 즐겁게 발명했다.

은근한 동경이 있었다. 그녀에게 아니스피아는 고난 속에서도 긍정적으로 하루하루를 살며 성과를 내는 존경할 만한 사람이었다.

그런 아니스피아의 새로운 발명은 역시 대단했다.

에어드라라는 낯선 탈것에 근위 기사단의 스프라우트 기사단장이 탔다. 바람 마법 사용자이며 기사로서도 유능한 그가 기수로 뽑힌 것은 만일의 상황을 상정한 지시였다.

아니스피아, 그리고 조수 유필리아 마젠타 공작 영애가 마도구를 소개했다. 비행용 마도구가 가져올 혜택과 운용 방식, 거기에 흥미를 느끼는 자가 많은지 여러 사람이 관심 있게 귀를 기울였다.

한편 마법부 사람들은 탐탁지 않은 표정을 짓고 있었다. 그들은 아니스피아를 싫어하니 역시 아니스피아가 큰 성과를 내는 것은 마음에 들지 않겠지, 하고 귀족 영애는 생각했다.

집안이 정령 신앙파에 속해 있기에 그녀 자신이 아니스피아와 교류할 기회는 없었다. 솔직히 아니스피아에게 가르침을 받아 보고 싶었지만 어려운 일이었다. 그렇게 생각하자 기분이 조금 우울해졌다.

여러 생각을 하며 보고 있으니 스프라우트 기사단장이 조종하는 에어드라가 드래곤의 포효 같은 굉음을 냈다. 바람을 일으키며 에어드라가 떠올랐다. 그리고 빠르게 하늘로 날아오르는 모습을 보고 비명과 닮은 환호성이 울려 퍼졌다.

"날았어! 저건 아니스피아 왕녀가 아니어도 제대로 날 수 있구나!"

누군가가 그렇게 말하자 술렁임이 동의하는 분위기를 만들어 나갔다. 아니스피아가 빗자루 같은 도구로 하늘을 나는 것은 본 적이 있어도, 자신이 똑같이 하늘을 날 수 있으리라고 생각한 적은 없었다.

하지만 지금 이렇게 에어드라를 조종하여 하늘을 날고 있는 사람은 스프라우트 기사단장이었다. 그 모습도 승마 자세와 비슷하여 자신이 어떻게 조종할지 상상하기 쉬웠다.

이거라면 나도 날 수 있을지도 모른다는 소리가 여기저기서 들렸다. 스프라우트 기사단장이 모는 에어드라는 순식간에 작아졌고 성 아랫마을의 상공을 천천히 일주하듯 선회해 돌아왔다.

스프라우트 기사단장이 비행을 마치고 에어드라가 착륙하자 환호성이 일었다. 스프라우트 기사단장도 만족스러운 얼굴로 가볍게 한 손을 들어 환호성에 답했다.

"—여러분, 성대하게 환호해 주셔서 대단히 감사합니다."

놀람과 기쁨, 그리고 기대조차 묻어나는 환호성을 유필리아가 잠재웠다. 학원에서는 같은 학년이었기에 그녀에 관해서도 적잖이 알고 있었다.

등을 곧게 펴고 아니스피아와 나란히 선 유필리아는 학원에 다닐 적 멀찍이서 봤을 때와 전혀 다르지 않은 것 같았다.

"에어드라는 이전의 비행용 마도구와 다르다는 것을 여러분도 이해하셨을 겁니다. 하지만 과제는 많이 남아 있습니다. 그중 하나가 공중에서 마도구의 기능이 정지했을 경우입니다."

흥분해 있던 관중은 유필리아의 한마디에 열이 식은 것처럼 입을 다물었다. 확실히 저런 상공에서 떨어지면 목숨이 위험하다.

그렇기에 바람 마법 사용자인 스프라우트 기사단장이 기

수로 뽑힌 것이겠지만, 그렇다면 바람 마법을 못 쓰는 사람은 역시 저 마도구를 자유자재로 쓰지 못하는 것 아닌가. 그런 목소리가 작게 들리기 시작했다.

"—그래서 새로운 비행용 마도구를 준비했습니다. 이어서 이 마도구를 소개하고 싶습니다."

아니스피아가 유필리아 대신 웃으며 선언하자 관중이 놀라서 술렁였다. 에어드라 발표가 하이라이트가 아니었나.

"마도구를 이용한 비행. 그 발표와 동시에 조수인 유필리아 마젠타 공작 영애의 협력으로 비행용 마법이 고안된 것은 마법부에서 강연을 들은 분이라면 아실 겁니다. 하지만 재능 넘치는 그녀도 비행 마법을 제어하는 건 어려웠습니다. —그래서 저희가 새로 발명한 것이 이 옷입니다."

관중의 시선은 아니스피아와 유필리아가 입은 드레스로 향했다.

발표를 위해 드레스를 차려입은 줄 알았는데 드레스 자체가 마도구라는 아니스피아의 말에 모두가 놀랐고, 동시에 회의적인 시선을 보냈다.

일견 평범한 드레스로 보였다. 굳이 특징을 들자면 훌륭한 보석으로 장식되어 있고 멋진 자수가 드레스 곳곳에 들어가 있다는 것일까.

아니스피아가 입은 드레스는 마치 새가 날개를 펼친 듯한 디자인이었다. 흰색을 베이스로 연분홍색 악센트가 들어간 드레스는 그녀의 이미지와 잘 어울렸다.

나중에 알았지만, 이건 아니스피아와 친하게 지내는 토마스라는 장인을 중심으로 모인 장인들의 합작이라고 했다.

평소 아니스피아가 즐겨 입는 기사복 드레스를 호사스럽게 만든 것으로도 보였다. 그 드레스 위로 똑같은 디자인의 코트를 걸치고 있었다.

유필리아의 드레스도 아니스피아와 짝이 되게 만들어진 것 같았다. 역시 기사복 드레스를 토대로 한 드레스였는데, 색채는 전체적으로 파랬고, 나비를 연상시키는 선명한 자수가 들어가 있었다.

아니스피아의 드레스가 쾌활하고 밝은 느낌이라면 유필리아의 드레스는 고귀하게 꾸민 우아함이 있었다.

코트의 디자인도 아니스피아와는 세부가 달라서 전체적으로 유필리아의 옷은 어른의 침착함이 느껴졌다.

이게 마도구라고 해도 와닿지 않는다고 모두가 생각했을 것이다.

"—그럼 지금부터 저와 유필리아 공작 영애가 공중 비행 및 공중 원무를 보여 드리겠습니다. 아무쪼록 저희의 성과를 눈에 새겨 주시기 바랍니다!"

—그날, 꿈이 날아올랐다.

아니스피아와 유필리아를 바라본 귀족 영애는 지금부터 일어날 광경을 평생 잊지 못할 것이라고 생각했다.

* * *

'—마력은 잘 통하고 있어. 유로는 문제없는 것 같네.'

나는 천천히 심호흡하면서 「드레스」에 내 마력을 보내며 의식을 집중했다.

오늘을 위해 만든 에어드라와 견줄 만한 걸작. 그것이 이 드레스와 코트였다.

이 드레스와 코트에 들어간 자수는 마석 연구의 집대성이라고도 할 수 있는 일품이었다. 각인문과 레이니의 마석이라는 두 가지 샘플을 통해 도출한, 마법을 보조하는 「인공적인 마석」.

오늘에 이르기까지 내가 쌓아 올린 것에 더해, 유피가 정령 계약자가 되고 마법에 대한 이해가 깊어지면서 만드는 데 성공한 인공 마석이었다.

그 인공 마석을 핵으로, 드레스를 짜는 실부터 정령석을 가공해 정착시킨 것을 사용하여 만든 게 이 드레스였다. 눈이 튀어나올 만큼 많은 돈을 시행착오와 개발비에 썼지만 필요한 경비였다고 타협했다.

'이로써 비행 마법을 안정적으로 쓸 수 있어. —그래, 나도

말이야.'

줄곧 꿈이 있었다. 내게는 마법을 동경한 최초의 꿈이 있었다.

누군가를 웃게 하기 위한 마법. 그것을 꿈꾼 내가 동경한 「최초의 마법」.

손을 들었다. 하늘을 향해 손을 펼치고 붙잡듯 움켜쥐었다.

관중이 숨을 삼키며 나와 유피를 지켜보고 있었다. 나를 싫어하는 마법부 귀족들도 믿을 수 없다는 표정을 짓고 있었다.

그리고 나의 관계자가 모인 곳이 있었다. 일리아와 레이니는 기도하듯 두 손을 가슴 앞에서 맞잡고 있었다. 아바마마와 어마마마는 눈이 마주치자 힘 있게 고개를 끄덕여 줬다.

그란츠 공은 우리를 그저 똑바로 보고 있었다. 그 옆에서 뤼미에르가 대담하게 미소 짓고 있었다.

그리고 티르티. 그녀는 콧방귀를 뀌는 듯한 동작을 하고서 입술을 크게 움직였다.

—「다녀와」. 그 말에 웃음이 났다.

이렇게나 많은 사람이 나를 지지하고 있었다. 이곳에는 없는 아랫마을의 장인들에게도 고맙다고 말해야 했다.

이제 내 꿈은 혼자서 꾸는 꿈이 아니었다. 나는 옆에 선 유피에게 시선을 보냈다. 유피도 나를 보고 있었는지 우리의 시선이 얽혔다. 이에 누가 먼저랄 것 없이 미소 지었다.

"유피. —가자!"

"네, 아니스 님. —날아 볼까요."

유피의 대답을 듣고 나는 힘차게 땅을 박차 달렸다. 점점 가속하며 성벽으로 향했다.

한 발자국 내디딜 때마다 속도가 빨라졌다. 이대로 가면 벽과 격돌한다. 어릴 때 바람 정령석을 써서 그런 실수를 한 적이 있었지, 하는 생각이 떠올랐다.

—그때와는 다르다. 나는 계속해서 전진해 왔다!

"—날아라아아아!!"

—내 목소리에 반응하여 「날개」가 펼쳐졌다.

육박하던 성벽을 뛰어넘듯 내 몸이 날아올랐다. 내 등에 하늘의 색을 연상시키는 빛의 날개가 펼쳐졌다. 그 날개가 쭉 뻗어서 내게 부력을 줬다.

뒤에서 경악하는 소리가 나더니 곧이어 환호성이 들렸다. 하지만 그 목소리도 멀어졌다. 인공 마석은 문제없이 효과를 발휘하여 나를 하늘로 데려갔다.

그리고 뒤이어 유피가 옆으로 왔다.

유피의 등에 펼쳐진 것은 무지갯빛 날개였다. 그 모습이 마치 요정 같다고 나는 몰래 생각했다.

하늘색 날개와 무지갯빛 날개. 서로의 날개가 바람을 붙잡아 하늘을 나아갔다. 둘이서 춤추듯 공중에서 하이파이브. 그대로 웃으며 마을의 상공을 스치듯이 날았다.

미리 말해 둔 에어드라의 공개 비행을 보기 위해 밖에 나와 있던 백성들은 날개를 펼치고서 날아오는 우리를 보고 깜짝 놀란 것 같았다.

에어드라와 드레스 제작에 관여한 장인들도 보였다. 그들은 기다렸다는 듯 나와 유피의 이름을 부르며 크게 손을 흔들었다.

우리는 장인들의 머리 위를 스치듯 날고서 다시 상공으로 돌아갔다.

그 퍼포먼스가 더욱 흥분을 부추겼는지 마을 곳곳에서 환호성이 들렸다.

"아니스 님!"

"유피!"

유피가 나를 불렀다. 나도 호응하듯 유피를 불렀다. 성 아랫마을의 상공, 성에서도 보이는 중앙으로 날아간 우리는 마주 보았다.

—자, 시작하자. 우리의 꿈의 결정체, 마법으로 하늘을 날며 선보이는 공중 원무를!

사람에게 날개는 없다. 그래서 사람이 하늘을 날 방도는 없었다. 하늘은 사람의 것이 아니었다. 하지만 오늘부터는 아니다! 사람은 하늘을 자유자재로 날 수 있다고 증명하겠다!

"자, 너를 선보일 최고의 무대야! 가자, 셀레스티얼!"

셀레스티얼을 검집에서 뽑은 나는 유피를 향해 똑바로 돌진했다.

유피도 나와 거리를 좁히며 아르칸시엘을 뽑고 내게 휘둘렀다. 나는 셀레스티얼로 막고 요격했다.

검이 맞부딪치는 소리가 하늘에 날카롭게 울려 퍼졌다. 공중에서는 땅을 밟아 버틸 수가 없기에 서로 튕기듯 거리를 뒀다가 다시 부딪쳐 칼날을 맞댔다.

몇 번 교차한 후, 튕겨 날아가듯이 거리를 벌리고 원을 그리며 공중을 날았다. 그러는 동안에도 내게 마법이 날아왔다.

"「에어 커터」!"

무지갯빛 날개를 크게 펼치고 고도를 높여 위쪽을 선점한 유피가 아르칸시엘을 휘둘렀다. 그려진 검의 궤적을 복사한 듯한 바람 칼날이 쇄도했다.

"이 정도쯤이야!"

몸을 뒤로 젖혀 바람 칼날을 피하고 그대로 공중제비를 돌아 유피에게 향했지만 유피는 계속해서 에어 커터를 날려 내 접근을 막았다.

버티지 못하고 도망치듯 진로를 꺾었다. 내가 진로를 크게 바꾸자 체공해 있던 유피도 움직였다. 이번에는 부력을 줄여 단숨에 땅으로 내려갔다.

"놓치지 않아!"

점점 빠르게 낙하하는 유피를 바싹 뒤쫓았다. 유피가 살짝 인상을 쓰는 것이 보였다.

우리는 똑같은 조건으로 비행하고 있는 것 같지만 실제로는 상당히 달랐다.

유피는 어디까지나 마도구의 보조를 받고 있을 뿐, 유피 자신이 비행 마법을 써서 나는 것이 비행의 축이었다. 그렇기에 부력을 얻는 것을 메인으로 마도구가 조정되어 있었다.

그래서 비행 마법과 동시에 발동할 수 있는 마법에는 제한이 있었다. 대규모 마법은 처리가 안 되기에 이동하면서 쓰기는 어렵다고 유피 본인이 말했었다.

반면 나는 완전히 마도구만으로 날고 있었다. 유피가 짜낸 비행용 마법을 넣은 「인공 마석」으로 비행을 실현한 것이었다. 유피는 마법으로 직접 비행을 제어하고 있지만 나는 마석을 통해 제어했다. 이 차이가 각 비행의 특색을 만들었다.

"이게!"

내가 셀레스티얼을 크게 치켜들었다가 내리치자 유피의 아르칸시엘이 공격을 흘려 넘겨 궤도를 틀었다.

그대로 유피가 내 팔을 잡아당기더니 등을 밟기까지 했다.

"밟았겠다?!"

유피에게 밟힌 나는 그대로 지면으로 향했다. 공중에서 몸을 굴려 자세를 바로잡고 건물 옥상에 두 다리로 착지했다.

'아아, 진짜. 매끄럽게 피하네! 제어의 자유도로는 마법 제어식을 이길 수 없어!'

지붕을 박차고 하늘로 날아올랐지만 정말로 이 차이 때문에 골치가 아팠다. 인공 마석을 통한 간접 제어로는 조작의 자유도가 마법을 통한 직접 제어에 미치지 못했다.

"하지만 이건 이것대로 방법이 있어!"

나는 의식해서 마력을 순환시켜 비상 속도를 높였다. 확실히 조작성으로는 유피를 이길 수 없지만, 유피가 말하길 비행 제어에는 상당한 집중력이 필요하다고 했다.

간접 제어로는 복잡한 조작이 불가능하다. 하지만 그렇기에 빠르게 달려들어 속도를 내는 것만큼은 뛰어나다. 저쪽은 속도를 내자고 의식하고 제어까지 해야 하기에, 과감성에서 지지 않는다면 이쪽이 이긴다!

그건 유피도 아는 사실이다. 그래서 곡선을 그리며 복잡한 궤도로 내 돌격을 피하려고 했다. 그렇게 나올 거라고 이미 예측했지만 말이지!

"늘어나라아!"

마력 칼날이 내 뜻에 따라 빠르게 늘어났다. 공중에서 회전하여 유피를 향해 늘어난 칼날로 후려치려고 했다.

유피는 예상했었는지 마력 칼날을 방패로 삼아 내 일격을 막았다. 그러면서 생긴 반동을 살려 나와 거리를 벌렸다.

놓치지 않겠다는 듯 나는 유피를 뒤따랐다. 그런 나를 보고 유피는 즐겁게 웃으며 몸을 돌려 요격했다.

"아니스 님, 자유는 기분 좋네요!"

"에헤헤, 그렇지? 즐겁지?"

하늘은 자유롭다. 날개가 있으면 어디로든 갈 수 있다. 마녀 빗자루로 나는 것과도, 에어드라로 나는 것과도 다른 감각은 신선하고 선명해서 마음이 즐겁게 들끓었다.

"그렇기에 당신은 무서워요—!"

"뭐가 무섭다는 거야!"

"전하가 훨씬 능숙하게 날아서 조금 분할 정도예요!"

"이제 막 하늘을 날게 된 유피에게 질 순 없지!"

"분하지만, 비행에 관해서는 똑같은 조건에서 이길 수 없어요! 하지만 이게 아니스 님이 보시던 세계군요……!"

유피가 흥분하여 빠르게 말했다. 평소에는 보여 주지 않는 기쁨과 놀람을 솔직하게 드러냈다.

"어디로든 갈 수 있는 게…… 무서워요! 그래도 가슴이 벅차오를 만큼 즐거워요! 아니스 님!"

아하하. 유피답지 않게 웃었다. 아아, 그걸 듣고 나도 생각했다.

정말로 즐겁다고, 우리는 이 공중 원무를 진심으로 즐기고 있었다.

"그래서 간단히 끝내고 싶지는 않아요!"

유피의 외침과 함께 아르칸시엘이 휘둘렸다. 검의 궤적이 꼬리를 끌며 무지갯빛 탄막을 만들었다. 다종다양한 속성이 담긴 단순한 마력 탄환이었다. 그것을 산탄처럼 뿌렸다.

"이익?! 위험하잖아?! 마나 실드!"

전부 요격할 수 없음을 깨닫고 손을 들어 외쳤다. 손목에 찬 팔찌를 중심으로 내 앞에 마력 방패가 형성되어 유피가 날린 탄환을 막았다. 하지만 막은 반동으로 몸이 뒤로 날아가 버렸다.

그대로 하늘을 미끄러지듯 활공하여 몸을 돌렸다. 그리고 바로 속도를 올려 유피를 향해 비상했다.

"보복이다! 셀레스티얼! 오버에지 세퍼레이션!"

크게 횡으로 휘두른 셀레스티얼의 마력 칼날이 도신에서 분리되고 거대한 참격이 되어 유피에게 육박했다.

유피는 무지갯빛 날개를 크게 펼쳤다. 그 자리에서 버티겠다는 듯 검을 들고 나처럼 마력 칼날을 크게 키웠다.

"—아르칸시엘, 오버에지."

셀레스티얼의 마력 칼날을 둘로 쪼개겠다는 것처럼 아르칸시엘이 빛의 궤적을 그렸다. 그 반동으로 유피가 얼굴을 살짝 찡그렸다. 그 순간, 나는 가속에 마력을 때려 박았다. 움직임이 멈춘 지금이 기회다!

"잡았다아아아아!!"

팔을 앞으로 뻗어 유피의 팔을 잡았다. 그대로 유피가 제어를 의식해야만 쫓아올 수 있을 속도로 거침없이 휘둘렀다.
"크, 아아아아!!"
"어버버버?! 아야야야?!"
필사적인 형상으로 유피가 온몸에서 전기를 일으켰다. 손이 찌릿찌릿하고 아파서 나는 손을 놓고 말았다. 그 틈을 노린 유피가 비행 속도를 높여 나를 쫓아 가속했다.
그리고 인상을 쓴 채로 내 배에 드롭킥을 먹였다.
"콜록?!"
속도가 붙은 탓에 나는 그대로 땅을 향해 떨어졌다. 속도는 늦출 수 있었지만 하늘로 돌아가기에는 각도가 부족했다. 신체 강화의 마력을 다리로 보내서 착지의 충격을 견뎠다. 발이 저릿저릿했지만 그대로 건물 옥상을 박차 하늘로 돌아갔다.
"유피는?!"
시야에서 놓친 유피를 찾아 상공을 보니 유피가 아르칸시엘을 높이 들고서 체공해 있었다.
유피의 발밑에 커다란 마법진이 떠오르고 무지갯빛 탄막이 별처럼 생겨나 유피를 에워쌌다. 수와 크기를 키운 탄막은 완급을 조절하여 내게 쇄도했다.
나는 비상하며 셀레스티얼의 마력 칼날로 탄환을 베어 나갔다. 탄환은 유피를 중심으로 여전히 수를 늘리고 있었다.
"그렇다면 중심을 통째로 쓸어 버리겠어!"

마력을 주입하는 대로 셀레스티얼이 쭉쭉 빨아들였다. 나는 내 키보다 몇 배는 커진 셀레스티얼을 유피를 향해 치켜들었다.

"하아아아—!"

내게 날아오려고 했던 탄막은 일소할 수 있었지만 당연히 유피는 큼직한 검의 궤적 따위 훤히 내다보았다. 몸을 돌려 비상하여 내 뒤를 잡으려고 선회했다.

이에 질 수 없다는 듯 나도 마력 칼날의 크기를 바꾸고 유피를 돌아보았다. 그 타이밍에 유피의 일격이 육박했다.

나는 셀레스티얼을 휘둘러 공격을 튕겨 냈다. 서로의 마력 칼날이 맞부딪치고 수없이 교차했다. 그럴 때마다 거리가 벌어졌다가 다시 부딪쳤다.

따라잡으면 검을 맞부딪치고 쫓는 자와 쫓기는 자가 교체되었다. 나와 유피는 빠르게 상하좌우로 자유로이 날아다니며 격돌했다.

"유피!"

"아니스 님!"

서로의 얼굴에 웃음이 떠올랐다. 참을 수 없이 즐겁다는 듯 우리는 하늘에서 춤췄다. 하지만 그런 시간도 무한히 이어지지는 않았다. 우리는 미리 짜기라도 한 것처럼 불현듯 움직임을 멈추고 체공한 채 마주 보았다. 뺨으로 흐른 땀이 그대로 바람에 쓸려 갔다.

"……마력이 상당히 줄어들어 버렸어."

"……그러네요."

이 비행용 마도구는 수많은 기능이 담겨 있어서 마력 소비의 연비가 나쁘다는 결점이 있었다. 안전도 고려하여 여기서 그만두는 편이 좋겠다고 판단했다.

유피가 하늘에 떠서 내 곁으로 다가왔다. 서로에게 내민 손이 닿자 깍지를 껴 맞잡았다.

유피는 웃고 있었으나 어딘가 아쉬워 보였다. 나도 똑같은 기분이었지만.

—그때 문득 나는 발밑에서 울리는 환호성을 들었다.

밑에 있는 마을에서 우리의 공중 원무를 보고 흥분했는지 다들 환호성을 지르며 손을 크게 흔들고 있었다. 성 쪽에서도 적지 않은 환호성이 들렸다.

그 환호성에 신분 차이는 없었다. 마을 사람들도, 기사도, 여행자도, 귀족도. 모두가 웃으며 우리를 찬양했다.

"……아니스 님."

깍지 낀 손을 유피가 단단히 움켜잡았다. 어느새 내 뺨에 눈물이 흐르고 있었다.

마도구를 보급하면 나처럼 마법을 쓰지 못하는 사람도 하늘을 날 수 있다. 모든 사람의 가능성이 열리는 것이다.

모두가 꿈을 꾸고 가능성을 가슴에 품는다. 아아, 이 얼마나 멋진 미래인가.

앞으로 어려움이 없다고는 할 수 없다. 하지만 지금 이 한 때만큼은 모두가 웃고 있었다. 크게 환호성을 지르며 기쁨에 젖어 있었다.

"……읏, 후……으……!"

내가 꿈꿨던 희망을 모두에게 인정받은 것 같아서 북받쳐 오르는 감정이 가슴에 퍼져 나갔다. 내가 이루고 싶었던 광경이 지금 이곳에 있었다.

전생의 기억을 자각했을 때부터 줄곧 꿈꿨던 광경이. 언제부터인가 이루어지지 않을 거라고 포기하려 했던 꿈같은 이야기가.

왕족으로 태어났으면서도 왕족에게 요구되는 재능이 없었던 나는 누구에게도 가치를 인정받지 못했다. 그렇기에 자유로웠다. 자유로웠기에, 어디로든 갈 수 있었기에 나는 혼자였다. 하지만 이제는 혼자가 아니었다.

괴짜도 아니고, 왕족 실격인 왕녀도 아니었다. 하늘을 난 왕녀라고 당당히 말할 수 있었다. 이 순간, 확실히 이 세상이 나를 바란다는 생각이 들었다.

"아니스 님, 웃어 주세요."

"유피……."

"모두가 당신의 웃는 얼굴을 바랄 거예요."

유피가 미소 지으며 말했다. 그래도 흐르는 눈물은 멈추지 않았다.

그래서 나는 눈물을 신경 쓰지 않고 웃기로 했다. 다시 한 번 아래로 시선을 내렸다. 환호성은 여전히 그치지 않았고, 사람들은 우리를 계속 올려다보고 있었다.

나는 그런 사람들을 향해 손을 흔들었다. 내 존재를 알리듯이. 너희도 이 하늘을 바랄 수 있다고 전하듯이.

내가 손을 흔들자 환호성이 다시 폭발적으로 터져 나왔다. 환호성을 들으며 어떤 생각이 하나 떠올라서 나는 손에 든 셀레스티얼을 바라보았다.

"……유피, 조금만 더 내 장단에 맞춰 줘."

"아니스 님?"

"요전번에 내게 보여 준 무지개 결정으로 된 검…… 그거 만들어 낼 수 있어?"

"……하고자 한다면요."

"그럼 부탁해. 나도 해 볼 테니까."

서로 손을 잡은 채 검집에 넣었던 애검을 들었다. 내가 셀레스티얼에 마력을 담는 것에 맞춰 유피도 아르칸시엘에 마력을 주입했다.

한없이 마력이 들어가는 셀레스티얼의 깊이는 마나 블레이드와 비교가 되지 않는다. 그렇기에 확신이 있었다. 그날 유피가 보여 줬던 것처럼 나도 할 수 있을 거라고.

셀레스티얼에 담는 마력의 감촉이 바뀌었다. 도신에 둘린 빛이 결정화되었다. 그 색은 내 마력의 색인 하늘색.

유피도 무지갯빛 결정으로 이루어진 칼날을 두른 아르칸시엘을 만들어 냈다. 나는 유피에게 눈짓하고서 셀레스티얼을 하늘로 들었다.

유피도 아르칸시엘을 들어 셀레스티얼에 겹쳤다. 서로의 칼날이 맞닿으며 작게 소리를 냈다.

"—하늘에."

"—무지개를."

포개진 검이 입자처럼 변해 뿌려졌다. 나와 유피는 그대로 원을 그리듯 왕도의 상공을 날아갔다. 왕성의 상공을 스쳐 날아가는 동안에도 두 검의 결정이 입자처럼 뿌려졌다.

반짝반짝 빛나는 입자는 이 광경을 보는 모든 사람에게 내렸다. 다들 하늘로 시선을 빼앗겼고, 어린아이들은 신이 나서 빛의 입자를 향해 손을 뻗었다.

우리는 다시 상공으로 올라가 서로의 검을 재차 높이 들고 맞댔다.

내가 뭘 하고 싶어 하는지 말하지 않아도 유피는 짐작해 줬다. 나를 보며 미소 짓는 유피에게 고개를 끄덕이고 우리는 함께 말했다.

감사를 담아. 이 세계에 태어난 것, 이 나라에서 키워 준 것, 나를 이끌어 준 모든 사람에게 마음을 담아.

"—이 나라에 사는 모든 백성에게."

"—축복을!"

기원하는 말을 자아내자 결정화한 칼날이 터졌다.

흩날리는 입자는 마치 불꽃 같았다. 우리를 중심으로 터진 하늘색과 무지개색 빛은 반짝거리며 공중에 녹아내렸다. 말로 표현한 대로, 이 광경을 본 모든 이에게 축복을 선물하듯이.

환호성은 멎지 않았다. 이번에는 어린아이뿐만 아니라 모두가 쏟아지는 빛의 입자로 손을 뻗었다. 손에 떨어지자 녹아서 사라지는 마력 입자는 말문이 막힐 만큼 환상적이었다.

그 광경을 나는 유피와 손을 맞잡고서 바라보았다. 완전히 사라질 때까지, 언제까지고, 언제까지고.

엔딩

전생의 기억을 떠올린 뒤로 전생과 이번 생의 차이를 생각하는 일은 많아질 수밖에 없었다.

살짝 엿본 전생의 세계는 이번 생의 세계보다도 신기하고 훨씬 발전해 있었다. 그렇기에 이 세계보다 자유로웠다. 그 정도로 발전한 곳이다 보니 이번 생보다 낫다고 생각되는 부분도 있었다.

그래도 이 세계에는 마법이 있었다. 정령이 실재했고 마법이 존재했다. 이 세계에서 살아간다는 게 어떤 것인지 배우고 전생의 지식을 합치면 미지의 영역으로 나아갈 수 있다고 확신했다.

그 확신이 보여 준 미래도가 마법으로 하늘을 나는 것이었다. 그것이 최초의 동경이었다. 내가 꿈을 이루면 다들 놀랄 거라고 생각했다.

—그러면 나를 인정해 줄지도 몰라. 그런 소원을 늘 마음 한편에 품고 있었다.

하나씩 과거를 되돌아보며 나는 나의 윤곽을 인식해 나갔다. 줄곧 외면했던 자기 자신을.

나는 이런저런 것들에 휘둘리며 살아왔다. 전생의 기억,

왕족의 책무, 마법을 못 쓰는 것, 어떻게든 해야만 하는 현실들이 나를 에워싸고 있었다.

동경을 향해 달려왔다고 생각했다. 하지만 사실은 동경으로 도망치지 않으면 발을 멈춰 버릴 거라는 이유도 반쯤 있었다. 걸음을 멈추면 절망이 발목을 잡을 테니까. 그래서 못 본 척했다.

하지만 나는 마침내 나를 되돌아볼 수 있었다. 다른 사람에게 인정받고 이 세상에 살아 있다는 증거를 쌓아 불확실했던 기반이 다져지면서 마침내 되돌아보게 되었다.

마치 긴 꿈의 끝 같았다. 내 안에서 뭔가가 끝나 버렸다. 가슴속을 차지하고 있던 것이 녹아내리듯 사라지는 실감이 더더욱 끝을 의식하게 했다.

"……끝났구나."

오늘 이룬 일을 떠올리고 입에서 감상이 새어 나왔다. 이미 해가 저물고 밤이 찾아와 있었다. 나는 별궁의 안뜰에 나가서 달과 별이 뜬 밤하늘을 올려다보며 중얼거렸다.

비행용 마도구 발표는 성공적으로 끝났다. 에어드라, 마법 보조구로 만든 인공 마석, 지금까지의 기술을 집대성하여 만든 드레스.

오늘 발표를 본 사람들을 놀라게 했다. 커다란 일을 완수했다는 성취감과 많은 사람에게 주목받고 인정받았다는 실감. 그 두 가지 감정이 가슴속에 확실히 퍼지고 있었다.

"……이제 죽어도 여한이 없을 것 같아."

"무슨 바보 같은 말씀을 하시는 겁니까."

"……일리아?"

감회에 젖어 무심코 흘린 말에 반응한 사람은 일리아였다.

안뜰로 나온 일리아는 그대로 내 옆에 서서 달을 올려다보았다. 달빛을 받은 일리아의 옆모습을 잠시 바라보다가 나도 시선을 하늘로 옮겼다.

일리아가 아무 말도 하지 않았기에 나도 말하지 않았다. 조금 어색했지만, 아무런 말도 떠오르지 않고 시간만이 흘렀다. 그래도 이대로 있으면 안 될 것 같아서 일리아에게 말을 걸려고 했다.

"일리아는—."

"공주님은—."

서로 동시에 말을 꺼내고 우리는 얼굴을 마주 보았다. 일리아가 눈을 동그랗게 뜨고 있어서 나도 모르게 웃어 버렸다. 내가 웃는 것을 보고 일리아도 살포시 미소 지었다.

"뭔가 하고 싶은 말이 있다면 일리아부터 말해."

"아뇨, 공주님 먼저."

"음…… 그럼 말할게. 일리아는 나를 섬긴 거 정말로 후회 안 해?"

"……왜 그런 걸 물어보십니까?"

일리아는 눈을 가늘게 뜨고 평소보다 살짝 낮은 목소리로 물었다. 나는 일리아에게서 시선을 돌리고 하늘을 올려다보며 말했다.

"좋은 기회인 것 같아서. 나는 일리아에게 많이 기댔어. 이 관계성이 좋았어. 아무것도 바꾸지 않아도 되고, 서로에게 요구하지 않아도 되고. 그런데도 혼자가 아닌 거리감이."

"……그렇죠. 저도 무척 편했습니다."

"그래? ……하지만 그건 일리아가 줄곧 내 억지를 들어줬기 때문이라고 생각하니 일리아에게 뭔가 보답하는 편이 좋을 것 같아서……."

내가 거기까지 말하자 일리아는 어깨를 축 떨구고 한숨을 쉬었다.

그리고 고개를 숙이는가 싶더니 어깨를 떨며 웃기 시작했다. 왜 갑자기 웃나 싶어서 일리아를 응시하고 말았다.

"이, 일리아?"

"……실례했습니다. 너무 웃겨서…… 어깨에서 힘이 빠졌습니다."

"내가 웃긴 말 했어……?"

"아뇨. 서로 똑같은 생각을 했던 거군요. 그래서…… 뭔가 웃겨서."

거기까지 말한 일리아는 자세를 똑바로 하고 나를 마주 보았다. 그 표정은 부드러웠다. 이전의 일리아에게는 없었던 것이 충족된 것 같다는 생각조차 들었다.

"이번 일로 제가 얼마나 미흡한지 잘 알았습니다. ……일을 그만둘까 싶기도 했습니다."

"어? 그, 그건 곤란한데…… 그보다 일리아에게 미흡한 부분이 있다니……."

"저는 공주님의 고뇌를 해결하지 못했습니다. 이렇게 오랫동안 곁에서 모시면서도 공주님이 괴로워하시는 걸 알아차리지 못했습니다. ……자신이 이토록 무능했구나 싶었습니다."

"……그건, 내가 일리아에게 그런 걸 바라지 않았기 때문이야. 우리는 서로 깊이 관여하지 않는 관계를 편하게 여긴 거야."

"……그렇죠. 그렇기에 제가 여기 있을 의미를 생각하게 됐습니다."

"……별궁에 있기 싫어졌어?"

내 물음에 말문이 막힌 것처럼 일리아는 입을 다물어 버렸다. 일리아가 다시 입을 열었을 때, 그녀의 목소리는 몹시 낙담한 것처럼 들렸다.

"……싫어진 건 저 자신이겠죠. 저는 공주님을 위해 아무것도 해 드리지 못했습니다."

"그렇지 않아! 안 그래……!"

일리아의 말이 가슴을 찔러서 슬픔이 치밀었다. 일리아에게 그런 말을 듣고 싶지 않았다.

"틀렸어, 일리아. 우리는…… 서로 아무것도 해결하지 않아도 좋았던 거야."

"……공주님?"

"뭔가를 바꾸는 건 아주 큰일이잖아. 우리는 분명 서로의 못난 점을 알고, 바뀌고 싶어도 간단히 바뀔 수 없다는 걸 알고 있었어. 그래서 바뀌지 않는 관계로 있으면 됐던 거야."

사람은 그렇게 간단히 바뀌지 못한다. 나도 마법에 대한 동경을 버리지 못했다.

바뀌려고 하는 것과 성장하는 것은 중요하다. 하지만 그것만 추구하다 보면 사람은 어디선가 꺾여 버릴지도 모른다. 변화하고 전진하는 것에 지쳐서 아무것도 못 하게 될지도 모른다.

"그래서 나는 일리아가 뭔가 해 주길 바라지 않았어. 그저 옆에 있어 주는 것만으로도 나는 구원받았으니까……."

그건 서로의 상처를 위로할 뿐인 관계였을지도 모른다. 서로 간단히 바뀌지 못함을 알기에, 바뀌지 않아도 되는 관계인 채로 있었다.

그래도 사람은 언젠가는 바뀌어야 한다. 계속 바뀌는 것이 큰일이어도 우리는 살아 있으니까.

지금까지 나와 일리아는 별궁이라는 좁은 세계에서 서로가 바뀌지 않는 것에 서로 안심했다. 하지만 우리는 변화의 때를 맞이했다. 별궁에 유피와 레이니가 오며 이전과는 다른 하루하루가 시작되려고 한다.

불안하긴 했다. 하지만 지금은 바뀌어 가는 내일에 대한 기대가 더 커졌다. 분명 이전보다 나은 하루하루가 우리를 기다리고 있을 것이다.

"우리는 서로 바뀌는 계기가 되지는 못했어. 하지만 함께 여기까지 올 수 있었어. 그거면 됐어. 그거면 된 거야."

"……그런가요."

"응. 그러니까 이제부터 바뀌면 돼. 바라는 것을 바라는 대로 이룰 수 있게 노력하면 돼."

내 꿈은 유피가 이어 줬다. 일리아도 레이니를 별궁에 맞이한 뒤로 바뀌었다.

이전과 똑같이 있을 수는 없다. 하지만 바뀌어서 얻을 수 있는 것도 있을 거라고 지금이라면 말할 수 있다.

"일리아는 별궁을 나가고 싶어?"

"……아뇨, 조금 더 공주님의 앞날을 지켜보고 싶습니다. 이대로 곁에 있게 해 주신다면 말입니다."

"사라지지 않았으면 해. ……일리아는 내게 언니 같은 존재니까."

무슨 짓을 해도 나를 버리지 않았다. 내 무모함에 어울려 줬다. 나를 혼자 두지 않았다. 그러니 이 관계를 비유한다면 일리아는 내 언니다.

일리아는 언니라는 말을 듣고 뭐라 말할 수 없는 표정을 지었다. 감정을 겉으로 드러내지 않으려고 하다가 실패한 듯한 얼굴이었다.

"……불경죄를 각오하고 말씀드리자면, 저도 공주님을 손이 많이 가는 동생처럼 여겼습니다."

"일리아……."

"그렇기에 품을 떠나는 게 조금 쓸쓸했던 거겠죠. 공주님 곁에는 이제 유필리아 님이 있습니다."

"그렇게 따지면 일리아한테는 레이니가 있잖아? 귀여운 제자가."

"그것도 그러네요. 저희도 별궁의 생활도 조금씩 바뀌어 가는 거겠죠."

일리아의 입가에 미소가 떠올랐다. 나도 일리아를 보며 똑같이 미소 지었다.

"있지, 일리아. 부탁 하나 해도 될까?"

"말씀하시죠."

"이름으로 불러 줘."

공주가 아니라 나로 불러 줬으면 좋겠다. 여기 있는 한 명의 인간으로서, 줄곧 함께 있어 준 너와 새로운 관계를 시작하고 싶으니까.

그런 기도를 담은 부탁에 일리아는 어쩔 수 없다는 듯 고개를 끄덕이고 입을 열었다.

"알겠습니다, 아니스피아 님."

"응. 앞으로도 잘 부탁해, 일리아."

그렇게 함께 웃고 있으니 일리아와 나를 부르는 레이니의 목소리가 들렸다. 그제야 떠올렸다는 것처럼 일리아가 중얼거렸다.

"그러고 보니 저녁 준비가 다 돼서 부르러 온 거였습니다. 레이니에게 미안한 짓을 했네요."

"그럼 사과해야겠다. 유피도 기다리고 있을 테니 갈까?"

"네, 가죠."

나란히 함께 걷기 시작했다. 오랫동안 변함없었던 별궁 생활도 우리도 바뀌어 간다. 그런 확신을 얻으며 나는 일리아와 함께 별궁 안으로 돌아갔다.

* * *

—이후의 역사가 말하길.

팔레티아 왕국이 건국되고 오랫동안 이어진 전통을 끝낸 「여왕」의 이름이 남아 있다.

여러 고난으로 피폐해져 고통받는 백성을 구하기 위해 일어난 초대 국왕은 정령과 계약하여 팔레티아 왕국의 기초를 쌓았다.

정령 계약이라는 위업으로 기반을 개척한 팔레티아 왕국의 백성들은 풍족함과 행복을 얻고 정령 신앙의 가르침 속에서 오랜 세월 번영했다.

그러나 오랫동안 이어진 전통에도 변화의 때가 찾아왔다. 마법을 쓸 수 있느냐 없느냐에 따라 혈통을 나누었던 귀족과 평민의 대립, 오랫동안 권위를 누리며 부패한 귀족, 그런 귀족에게 핍박받는 백성들. 그렇게 귀족과 평민 사이에는 깊은 골이 생겨나려고 했다.

구제로 시작된 건국의 역사는 부귀영화로 인해 부패하여 붕괴 직전까지 가 있었다.

그러한 시대에 일어선 여왕은 초대 국왕과 똑같은 위업을 이룩한 「정령 계약자」였다. 그 위업으로 전통을 끝낸 최후의 고귀한 여왕.

—그 여왕의 이름은 유필리아 페즈 팔레티아.

정령 계약이란 위업을 이룩하여 왕가에 양자로 들어가 여왕이 된 전 공작 영애다.

비틀려 버린 전통을 바로잡기 위해 전통의 상징을 짊어지고 나라의 정점에 선 그녀는 혁명을 일으켜 나간다. 옛 시대에서 새 시대로, 다음 세대에게 미래를 맡기기 위해.

그리고 여왕이 된 유필리아 곁에는 본래 왕가의 피를 이어받은 왕녀가 있었다.

오랜 전통 때문에 핍박받은 혁신자이자 시대의 선도자. 누구보다도 마법과 먼 존재면서 누구보다도 마법을 사랑한 왕녀.

—그 왕녀의 이름은 아니스피아 윈 팔레티아.

전통과 혁신 사이를 이은 두 소녀의 위업은 오래도록 백성들 사이에서 회자된다.

하지만 그것은 아직 먼 이야기다. 그녀들의 혁명은 이제 막 시작됐을 뿐이니까.

* * *

"아니스피아 님, 슬슬 일어나시지 않으면 회의에 늦으실 겁니다."

"으응……? 조금만…… 더 잘래……."

"……어쩔 수 없군요."

"으악?! 추워! 이불!"

"그만 주무시고 일어나시죠."

"으으…… 일리아…… 알았어……. 일어날게…… 일어난다고……."

이불을 뺏겨 강제로 기상한 나는 화장대 앞에 앉아 일리아의 시중을 받았다.

어제는 자료를 정리하느라 늦게까지 깨어 있었다. 아침에 일어나기 힘들 걸 알아도 할 수 있는 일은 가능할 때 해 두고 싶었다.

몇 번 곯아떨어질 뻔하면서도 준비를 마치고 일리아를 따라 식당으로 향했다. 아침밥 냄새가 훅 풍겼다.

“아이참! 아니스 님, 왜 이렇게 늦게 일어나셨어요! 아침이 다 식겠어요!”

“윽, 미안, 레이니…….”

별궁에 완전히 적응한 레이니가 말 안 듣는 아이를 혼내듯 말해서 어깨를 움츠리고 말았다. 잘못한 사람이 나라는 걸 알기에 순순히 혼날 수밖에 없었다.

그러자 그 모습을 보고 또 다른 사람이 웃었다. 그 웃음소리의 주인은 나보다 먼저 자리에 앉아 있던 유피였다.

“아니스 님, 안녕히 주무셨어요?”

“안녕, 유피.”

비행용 마도구의 성과 발표 이후로 몇 달이 흘렀다. 그 준비 기간을 두고서 마침내 유피가 정령 계약자가 됐다는 것과 왕가에 양자로 들어간다는 것이 선언되었다.

유피의 이름은 유필리아 마젠타에서 유필리아 페즈 팔레티아가 되어 지금은 왕가의 일원으로서 적을 두고 있었다.

발표 후에는 당연히 소란이 일었다. 마학의 성과가 점점 세간의 인정을 받고 있다지만 마법 재능이 없는 내가 왕이 되는 것을 납득하지 못했던 귀족은 전통의 재래인 유피를 환영했다.

유피는 2왕녀가 되어 왕위 계승권을 받았다. 그녀가 가장 먼저 한 일은 전통적인 사상을 이어받은 귀족들을 포섭하여 그 사상을 새롭게 만들어 나가는 것이었다.

그란츠 공은 유피가 양자로 들어간 후, 예전에 말한 대로 유피와 완전히 절연하겠다고 선언했다.

그래서 유피는 맨몸으로 왕가에 들어와 뒷배가 없었다. 그게 바로 그란츠 공이 낸 과제라고 유피는 말했다.

만약 유피가 자기 힘으로 파벌을 만들지 못하고 귀족을 아우르지 못한다면 여왕이 된다는 얘기는 없던 것이 된다. 그래서 그란츠 공은 여전히 나를 지지한다고 표명했다.

유피는 마법부에서 일하는 전통적인 귀족을 중심으로 자신의 파벌을 결성하기 위해 바쁘게 지내고 있다. 그저 아우르기만 하는 게 아니라, 전통을 고집하는 그들이 마학을 받아들이도록 설득해야 했다. 나라면 절대 하고 싶지 않은 일이다.

하지만 솔직히 걱정은 되지 않는다. 유피라면 반드시 해낼 거라고 믿으니까. 그러니 나는 나대로 일을 완수해야 한다. 장래 유피가 나라를 장악한 후 귀족과 평민을 불문하고 마학을 보급하기 위해 준비해야 한다.

각자 같은 미래를 목표로 노력하고 있었다. 함께 있는 시간은 줄어들었지만 마음은 예전보다도 같이 있다고 느껴졌다.

"유피, 이제 「님」 안 붙여도 되는데 또 그러네."

"……버릇이에요. 다음부터 조심할게요, 아니스."

표면상으로 우리는 의붓자매가 되었지만 딱히 자매답게 지내지는 않았다. 우리의 관계를 나타내는 말을 꺼내는 건 여전히 참을 수 없이 부끄러웠다.

이 세상에서 가장 사랑스러운 사람. 이제 반쪽이라고 해도 될 만큼 떨어질 수 없는 사람. 함께 꿈꿔 주는 파트너. 그것이 유피다.

유피가 있어 준다면 나는 미래를 믿을 수 있다. 앞으로도 나라를 개혁해 나가며 어려움을 겪을 것이다.

그래도 유피가 함께 있어 준다. 유피뿐만이 아니다. 일리아, 레이니, 아바마마, 어마마마, 그란츠 공, 여러 사람이 내게 힘을 빌려준다.

나는 이제 혼자가 아니다. 내 꿈은 나만의 것이 아니다. 그렇기에 나는 미래를 향해 힘차게 걸음을 내디딜 수 있다.

"……아니스?"

"응?"

"왜 그러세요? 멍해 보이시는데."

"……아무것도 아니야."

행복하다고 생각했을 뿐이다. 나는 여기서 나로서 살아갈 수 있다. 나 때문에 많은 것이 비틀려 버렸다. 그 후회는 사라지지 않았다. 하지만 그 후회를 안고서도 살고 싶은 이유가 생겼다.

나는 앞으로도 살아 나갈 것이다. 이 세계에서, 팔레티아 왕국에 태어난 1왕녀로서. 이 나라에 사는 모든 백성의 내일을 위해. 그리고 무엇보다도 내가 꿈꾼 미래를 실현시키고 싶으니까.

"아니스피아 님, 유필리아 님. 슬슬 나가시지 않으면 늦을 겁니다."

"어? 벌써 시간이 그렇게 됐어?!"

"아니스 님이 늦잠을 자시니까 그렇죠."

자세히 보니 유피는 이미 식사를 끝낸 상태였다. 내 식사는 아직 반쯤 남아 있었다. 예법에는 어긋나지만 입에 밥을 잔뜩 넣고 물로 삼켰다.

아니나 다를까 일리아와 레이니의 눈에 살기가 깃든 것 같았으나 얼버무리듯 자리에서 일어났다.

"잘 먹었어! 유피, 가자!"

"네, 갈까요."

가자고 말은 했지만 우리가 갈 곳은 달랐다. 그래도 별궁은 함께 나서고 싶었다.

다정하게 나를 바라보는 유피의 시선에 간지러운 느낌을 받으며 별궁 입구로 향했다. 분명 오늘도 바빠진다. 매일 그런 예감이 들었다.

하지만 그렇기에 행복하다는 생각이 들었다. 언젠가 이 떠

들썩하고 바쁜 날을 사랑스럽게 여기는 날이 오리라. 언젠가 되돌아볼 그 날을 위해 오늘도 꿈을 향해 힘껏 달려 나가자.

"유피."

"네."

나가기 전에 늘 하는 일. 힘내라고 응원하듯 나는 유피의 뺨에 키스했다. 그러자 유피도 내 뺨에 가볍게 키스를 돌려줬다.

솔직히 익숙하지 않아서 뺨에 열이 오르려고 했다. 하지만 유피가 해 달라고 졸라서 거절할 수 없었다. 그저 부끄러운 거지 싫지는 않으니까.

"……아니스는 언제쯤 입술에 키스해 주는 걸까요?"

"모, 몰라……!"

"후후, 기대할게요."

그렇게 말하고서 유피는 내 입술을 쪼듯이 키스했다. 기습적으로 키스받았음을 깨닫고 내 얼굴은 더 빨개졌다.

"유피!"

"늦겠어요, 아니스."

치마를 나부끼며 유피가 먼저 걸어갔다. 장난기를 보이는 유피는 진심으로 행복해 보였다. 그런 표정을 보여 주는 그녀가 분할 정도로 사랑스러워서, 나는 유피를 뒤쫓아 별궁 밖으로 힘차게 발을 내디뎠다.

■작가 후기

카라스 피에로입니다. 『전생 왕녀와 천재 영애의 마법 혁명』 3권을 구매해 주셔서 진심으로 감사드립니다. 이렇게 3권을 여러분께 보여 드리게 되어 가슴을 쓸어내리고 있습니다.

3권은 내용이 인터넷판과 크게 달라져서 놀라신 분도 많을 것 같습니다. 이 변경에 관해 후기에서 조금 얘기해 보려고 합니다.

1권을 내고 2권도 냈지만, 역시 인터넷에 연재하던 당시와는 글을 쓰는 심경도 다르고, 한번 완성했던 글을 재검토할 기회도 얻었습니다.

1권에서는 드래곤이, 2권에서는 티르티가. 그런 변화를 주며 집필하고 있었는데, 이 이야기의 가장 중요한 점이 무엇인지 다시금 고민해 보니 아니스피아와 유필리아의 관계라는 생각이 들었습니다.

그래서 이번에는 두 사람의 관계를 픽업하는 노선으로 가기로 했습니다.

아니스와 유피의 관계를 이야기하면서 빼놓을 수 없는 것이 마법에 대한 생각입니다. 한 명은 동경하면서도 얻을 수 없었던 자. 한 명은 재능이 있으면서도 자기 자신의 바람을 가지지 못했던 자. 대비되는 두 사람 사이에 있는 것은 역시 마법입니다.

마법은 판타지의 대명사 중 하나로 항상 저희의 마음을 즐겁게 해 주는 기쁨과 희망이 넘치는 것이었으면 합니다.

마법이라는 키워드를 중심으로 그려진 이 세계는 힘들고 괴로운 일도 있지만 그래도 희망을 이을 수 있다고 생각합니다. 그녀들이 함께 웃을 수 있는 것처럼.

이 3권으로 서적판 전천마는 1부 완결입니다. 하지만 아니스와 유피의 이야기는 앞으로도 계속됩니다. 그녀들의 혁명은 이제 막 시작됐으니까요.

나다카 하루츠구 선생님에 의한 코미컬라이즈도 시작되어 호평받고 있습니다. 앞으로도 전천마의 세계를 넓혀 나가고 싶습니다.

일러스트를 담당해 주신 키사라기 유리 선생님, 집필에 협력해 주신 담당 편집자님, 그리고 책을 구매해 주신 여러분께 다시금 감사드립니다. 다음 권 후기에서 또 뵙기를 바랍니다.

카라스 피에로

전생 왕녀와 천재 영애의 마법 혁명 3

1판 1쇄 발행 2022년 1월 10일
1판 3쇄 발행 2023년 3월 2일

지은이_ Piero Karasu
일러스트_ Yuri Kisaragi
옮긴이_ 송재희

발행인_ 신현호
편집장_ 김승신
편집진행_ 권세라 · 최혁수 · 김경민 · 최정민
편집디자인_ 양우연
관리 · 영업_ 김민원

펴낸곳_ (주)디앤씨미디어
등록_ 2002년 4월 25일 제20-260호
주소_ 서울시 구로구 디지털로 26길 111 JnK디지털타워 503호
전화_ 02-333-2513(대표)
팩시밀리_ 02-333-2514
이메일_ lnovellove@naver.com
L노벨 공식 카페_ http://cafe.naver.com/lnovel11

TENSEI OJO TO TENSAI REIJO NO MAHO KAKUMEI Vol.3

ISBN 979-11-278-6311-1 04830
ISBN 979-11-278-6136-0 (세트)

값 7,800원